SIMONE VAN DER VLUGT | Was sie nicht weiß

Das Buch

Bei den Ermittlungen im Mordfall David Hoogland tappt Polizeiobermeisterin Lois Elzinga zunächst im Dunkeln. Das Leben des ermordeten Grundschullehrers ist vollkommen unauffällig. Die Künstlerin Maaike Schoolten, deren Ausstellungsprospekt bei der Leiche gefunden wurde, streitet ab, David gekannt zu haben. Und der Hinweis auf eine Fotografin namens Tamara führt ebenfalls ins Leere. Irgendetwas muss Lois übersehen haben. Sie ist nervös, private Probleme lenken sie ab. Ihre große Liebe ist gerade zerbrochen, und Fred, ihr langjähriger Partner bei der Polizei, geht demnächst in Pension. Doch Lois bleibt hartnäckig, und bald schon findet sie heraus, dass David Täter war, lange bevor er ein Opfer wurde. Was sie nicht weiß, ist, welch doppeltes Spiel Maaike und Tamara mit ihr treiben …

Die Autorin

Simone van der Vlugt, geboren 1966, schrieb zunächst sehr erfolgreich historische Jugendromane, bevor sie mit ihrem ersten Psychothriller *Klassentreffen* die internationalen Bestsellerlisten eroberte. Es folgten zahlreiche Romane, zuletzt *Dir wird nichts geschehen,* der zweite Krimi mit der sympathischen Ermittlerin Lois Elzinga. Die Autorin lebt mit ihrem Mann und ihren zwei Kindern in Alkmaar in den Niederlanden.

SIMONE VAN DER VLUGT

Was sie nicht weiß

THRILLER

Aus dem Niederländischen von Eva Schweikart

Diana Verlag

Die Originalausgabe erschien 2012 unter dem Titel
Aan niemand vertellen bei Ambo/Anthos Uitgevers, Amsterdam.

MIX
Papier aus verantwortungsvollen Quellen
FSC® C014496
FSC
www.fsc.org

Verlagsgruppe Random House FSC® N001967
Das für dieses Buch verwendete
FSC®-zertifizierte Papier *Holmen Book Cream*
liefert Holmen Paper, Hallstavik, Schweden.

Taschenbucherstausgabe 06/2015

Redaktion | Anne Tente
Umschlaggestaltung | t.mutzenbach design, München
Umschlagmotiv | © shutterstock
Satz | Leingärtner, Nabburg
Druck und Bindung | GGP Media GmbH, Pößneck

Printed in Germany
ISBN 978-3-453-35839-3

www.diana-verlag.de

1

Der Mann steht auf dem Dach des Wohnblocks, gefährlich nah am Rand. Von unten ist er im Nebel des Dezembermorgens kaum zu sehen. Er hätte unbemerkt springen können, wäre er nicht einer Passantin aufgefallen, die zufällig hochschaute und sofort die Polizei alarmierte.

»Ich glaube, er ist nicht allein«, hatte die Frau gesagt. »Es sieht aus, als ob ein Kind neben ihm steht.«

Die Meldung an sich hätte schon gereicht, um den gesamten Polizeiapparat in Bewegung zu setzen, doch dass der Lebensmüde womöglich ein Kind bei sich hat, macht die Sache noch dringlicher.

Lois hört über Polizeifunk die Durchsage der Einsatzzentrale und wirft ihrem Kollegen Fred Klinkenberg auf dem Fahrersitz einen Blick zu: »Judith Leysterstraat, das ist doch ganz in der Nähe, oder?«

»Keine fünf Minuten von hier.«

Eigentlich sind für solche Einsätze die Streifenpolizisten zuständig. Da es jetzt aber auf jede Sekunde ankommt, reißt Fred das Steuer herum und gibt Vollgas.

»11.18, hier 89.22. Fred und ich sind nicht weit von der Judith Leysterstraat entfernt und schon auf dem Weg. Ist eventuell jemand näher dran?«

»89.22, nein. Fahrt hin und seht zu, dass ihr die Situation unter Kontrolle bekommt. Ich schicke einen Verhandler.«

»11.18, verstanden. Wir sind gleich da.«

Kurz darauf erreichen sie die Judith Leysterstraat, wo neben einem Einkaufszentrum ein zwölf Etagen hoher Wohnblock aufragt.

Lois späht durchs Seitenfenster empor, erkennt aber wegen des Nebels nichts. »Wer das gemeldet hat, muss Adleraugen haben«, sagt sie.

»Vielleicht steht er an der Rückseite.« Fred steuert den Parkplatz neben dem Gebäude an.

Das Auto steht noch nicht ganz, da steigt Lois bereits aus und rennt zur offenen Tür, wo ein glatzköpfiger Mann um die fünfzig wartet.

»Ich bin Jan Fossen, der Hausmeister«, stellt er sich vor. »Die Frau, die Sie benachrichtigt hat, hat mir Bescheid gesagt.«

»Waren Sie schon oben? Wissen Sie, ob da wirklich jemand steht? Es ist sogar von zwei Personen die Rede.« Lois drückt hektisch auf den Rufknopf am Aufzug und blickt sich nach Fred um, der gerade auf die Tür zueilt.

»Ja, ich hab nachgesehen. Die Dachluke ist aufgebrochen worden. Als ich rausgeguckt hab, waren da zwei Leute: ein Mann und ein Junge. Auf mein Rufen haben die nicht reagiert. Da bin ich wieder runter, um auf Sie zu warten.«

Die Lifttür öffnet sich, und sie steigen zu dritt ein. Die Enge in der Kabine verursacht Lois Beklemmungen; sie atmet mehrmals tief durch.

»Sprich du mit dem Mann«, sagt Fred auf dem Weg nach oben. »Du weißt ja, Reden ist nicht mein Ding. Und wir können nicht auf den Verhandler warten.«

»Kein Problem, ich mach so was ja täglich.« Lois verzieht das Gesicht, protestiert aber nicht weiter.

Mit seiner Erfahrung aus vierzig Dienstjahren ist Fred ein hervorragender Ermittler, aber Reden ist tatsächlich nicht sein größtes Talent. Vermutlich würde er sich dem Mann nervös hüstelnd nähern und keinen Anfang finden. Sie selbst weiß jetzt zwar auch noch nicht, was sie sagen soll, verlässt sich aber auf ihre Intuition.

»Wir sind da, von hier kommt man aufs Dach.« Nachdem der Hausmeister aus dem Aufzug gestiegen ist, deutet er nach oben auf die offene Luke. Neben der Ausziehleiter liegt ein Hammer am Boden – das Werkzeug, mit dem das Schloss weggeschlagen wurde.

»Dann mal los.« Fred setzt den Fuß auf die unterste Sprosse.

»Fahren Sie bitte wieder runter und warten Sie dort auf unsere Leute«, bittet Lois den Hausmeister.

Er nickt und geht nach einem Blick auf Fred, der jetzt die Leiter hinaufsteigt, zurück in den Lift.

Kaum hat ihr stämmiger Kollege sich durch die Öffnung gezwängt, klettert Lois hinterher.

Dann sieht sie den Mann und das Kind. Die beiden stehen am Rand des Dachs, zwei in Nebelschwaden gehüllte Silhouetten. Ihr erster Impuls ist, sofort loszulaufen, aber sie bleibt doch erst neben Fred stehen, der fröstelnd den Jackenkragen hochstellt.

»Geh hin, ich halt mich erst mal im Hintergrund«, flüstert er.

Sie nickt.

Der Nebel bietet auch Vorteile, er dämpft die Geräusche. Aber anscheinend hat der Mann doch etwas gehört, denn er blickt kurz über die Schulter.

Vorsichtig geht Lois auf ihn zu. Als sie in Hörweite ist, spricht sie ihn an: »Hallo. Bitte erschrecken Sie nicht. Ich bin von der Polizei. Bleiben Sie ruhig stehen, bewegen Sie sich nicht.«

Wieder blickt der Mann sich um.

»Keinen Schritt weiter!«, ruft er panisch. »Sonst springen wir!«

»In Ordnung, ich bleibe, wo ich bin. Ich möchte nur mit Ihnen reden.«

Der Größe nach dürfte der Junge acht, neun Jahre alt sein. Er hat sich bisher noch nicht umgesehen. Mit gesenktem Kopf steht er da und schwankt leicht, so als schliefe er halb. Der Vater – Lois geht zumindest davon aus, dass es sich um Vater und Sohn handelt – hält ihn an der Hand.

Fred hat sich den beiden im Schutz des Nebels von der Seite ein wenig genähert. Lois sucht seinen Blick und macht eine Kopfbewegung zu dem Kind hin.

Er nickt.

»Was ist geschehen? Sagen Sie mir doch bitte, weshalb Sie hier stehen!«, ruft sie dem Mann zu, der ihr jetzt den Rücken zukehrt.

Blödes Gerede, denkt sie, wo doch glasklar ist, was hier passiert. Aber es geht ja darum, den Kontakt herzustellen und den Mann so weit zu kriegen, dass er mit ihr spricht.

»Ich komme ein bisschen näher, dann redet es sich besser. Nicht zu nahe, versprochen.«

Keine Reaktion.

Lois macht ein paar Schritte nach vorn, zum Rand des Dachs hin. Beim Gedanken an die über dreißig Meter bis zum harten Asphalt wird ihr mulmig. Das Flachdach hat kein Mäuerchen oder Geländer, das vor einem Fall schützen könnte.

Etwa drei Meter von dem Mann entfernt bleibt sie stehen, damit er sich nicht bedrängt fühlt.

Fred hat sich nicht mehr vom Fleck gerührt, stellt sie aus dem Augenwinkel fest, er beobachtet das Ganze aber weiter ganz genau.

»Was ist denn? Wollen Sie es mir sagen?«, fragt sie wieder.

Den Blick starr in die Tiefe gerichtet, scheint der verzweifelte Mann gar nicht registriert zu haben, dass sie näher gekommen ist. Nun aber sieht er sich um und erschrickt. Er macht eine abwehrende Geste, hält sie mit gestrecktem Arm auf Abstand.

»Wegbleiben, hab ich gesagt!«

»Ist ja schon gut. Wollen Sie mir nicht von Ihrem Problem erzählen? Bitte.«

»Das hat doch keinen Sinn. Mein Entschluss steht fest. So ist es für alle am besten.«

»Vielleicht«, sagt Lois. »Aber vielleicht auch nicht. Bestimmt gibt es Alternativen, eine Lösung, an die Sie noch gar nicht gedacht haben. Was für ein Problem haben Sie?«

»Das geht Sie einen Scheißdreck an!« Er wendet sich ab und schaut wieder nach unten.

Lois macht einen weiteren Schritt, bleibt aber sofort stehen, als er sie mit einem wütenden Seitenblick bedenkt.

Wann kommt endlich der Verhandler? Für solche Einsätze ist sie nicht ausgebildet und hat auch null Erfahrung damit. Aber wenn der Mann mitsamt dem Kind tatsächlich springt, wird sie sich ihr ganzes Leben lang vorwerfen, es nicht verhindert zu haben.

»Ist der Junge Ihr Sohn?«, fragt sie.

Es funktioniert: Der Mann löst den Blick vom Abgrund und betrachtet das Kind neben sich. Dann nickt er.

»Wie heißt er?«

»Sem.«

Ja, sehr gut!, denkt Lois, sieh ihn dir an, wie er zittert und schwankt, mach dir klar, was du dem Kleinen antust!

»Hübscher Name. Mein Neffe heißt auch so.«

Lois hat keinen Neffen, aber das kann der Mann ja nicht wissen. Sie merkt, dass ihre Stimme viel zu munter klingt, so als würde sie mit einem Nachbarn über den Gartenzaun hinweg plaudern. Egal, sie hat ihn zum Reden gebracht, und nur darauf kommt es an. Wenn sie jetzt die richtigen Worte findet, stehen die Chancen gut. Nur: Welches sind die richtigen Worte?

In ihrer Hilflosigkeit streckt sie die Hand nach dem Mann aus, als tröstliche Geste, nicht um ihn festzuhalten. Und so versteht er es auch. Er bleibt regungslos stehen und sieht sie schweigend an. Sein Gesichtsausdruck ist unendlich verzweifelt.

Lois ist versucht, weiter auf ihn zuzugehen, aber das wäre jetzt falsch. Die Situation unter Kontrolle bekommen, hat de Vries von der Einsatzzentrale gesagt, und auf den Verhandler warten.

Sie stellt sich auf die Zehenspitzen, um einen Blick nach unten zu wagen. Die Straße ist nicht zu sehen. Nebelschleier legen sich wie feuchte Tücher um die oberen Etagen und täuschen über die gähnende Tiefe hinweg. Mit Entsetzen wird ihr klar, dass ein Sprung unter diesen Umständen viel leichter fällt.

Vorsichtig schaut sie zu Fred hinüber, dem es gelungen

ist, sich unbemerkt dem Kind zu nähern. Rasch wendet sie sich wieder dem Mann zu.

Da ist etwas in seinen Augen, und mit einem Mal weiß sie, dass er es tun wird, jetzt gleich!

»Nicht!« Ihr Ruf hallt über das Dach und verliert sich im Nebel.

»Nicht springen!« Unwillkürlich macht sie ein paar Schritte auf ihn zu und ist nun so nah, dass sie ihn mit gestrecktem Arm berühren könnte.

Sekundenlang schauen sie einander an. Seine Züge sind von Kummer und Sorgen gezeichnet, an den Brauen und Wimpern hängen feine Wassertröpfchen.

»Sie haben versprochen wegzubleiben«, sagt er heiser.

»Tun Sie's nicht! Bitte! Ich helfe Ihnen! Was auch immer Ihr Problem ist, es gibt für alles eine Lösung!« Regelrecht flehend klingt ihre Stimme.

»Nein. Und das wissen Sie so gut wie ich: Für manche Probleme gibt es keine Lösung.«

»Sie haben einen Sohn! Wie alt ist er? Jedenfalls zu jung zum Sterben und schon gar nicht auf diese Art! Denken Sie doch an Sem!«

»Genau das tu ich. Deshalb ist er ja dabei. Ich hab ihm ein Schlafmittel gegeben, er wird kaum was mitbekommen.«

Der Mann fasst die Hand des Kindes fester und richtet den Blick nach unten.

»Wie heißen Sie überhaupt? Ich weiß nicht mal Ihren Namen …«, stammelt Lois.

Er lächelt ihr flüchtig zu. »Ich heiße Richard.«

Dann springt er.

Lois wirft sich nach vorn, um ihn noch festzuhalten, greift aber ins Leere. Gleichzeitig bekommt Fred die Jacke des

Jungen zu fassen. Einen Moment lang sieht es so aus, als würden beide in die Tiefe stürzen, doch Fred schafft es, das Kind zurückzureißen, und schließt es fest in die Arme.

Wie betäubt steht Lois da. Sie weiß nicht, wie lange. Es ist ihr nicht gelungen, den Mann umzustimmen – dieser furchtbare Gedanke beherrscht sie so sehr, dass sie nicht aufhören kann zu zittern und am Rand des Dachs in die Knie geht. Erst als sie eine Hand auf der Schulter spürt und Stimmen hört, wird ihr bewusst, dass die anderen gekommen sind.

Wie durch einen Schleier nimmt sie wahr, dass Sem von ihrer Kollegin Claudien Harskamp weggeführt wird. Fred blickt den beiden nach, mit hängenden Schultern und die Arme schlaff am Körper baumelnd, so als wäre alle Kraft aus ihm gewichen.

2

»Dass ausgerechnet wir gerade da sein mussten! Auf der Polizeiakademie hat man uns alles Mögliche beigebracht, und bei den Einsätzen hab ich auch schon genug erlebt, aber so was …«, sagt Lois. »Ich hab wirklich versucht, mit dem Mann zu reden, und trotzdem ist er gesprungen!« Niedergeschlagen fährt sie sich durch das halblange blonde Haar und stützt dann mit einem Seufzer den Ellbogen auf die Theke.

Sie sitzen in einer gemütlichen Kneipe am Alkmaarer Waagplein. Hier sind sie des Öfteren, wenn nach der Arbeit noch etwas zu besprechen ist.

»Kein Mensch wirft dir etwas vor. Du hast getan, was du konntest. Wir beide haben getan, was wir konnten. Der Mann war nun mal fest entschlossen.« Fred trinkt einen Schluck Bier.

»Du hast wenigstens den Jungen gerettet, aber ich? Der Mann ist gesprungen! Vor meinen Augen!«

»Nur weil du mit ihm gesprochen hast, bin ich an das Kind rangekommen.« Fred berührt sie tröstend an der Schulter. »Und wenn wir nicht so schnell da gewesen wären, hätte es mit Sicherheit zwei Tote gegeben. So konnten wir wenigstens den Jungen retten.«

Lois schließt kurz die Augen. Was mag in einem Menschen vorgehen, denkt sie, der sich mit seinem Kind an der Hand aufs Dach eines Hochhauses stellt? Wie verzweifelt muss man sein, um darin den einzigen Ausweg zu sehen?

Inzwischen ist bekannt, dass der sechsunddreißigjährige Richard Veenstra hohe Schulden hatte. Er und seine Frau hatten vor drei Jahren ein Einfamilienhaus gekauft, waren wegen der Krise auf dem Immobilienmarkt ihre alte Wohnung aber nicht losgeworden. Die Schulden häuften sich an, und als dann auch noch Veenstras Frau an Krebs starb, verlor er jeden Lebensmut. Er hatte seinen Sohn mit einem Schlafmittel betäubt und ihm gesagt, sie würden zur Mama gehen.

Nun ist der Mann tot, und der achtjährige Junge hat innerhalb kurzer Zeit beide Eltern verloren. Wenigstens ist er bei Verwandten untergekommen, wie Lois von Claudien gehört hat.

Das war's dann, zurück zur Tagesordnung – Fred und sie sind derzeit mit einer Serie von Raubüberfällen in Alkmaar und Umgebung beschäftigt. Aber sie weiß schon jetzt, dass sie sich nur mit größter Mühe auf die Ermittlungsarbeit und die Dienstbesprechungen wird konzentrieren können. Es wird lange dauern, bis die entsetzlichen Bilder, die sich auf ihrer Netzhaut eingebrannt haben, verblassen. Nicht nur, wie der Mann sprang. Auch wie sie ihn dann unten in seinem Blut liegen sah, schrecklich zugerichtet. Und wie der Junge, der glücklicherweise das Ganze gar nicht richtig mitbekam, durch Freds beherztes Eingreifen gerettet wurde.

Im Laufe der Zeit – seit ein paar Jahren bei der Kriminalpolizei in Alkmaar, vorher nach der Ausbildung im Streifendienst in Amsterdam – hat Lois so manches gesehen, aber noch nie hat ein Mensch sich buchstäblich vor ihren Augen umgebracht. Das eine Mal, dass sie bisher schießen musste, hat niemanden das Leben gekostet. Sie hatte einen Einbrecher ins Bein geschossen, um ihn an der Flucht zu hindern.

Bei der Kriminalpolizei zu arbeiten war schon immer ihr Traum. Nach dem Abitur hat sie die Polizeiakademie in Amsterdam besucht und ihre Ausbildung zügig absolviert. Jetzt, mit einunddreißig Jahren, ist sie Polizeihauptmeisterin bei der Dienststelle Noord-Holland Noord und mit der Aufklärung von Kapitalverbrechen befasst. Bis auf wenige Ausnahmen ist Fred ihr fester Partner, und anfangs war er auch ihr Mentor. Er nahm sie ins Schlepptau und brachte ihr alles Nötige bei. Inzwischen sind sie so gut aufeinander eingespielt, dass sie sich mit einem Wort, einem Gesichtsausdruck oder einer Geste verständigen können.

Als Fred vor Kurzem sagte, er wolle vorzeitig in Rente gehen, war Lois schockiert gewesen. Sie hat sich noch immer nicht an den Gedanken gewöhnt, dass er mit seiner ruhigen, verlässlichen Art bald nicht mehr an ihrer Seite sein wird. Vor allem an Tagen wie heute wird ihr das schmerzlich bewusst.

»Hätte man dir bloß nicht dieses verflixte Angebot mit dem Vorruhestand gemacht«, sagt sie und greift nach ihrem Colaglas. »Immer hast du gesagt, du würdest dich dann totlangweilen, und jetzt hörst du auch noch früher auf als nötig. Ich rette dich nicht, wenn du demnächst zu Hause zwischen den Geranien eingehst, nur damit du's weißt!«

Fred grinst breit und wischt sich den Bierschaum vom Schnurrbart. »Keine Sorge, Nanda kennt sich mit Erster Hilfe aus und kümmert sich Tag und Nacht um mich.«

»Das ist es ja! Wenn du mich fragst, hast du das nach spätestens drei Monaten gründlich satt.«

»Ach was, wir bleiben doch nicht die ganze Zeit zu Hause. Wir wollen reisen. Nanda hat schon Prospekte von Wohnmobilen besorgt, wir brauchen uns bloß noch eins auszusuchen.«

»Sag jetzt bitte nicht, dass ihr in Benidorm überwintern wollt, sonst lass ich dich einweisen!«

»Was spricht gegen Benidorm?«

»Alles! Du kannst doch nicht ohne deinen Wintersport. Schlittschuhfahren, Langlaufen …«

»Stimmt. Wenn wir von der spanischen Sonne genug haben, fahren wir einfach nach Österreich weiter. Wir sind ja frei – und fröhlich.« Fred lacht erst, wendet sich dann aber mit plötzlich ernster Miene an Lois: »Weißt du, darum geht es mir letztlich: um die Freiheit. Die Möglichkeit, längere Zeit unterwegs zu sein, ohne vorher zu buchen und ohne festzulegen, wann man wieder nach Hause kommt. Einfach der Nase nach und schauen, wohin es einen verschlägt. Kein Piepser, der einen von Geburtstagsfeiern oder vom Essen mit Freunden wegruft. Vor allem Nanda wird es guttun, und nachdem sie so viele Jahre zurückstecken musste, hat sie das auch verdient. Ich hab mich für den Vorruhestand entschieden, damit wir gemeinsam noch was vom Leben haben.«

Sekundenlang bleibt es still. Lois nimmt ihr Glas, um einen Schluck zu trinken.

»Ich verstehe dich ja«, sagt sie schließlich. »Und du hast auch vollkommen recht. Es ist nur so, dass du mir verdammt fehlen wirst. Wer weiß, mit wem ich dann zusammenarbeiten muss.«

»Mit einem blutigen Anfänger, so wie du früher. Einem, dem beim Schießen die Hand zittert, der am Tatort aus Versehen Spuren zertrampelt und nach dem Anblick der ersten verwesten Leiche tagelang von der Rolle ist.« Fred schmunzelt.

Lois versetzt ihm einen Rippenstoß. »So schlimm war ich aber nicht!«

»Noch viel schlimmer! Weißt du noch, als ich in Urlaub war und du allein losmusstest, weil jemand gemeldet hatte, unter einer Brücke liege eine Leiche? Den ganzen Laden hast du kirre gemacht, weil du geglaubt hast, jeder bis hin zum Bürgermeister müsse vorab darüber informiert werden.«

»Ja, ja, schon gut …« Lois ist das Thema sichtlich unangenehm, doch Fred redet unbeirrt weiter.

»Ich wär zu gern dabei gewesen, als der Mann wieder zu sich kam. Er hat sich bestimmt zu Tode erschrocken über die Leute in den weißen Schutzanzügen.« Die Geschichte hat Fred damals prächtig amüsiert, und noch heute kann er sich darüber ausschütten.

»Hast du fürs Wochenende was Nettes vor?«, fragt sie, um ihn abzulenken.

»Nanda will Wohnmobile anschauen, also werden wir wohl den ganzen Samstag in irgendwelchen Showrooms verbringen. Und du?«

Lois zieht ein Gesicht. »Ich hab was richtig Lustiges vor. Guido wird fünfzig und feiert heute groß. Abendgarderobe erwünscht!«

»Und das heißt?«

»Dass ich mir ein neues Kleid kaufen musste. Und Stilettos.«

»Hast du so was denn nicht?«

»Kleid und Schuhe? Doch, vom letzten größeren Fest, aber bei den Schuhen ist das Leder an den Spitzen eingerissen, und auf dem Kleid ist ein Fettfleck, der nicht mehr rausgeht. Deshalb musste ich was Neues kaufen. Vielleicht kann ich die Sachen ja zu Weihnachten wieder tragen, mal sehen …«

»Musst du denn jedes Mal in einer anderen Kreation bei Schwester und Schwager aufkreuzen?«, fragt Fred.

»Eigentlich schon. Aber wie wär's, wenn ich sage, dass ich für die Weihnachtstage bei dir und Nanda eingeladen bin?«

»Wenn du den Radau unserer Enkelkinder erträgst, bist du herzlich willkommen. Obwohl ich finde, das kannst du deiner Schwester nicht antun.«

»Stimmt. An Weihnachten werde ich wohl oder übel wieder antanzen müssen. Nun aber erst mal die blöde Geburtstagsfeier, eins nach dem anderen.«

3

Draußen ist es nach wie vor neblig. Schon die ganze Woche war trübes Wetter, und jetzt im Winter wird es auch sehr früh dunkel. Wäre Sommer, könnte Lois noch eine Stunde draußen joggen. Das geht zwar auch im Dezember, aber der nasskalte Abend lädt nicht gerade dazu ein. Außerdem hat sie wegen der Geburtstagsfeier ohnehin keine Zeit.

Mit dem Jackenärmel wischt sie den Fahrradsattel trocken und nimmt einen Schal aus der Satteltasche. Vom Waagplein bis zu ihrer Wohnung ist es zwar nicht weit, aber sie will keine Erkältung riskieren. Eingemummelt in den Wollschal, fährt sie los.

Lois wohnt an der Baangracht, unweit der früheren Stadtmauer. Heute befindet sich dort eine schmale Grünanlage mit Spazierwegen entlang des Stadtgrabens.

»Dass die Mauer abgebrochen wurde, ist ein Jammer«, sagte ihr Vater oft, der als Geschichtslehrer gern über frühere Zeiten erzählte. »Sie hat unsere Vorfahren gegen die Spanier geschützt. Schon aus Achtung vor der Vergangenheit hätte man sie stehen lassen müssen.«

Lois erinnert sich noch gut an einen Wintertag, als sie fünf, sechs Jahre alt war und mit ihrem Vater am zugefrorenen

Stadtgraben stand. Er lief gern Schlittschuh und zog sie dann auf einem Schlitten hinter sich her.

»Gleich da drüben lag der Feind und wollte Alkmaar einnehmen«, sagte er und deutete ans andere Ufer. »Es waren spanische Truppen unter Don Fadrique de Toledo, Herzog Albas Sohn. Mit ein bisschen Fantasie kannst du es vor dir sehen.«

Mit den fremdländischen Namen konnte Lois wenig anfangen, und ihre Vorstellungskraft, was die Geschichte angeht, war noch nicht ausgebildet. Leicht verwirrt blickte sie vom Schlitten aus auf das verschneite Ufer.

»Bei der Bank waren sie also?«, fragte sie.

Ihr Vater schwieg kurz, dann lachte er und sagte: »Ja, genau da.«

Immer wenn Lois von ihrem Fenster zu der Stelle hinüberschaut, wo inzwischen längst keine Bank mehr steht, muss sie an ihren Vater denken.

Die drei Zimmer ihrer nicht besonders großen Wohnung sind auf zwei Stockwerke verteilt. Im Erdgeschoss befindet sich der Wohn- und Essbereich mit offener Küche, oben sind das Bad und zwei weitere Zimmer. Das eine ist ihr Schlafzimmer. Das andere, kleinere hat sie zum Fitnessraum umfunktioniert und mit Laufband und Hometrainer ausgestattet.

Mehr Platz brauchte sie nicht. Ihr war vor allem wichtig, nicht zu weit weg vom Büro zu wohnen. Und das ist ihr gelungen. Obwohl in der Innenstadt zu wohnen nie billig ist, reichten ihre Ersparnisse gerade noch, um die Wohnung nach ihrem Geschmack zu renovieren und zu möblieren.

Die Einrichtung ist klar und schnörkellos. Auf dem

schwarzen Holzfußboden des Wohnzimmers liegt ein hellgrauer Teppich, die Wände sind weiß getüncht, die Möbel ebenfalls weiß, bis auf die schwarze Arbeitsplatte im Küchenbereich. Dort war auch noch Platz für einen schmalen Bartisch, an dem sie morgens, meist in Eile, ihren Kaffee trinkt. Den Übergang zum Wohnraum bilden ein weißer Esstisch und vier Stühle mit schwarz-weiß gestreiften Bezügen.

Eine Zeit lang hat ihre Schwester Tessa versucht, der Wohnung mit Dekogegenständen etwas mehr Farbe zu verleihen. Die gut gemeinten Mitbringsel, meist in diversen Rosatönen, hat Lois stets umgehend an Bekannte weiterverschenkt, und inzwischen hat Tessa wohl aufgegeben, da sie bei Besuchen entweder gar nichts oder etwas in Lois' bevorzugten Farbtönen mitbringt.

Schwarz und weiß mochte auch Brian am liebsten. Die Wohnung, in der sie fünf Jahre lang zusammenlebten, war nicht wesentlich anders eingerichtet als diese Maisonnette, in die sie nach der Trennung gezogen ist. Vielleicht hat sie den nüchternen Stil beibehalten, damit Brian, sollte er zurückkommen, übergangslos wieder seinen Platz in ihrem Leben einnehmen könnte. Er fehlt ihr sehr, und sie weiß, dass das auch umgekehrt gilt, denn obwohl er wieder in Amerika lebt, haben sie weiterhin Kontakt. Zunächst über Skype und Mail, in letzter Zeit hauptsächlich über Facebook. Ein dürftiger Ersatz für das, was früher zwischen ihnen war.

Im Grunde war ihr von Anfang an klar gewesen, dass es einmal Probleme geben würde. Dass entweder sie oder er alles würde zurücklassen müssen, alles, was einem von ihnen von Kindesbeinen an vertraut war. Naiverweise war sie in ihrer Verliebtheit davon ausgegangen, dass Brian hierbleiben würde, dabei hatte er immer wieder betont, es sei nur für ein paar Jahre. Aber sie waren so unglaublich verliebt ineinander. Lois war der festen Überzeugung gewesen, dass nichts sie trennen könnte.

Irgendwann tauchten dann jedoch die ersten Schwierigkeiten auf. Verstimmungen und kleine Streitereien. Brian vermisste seine Eltern und die zahlreiche Verwandtschaft, während Lois sich damit herumschlug, dass sie – außer Tessa – gar keine Familie hat. Dass sie darunter leidet, hatte sie ihm bewusst verschwiegen, aber vermutlich hatte er gemerkt, wie sehr es sie belastet.

Vor einiger Zeit war Brian von seinem Arbeitgeber in die USA zurückbeordert worden. Lois war nicht bereit gewesen, alles aufzugeben und ihn zu begleiten, und er wiederum wollte nicht ihretwegen bleiben. Anscheinend war die Liebe doch nicht so stark, wie sie dachte.

Trotz der Trennung setzt sie sich jeden Abend nach der Arbeit als Erstes an ihren Computer und scannt auf Facebook die neuen Meldungen. Wenn Brian etwas geschrieben hat, kommentiert sie das hin und wieder oder klickt auf »gefällt mir«. Jedes gepostete Foto nimmt sie so akribisch unter die Lupe, als gälte es, ein Verbrechen aufzuklären, und immer hat sie Angst, einen Hinweis auf eine neue Liebe zu entdecken. Ob Brian ihre Fotos ebenso genau betrachtet? Befürchtet er auch, sie könnte wieder einen Freund haben, wenn sie beispielsweise einen netten Abend in der Kneipe erwähnt, oder weiß er wohl, dass sie lediglich mit ihren Kollegen zusammengesessen hat?

Lois zieht das Gummi aus ihrem Haar und schüttelt es, während sie die Meldungen des Tages überfliegt. Da – ein Text von Brian, in dem von einem nahenden Sturm die Rede ist. Sonst nichts.

Eine Weile betrachtet sie sein Profilfoto, wie schon so oft. Nach wie vor wirken das gebräunte Gesicht und der dunkle Haarschopf elektrisierend auf sie, mehr als ihr lieb ist.

Das schwarze Kleid ist ziemlich kurz und hat einen Spitzensaum. Weil der Ausschnitt für Lois' Geschmack zu tief ist, hat sie ein Top daruntergezogen. Dazu trägt sie Schuhe mit so hohen Absätzen, dass man allenfalls kurze Strecken damit gehen kann und auch nicht lange stehen, will man sich die Gelenke nicht ruinieren.

Nach einem schnellen Imbiss und einer Viertelstunde Schminken vor dem Spiegel steigt sie in ihr Auto und schlägt den Weg ins nur wenige Kilometer entfernte Bergen ein.

Bergen ist seit jeher ein teures Pflaster, besonders an der Eeuwigelaan, wo die oberen Zehntausend wohnen. Die Straße ist mit alten Bäumen gesäumt, von denen sich etliche gefährlich neigen. Zu beiden Seiten stehen stattliche Villen, manche in traditioneller Bauweise mit Reetdach, andere hypermodern. Einige der parkähnlichen Grundstücke sind so weitläufig, dass die Häuser von der Straße aus kaum zu sehen sind, und so gut wie alle sind mit hohen Zäunen abgeschottet.

Das Tor zum Anwesen von Lois' Schwager ist weit offen. Rechts und links davon stehen zwei bullige Männer, die die Gäste einweisen und auf einer Liste abhaken.

Lois lässt das Seitenfenster herab, nennt ihren Namen und wird durchgewunken.

Unter den Autoreifen knirscht der Kies. Einen Moment lang ist sie versucht, auf der sorgfältig geharkten Zufahrt Vollgas zu geben, damit die Steinchen aufspritzen.

Kaum zu glauben, dass ihre Schwester die prachtvolle

Villa bewohnt, vor der Lois nun anhält. Der Kontrast zu ihrem eher bescheidenen Elternhaus ist so groß, dass sie sich noch immer nicht daran gewöhnen kann. Vielleicht wäre es anders, wenn ihr Schwager nicht adlig und Tessa die Alte geblieben wäre und wie früher spontan durchs Zimmer tanzte oder sich über irgendeinen dummen Witz kaputtlachte. Aber sie hat sich nach ihrer Heirat dem neuen Status angepasst und trägt jetzt beispielsweise Kleider, über die sie sich früher gemeinsam lustig gemacht haben. Seit Neuestem zieht Tessa sich sogar um, bevor sie ihren Hund ausführt: Die teure Markenhose pimpt sie dann mit edlen Lackstiefeln und einem Kaschmirponcho auf, den sie – wie die anderen Frauen der Gegend – lässig über den Designerblazer drapiert. Jeans hat sie nach wie vor im Kleiderschrank, doch die stammen nun aus Geschäften, die sie und Lois früher nach einem Blick auf die Preisschilder fluchtartig verlassen haben.

Zu allem Überfluss hat Tessa auch noch versucht, Lois in den Sprachgebrauch des Adels einzuweihen, der ihr immer noch undurchschaubar scheint. Wenn einem Baron das Essen schmeckt, sagt er nicht, es sei »lecker«, sondern »köstlich« oder »sehr gut«, und »das mag ich nicht« ist ein absolutes No-Go.

Wer glaubt, vornehm zu reden reicht, läuft große Gefahr, gleich ins nächste Fettnäpfchen zu treten, denn den Abschluss eines Menüs bildet nicht das Dessert, sondern schlicht der Nachtisch, und man geht nicht etwa auf die Toilette, sondern aufs Klo.

Der Etikette zufolge gilt es als unhöflich, andere auf sprachliche Ausrutscher hinzuweisen, sie werden geflissentlich ignoriert. Als Lois Guido vor einiger Zeit einmal nach den Dos und Don'ts des adeligen Soziolekts gefragt hat, bekam sie eine so lange Aufzählung von Wörtern und Wendungen zu hören, dass sie beschloss, es gar nicht erst zu versuchen.

Tessa hingegen hat den hochherrschaftlichen Sprachgebrauch weitgehend übernommen, ob aus eigenem Antrieb oder weil Guido ihr das nahegelegt hat, ist Lois nicht so recht klar.

Jedenfalls haben die Schwestern sich immer weniger zu sagen. Tessa ist zwar immer noch nett und herzlich, aber sie lebt in einer anderen Welt, einer Welt, in der man Kurztrips nach Bali macht, wo man in Fünfsternehotels logiert, um mal eben auszuspannen, oder sich darüber aufregt, dass der Swimmingpool im Garten schon wieder undicht ist.

Wenn Lois bei ihr und Guido eingeladen ist, tut sie zwar interessiert, aber wirklich mitreden kann sie bei solchen Dingen nicht. Ihre Welt sieht völlig anders aus. Sie ist täglich mit Verbrechen konfrontiert. Und wenn sie nachts mal nicht schlafen kann, dann wegen eines Mordopfers, das sein Leben noch vor sich hatte, oder wegen eines Juweliers, der sein Geschäft aufgegeben hat, nachdem er innerhalb kurzer Zeit zwei Mal überfallen und mit der Pistole bedroht wurde.

4

Die Schiebetür aus Glas mit Facettenschliff ist offen, sodass der Living, wie Guido van Sevenhuysen das Wohnzimmer nennt, und der großzügige Eingangsbereich nun einen ballsaalgroßen Raum bilden.

Guido hat seinen Pullover zwar lässig über die Schultern gehängt, dennoch ähnelt er einem Herrscher, der die Schar der Gratulanten an sich vorbeidefilieren lässt. Neben ihm steht Tessa, zierlich und blond, in einem eleganten roten Kleid, das zweifellos ein Vermögen gekostet hat. Eigentlich hat Lois keine Lust, sich anzustellen, aber was bleibt ihr übrig? Zum Glück bemerkt Tessa sie und winkt sie nach vorn.

Schnell geht Lois an den anderen vorbei und umarmt ihre Schwester zur Begrüßung.

»Fantastisch, wie hier alles hergerichtet ist«, sagt sie. »Es wird bestimmt ein großartiges Fest.«

»Ja, nicht wahr? Der Eventmanager hat sich alle Mühe gegeben, aber ich war natürlich auch nicht untätig.«

Guido wendet sich zwischen zwei Gästen seiner Schwägerin zu.

»Lois! Wie schön, dass du gekommen bist!« Er beugt sich zum üblichen Wangenkuss vor.

»Alles Gute zum Geburtstag, Guido. Ich habe hier etwas für dich.« Sie hält ihm ein Päckchen hin.

»Sei so nett und leg es auf den Geschenketisch. Zum Auspacken komme ich erst später. Ein Trubel ist das hier! Ich wusste gar nicht, dass ich so viele Freunde habe.« Guido lacht. »Alles in Ordnung bei dir, meine Liebe? Das Kleid steht dir übrigens hervorragend. Ist doch mal was anderes als immer diese öde Polizeiuniform, oder?«

»Ich trage keine Uniform«, sagt Lois. »Ich bin bei der Kripo.«

»Ach ja, stimmt. Und wie läuft es so? Habt ihr schon wieder einen Mörder gefangen?« Er späht bereits über ihre Schulter zu den Wartenden.

»Heute ausnahmsweise nicht. Ich leg dann mal das Päckchen ab.« Sie lächelt Guido und ihrer Schwester zu und geht weiter.

An der Wand steht unter einem großformatigen Gemälde von Guido mit seiner ersten Frau und den damals noch kleinen Kindern ein Tisch, auf dem sich edel verpackte Geschenke häufen. Lois legt ihres, das sich nun recht bescheiden ausnimmt, dazu.

Sie sieht sich um, entdeckt aber niemanden, den sie – wenn auch nur flüchtig – kennt. In den vier Jahren, die Tessa jetzt mit Guido zusammen ist, konnte Lois aus beruflichen Gründen zu etlichen Feiern nicht kommen, sodass sie die meisten Verwandten und Bekannten des Schwagers nicht kennt. Und sie wüsste auch gar nicht, mit wem sie sich hier gut unterhalten könnte. Die Frauen tragen allesamt Designerkleider, am Arm Taschen von Luis Vuitton oder Hermès, und sie stöckeln auf Absätzen, die Lois' zehn Zentimeter weit in den Schatten stellen. Die Männer haben

Bundfaltenhosen an, dazu Pullunder über tadellos gebügelten Hemden.

Ein Kellner mit einem Tablett voller Champagnergläser nähert sich.

»Haben Sie auch Orangensaft?«, fragt Lois.

»Leider nicht«, kommt es bedauernd.

Nachdem Lois ihm mit einer Geste zu verstehen gegeben hat, das mache nichts aus, geht er weiter.

Ein wenig verloren blickt sie sich um.

»Ganz schön viel los hier«, sagt jemand neben ihr.

Sie blickt zur Seite und dann nach oben, bis sie einem hochgewachsenen Mann ins Gesicht schaut. Er nippt an seinem Champagner. Sein Hemd mit Blümchenmuster fällt etwas aus dem Rahmen, ebenso der blonde Wuschelkopf unter den sorgfältig nach hinten gekämmten längeren Haaren der anderen.

»Das kann man wohl sagen. Sind Sie mit Guido verwandt?«

»Ein Cousin.« Er streckt die Hand aus. »Onno van Zuylen tot Velthoven.«

Lois reicht ihm die Hand. Kurz ist sie versucht, sich als Gräfin Koks von der Gasanstalt vorzustellen, wie sie das bei Fred manchmal spaßeshalber macht, nennt dann aber ihren richtigen Namen.

»Elzinga?«, sagt er. »Also müssen Sie Tessas Schwester sein.«

»Bin ich.«

»Und warum stehen Sie dann mutterseelenallein hier herum, Lois, und auch noch ohne Getränk?«

»Weil ich so gut wie keinen kenne und außerdem Bereitschaft habe.«

Onno mustert sie mit hochgezogenen Brauen: »Bereitschaft?«

»Ich arbeite bei der Polizei.«

»Das heißt, Sie können jeden Moment wegen eines Falschparkers oder einer Kneipenschlägerei weggerufen werden?«

»Ich bin bei der Mordkommission.«

Völlig perplex sieht er sie an. »Na so was!« Er trinkt einen Schluck. »So jemanden hatte ich mir ganz anders vorgestellt.«

»Darf ich raten? Mit Bürstenschnitt und Damenbart?«

»Das nun auch wieder nicht, aber Sie wirken sehr mädchenhaft und sind auch nicht sonderlich groß.«

Lois zwingt sich zu einem höflichen Lächeln und wirft Tessa, die gerade vorbeigeht, einen Hilfe suchenden Blick zu.

»Unterhaltet ihr euch gut?«, fragt diese. »Ein wunderbares Fest, nicht wahr? Ich glaube, es sind tatsächlich alle Eingeladenen gekommen.«

»Alle achthundert?«

»Na hör mal, so viele würden doch gar nicht hier reinpassen! Nein, wir haben uns auf zweihundert beschränkt.«

»Sehr vernünftig«, sagt Lois. »Man sollte nicht übertreiben. Du hast übrigens ein tolles Kleid an, ist das neu?«

Als hätte Lois eine Zauberformel ausgesprochen, dreht Tessa sich mehrmals um die eigene Achse und lässt ihr Kleid um die Beine schwingen.

»Von Monique Collignon. Bildschön, nicht wahr?«

Vor einiger Zeit noch hätte Lois vermutet, Monique Collignon sei eine Freundin von Tessa und habe ihr das Kleid geliehen, inzwischen aber weiß sie, dass es sich um eine berühmte Modedesignerin handelt.

»Du siehst aber auch super aus, Lois. Trag doch öfter mal Kleider, darin kommt deine Figur viel besser zur Geltung. Wo hast du es gekauft?«

»Bei Zara. Ich hab eine Ewigkeit gesucht.«

»Steht dir wirklich gut«, sagt Tessa. »Ich leihe dir aber auch gern mal was, wenn du willst. Mein Schrank quillt über von Modellkleidern. Man kann die Sachen ja nicht zwei Mal tragen und braucht immer wieder was Neues.«

»Du hast vollkommen recht«, sagt Lois. »Zwei Mal tragen geht auf keinen Fall.«

»Wir Männer haben es da einfacher«, meint Onno. »Ein neues Hemd, ein neuer Schlips, und damit hat sich's.«

Er streckt die Hand aus, um sich noch ein Glas Champagner vom Tablett des Kellners zu nehmen. Dabei wird seine Armbanduhr sichtbar: eine Rolex Oyster, die mehrere Tausend Euro gekostet haben dürfte. Lois kennt solche Uhren als beliebte Beute bei Überfällen auf Juweliergeschäfte, und auf der Straße ist schon manchem deswegen der Schädel eingeschlagen worden.

Sie blickt auf ihre eigene schlichte Uhr von Esprit und seufzt unhörbar. Erst eine Viertelstunde ist vergangen, und schon hat sie die Nase voll.

Und es wird auch nicht besser, obwohl Tessa sich ihrer annimmt und sie verschiedenen Leuten vorstellt. Die Gespräche sind alle gleich und stocken, sobald sich herausstellt, dass sie keine Immobilien in Dubai besitzt und noch nicht einmal mit einem Feriendomizil in der Toskana aufwarten kann.

Mitten in solch einer mühseligen Unterhaltung klingelt Lois' Handy. Sie greift danach wie nach einem Rettungsanker und meldet sich, ohne sich auch nur bei ihrer Gesprächspartnerin zu entschuldigen.

»Lois, hier spricht Ramon. In Daalmeer wurde ein Toter gefunden. Sehr wahrscheinlich Mord. Kannst du so schnell wie möglich kommen?«

»Ich fahr gleich los«, sagt Lois, das Telefon am einen Ohr und die Hand über das andere gelegt, um den Partylärm auszublenden.

»Die Leiche liegt am Ufer des Oudie, das ist der See bei den Sportanlagen.«

»Kenne ich, bis gleich.« Sie beendet das Gespräch und steckt das Telefon in die Handtasche, froh, dass sie gehen kann, auch wenn der Anlass nicht unbedingt ein Mord hätte sein müssen.

Sie hält nach ihrer Schwester Ausschau und findet sie schließlich im Getümmel.

»Tessa, tut mir leid, mein Chef hat angerufen. Ich muss weg.«

»Das darf nicht wahr sein! Ausgerechnet heute Abend! Kann der nicht jemand anderen holen?«

»Nein, ich habe Bereitschaft. Und ich muss sofort los. Entschuldigst du mich bitte bei Guido?«

Ohne die Antwort abzuwarten, dreht Lois sich um. Sie eilt in den Eingangsbereich zur Garderobe, einem mehrere Meter langen Ständer voller Jacken und Mäntel. Sie gibt der für diesen Abend angeheuerten Garderobenfrau ihren Abholzettel und wartet ungeduldig, dass diese zwischen all dem Leder und Pelz ihren einfachen schwarzen Trenchcoat findet.

»Sie gehen doch nicht etwa schon?« Onno ist ihr gefolgt und sieht sie nun enttäuscht an.

»Ich muss leider«, sagt sie. »Die Arbeit ruft.«

»Was ist passiert?«

»Ein Leichenfund, mehr weiß ich nicht.« Lois greift nach ihrem Mantel, Onno nimmt ihn sofort ab und hilft ihr hinein.

»Tja, das war ein kurzes Vergnügen«, sagt er bedauernd. »Ich hoffe, wir sehen uns bald wieder.«

»Wer weiß …« Sie lächelt ihm flüchtig zu.

Bald darauf sitzt sie im Auto und biegt in die Eeuwigelaan ein. Wie wohl die Kollegen reagieren, wenn sie gleich im sexy kleinen Schwarzen und mit Stöckelschuhen am Tatort aufkreuzt?

Sobald sie die Ortschaft hinter sich hat, gibt sie Vollgas.

5

Am Tatort herrscht bereits Hochbetrieb. Eine ganze Reihe Polizisten sind da, außerdem die Spurensicherer und das forensische Team.

Fred kommt Lois entgegen.

»Sieh an«, sagt er mit einem prüfenden Blick auf ihr Outfit unter dem offenen Trenchcoat. »Das also ist die feine Lois.«

»Na klar doch. Und was gibt's hier?«

»Eine männliche Leiche. Die Spurensicherer sind so gut wie fertig, komm mit.«

Sie gehen durch das nasse Gras in Richtung der Scheinwerfer und des Absperrbands. Mit jedem Schritt graben sich Lois' hohe Absätze tiefer in den weichen Boden.

Sie und Fred zeigen dem Polizisten, der den Tatort bewacht, ihre Dienstausweise, dann ducken sie sich unter dem Band durch.

Hauptkommissar Ramon Koenen steht mit dem Rechtsmediziner Benno Andriesse neben der Leiche, die sich zunächst nur als dunkle Silhouette am Boden abzeichnet.

»Gut, dass du so schnell kommen konntest«, sagt er, als er Lois bemerkt. »Schau dir das mal an.«

Sie tritt näher. Der Tote liegt auf dem Rücken. Seine Hose

ist heruntergezogen, und im grellen Licht der Scheinwerfer ist dort, wo zuvor sein Penis war, eine tiefe blutige Wunde zu sehen. Der Penis selbst steckt in seinem Mund.

Fassungslos betrachtet Lois den leblosen Körper. Eine so übel zugerichtete Leiche hat sie noch nie gesehen.

»Wer hat ihn gefunden?«, fragt sie.

»Ein Mann, der mit seinem Hund unterwegs war. Der Hund rannte auf die Wiese, verschwand im Nebel und kam nicht wieder. Als der Hundehalter nachsehen ging, fand er ihn bei der Leiche. Er hat uns sofort alarmiert und hier gewartet.«

»Wissen wir etwas über den Toten?«

»Er hatte zum Glück seine Brieftasche mit dem Pass bei sich, also kennen wir seine Identität«, sagt Ramon. »David Hoogland, achtundzwanzig Jahre alt, wohnhaft in Alkmaar. Anscheinend ist er durch einen Schlag auf den Hinterkopf getötet worden.«

»Könnte sein«, meint Andriesse. »Und falls der Schlag nicht zum Tod geführt hat, war es der hohe Blutverlust. Der Täter hat beim Abschneiden des Penis entweder aus Versehen oder absichtlich in die Leiste gestochen und dabei eine Schlagader durchtrennt.«

»Gibt es Zeugen?«, fragt Lois.

»Bisher nicht. Im Dunkeln sind hier kaum Leute unterwegs. Möglich, dass jemand vom Radweg oder von der Straße aus etwas gesehen hat, gemeldet worden ist bisher aber nichts. Wir sollten einen Aufruf in die Zeitung setzen.«

Ramon geht in die Hocke und deutet auf die Hundeleine neben dem Toten. »Offenbar hat der Mann seinen Hund ausgeführt, der war allerdings nirgendwo zu sehen. Ich denke, der Täter hat ihm hier aufgelauert.«

»Wenn die Brieftasche noch da ist, war es wohl kaum ein Raubüberfall«, folgert Lois.

»Glaube ich auch nicht, zumal etliche Geldscheine drin sind«, sagt Ramon. »Das Ganze ist so grotesk, das sieht eher nach einer Abrechnung aus.«

»Was auch immer der Tote getan haben mag, eine Kleinigkeit kann es nicht gewesen sein, wenn man ihn anschaut«, meint Fred trocken.

Sämtliche Gegenstände, die bei dem Opfer gefunden wurden, sind inzwischen sichergestellt und in Plastikbeuteln verpackt: die Hundeleine, die Brieftasche samt Inhalt, ein BlackBerry, ein Taschenkalender und ein Flyer, der zusammengefaltet in der hinteren Hosentasche steckte.

Lois nimmt den Beutel mit dem Flyer zur Hand. Es handelt sich um die Ankündigung einer Gemäldeausstellung.

»Er hat sich also für Kunst interessiert«, murmelt sie vor sich hin. Sie prägt sich den Namen der Malerin ein – Maaike Scholten – und legt den Beutel dann wieder zu den anderen in die Plastikwanne der Spurensicherer.

Ein uniformierter Polizist macht sich mit einem Hüsteln bemerkbar.

Ramon dreht sich um.

»Da steht eine Frau an der Absperrung, die meint, das Opfer könne ihr Freund sein«, sagt der Polizist. »Sie hat zu Hause auf ihn gewartet, und als der Hund allein zurückkam, hat sie sich auf die Suche gemacht.«

Tatsächlich, hinter dem Plastikband steht jemand, in der Dunkelheit nur schemenhaft erkennbar.

»Sprich du bitte mit ihr«, sagt Ramon zu Lois.

Mühsam stöckelt sie über die feuchte Wiese auf die Frau zu.

Sie ist jung, vermutlich unter dreißig, kaut nervös an ihren Nägeln herum und reckt dabei immer wieder den Hals, um besser sehen zu können.

»Guten Abend.« Lois hält ihr die Hand hin. »Ich heiße Lois Elzinga und bin bei der Kripo. Kann ich Ihnen behilflich sein?«

Die Frau gibt ihr die Hand. Sie trägt das blonde Haar zu einem komplizierten Zopf geflochten, der Pony klebt feucht an ihrer Stirn.

»Ich bin Cynthia van Dijk!«, stößt sie hervor. »Wer liegt da drüben? Ist es David?«

»Wer ist David?«

»Mein Freund. Er ist mit dem Hund rausgegangen. Meistens ist er nach einer halben Stunde wieder da, aber heute nicht. Erst dachte ich, er hätte vielleicht einen Bekannten getroffen, deshalb hab ich mir keine Sorgen gemacht. Aber als Goldie plötzlich allein vor der Tür stand, bin ich unruhig geworden und hab ihn gesucht. Er ist es nicht, oder? Bitte, es darf nicht David sein!«

Lois weicht ihrem flehenden Blick aus und fragt: »Wie heißt Ihr Freund mit Nachnamen?«

»Hoogland. David Hoogland heißt er.«

»Wir haben tatsächlich jemanden gefunden, der eine Brieftasche mit Papieren auf diesen Namen bei sich hat.«

»Aber … was ist denn passiert? Ist er überfallen worden? Er lebt doch, oder?«, fragt Cynthia angstvoll.

»Leider nein. Es tut mir unendlich leid.«

Mit offenem Mund starrt die Frau Lois an. Ihre Augen werden groß. Aber sie sagt kein Wort und bricht auch nicht in Tränen aus. Ein schwaches Stöhnen ist alles, was sie hervorbringt.

Lois legt ihr die Hand auf die Schulter. »Kann ich etwas für Sie tun?«

Cynthia schüttelt den Kopf und versucht, an Lois vorbei einen Blick auf den Toten zu werfen. »Ich will ihn sehen!«

»Das wird jetzt nicht gehen, weil die Spurensicherer noch vor Ort sind.« Dass die drei Männer vorhin gegangen sind, hat Cynthia hoffentlich nicht mitbekommen.

»Das ist mir egal! Ich muss wissen, ob es David ist oder nicht! Vielleicht ist seine Brieftasche gestohlen worden, und da liegt ein ganz anderer!«, ruft sie aufgeregt.

»Das Foto im Pass stimmt mit dem Aussehen des Mannes überein«, sagt Lois leise. »Ich fürchte, wir müssen davon ausgehen, dass es sich um Ihren Freund handelt. Fühlen Sie sich in der Lage, ein paar Fragen zu beantworten?«

6

Sie sitzen in Cynthia van Dijks Wohnzimmer. Lois und Fred hätten sie aufs Revier mitnehmen können, aber da sie um die Ecke wohnt, bot es sich an, das Gespräch in vertrauter Umgebung zu führen.

Die junge Frau steht eindeutig unter Schock, dennoch wirkt sie merkwürdig gefasst.

»Ich versteh das einfach nicht …« Sie kaut wieder an ihren Nägeln herum. »Warum sollte jemand David umbringen und ihn dann einfach liegen lassen, samt Brieftasche und allem?«

Sie haben Cynthia nicht gesagt, in welchem Zustand ihr Freund aufgefunden wurde, weniger um ihre Gefühle zu schonen, sondern weil Informationen, die nur der Täter haben kann, nicht an die Öffentlichkeit gelangen dürfen.

»Das fragen wir uns auch«, erwidert Lois. »Hatte Ihr Freund in letzter Zeit Streit mit jemandem?«

Cynthia streicht sich den langen, schräg geschnittenen Pony aus der Stirn. »Nicht dass ich wüsste. Jedenfalls hat er nichts erwähnt.«

»Was machte er beruflich?«, fragt Fred.

»Er ist … war Lehrer an einer Grundschule, hier im Viertel. Hat eine zweite Klasse unterrichtet. Soweit ich weiß, gab es da nie Probleme. David sucht nie Streit, und weil er immer ruhig und gelassen bleibt, ist er so ein guter Lehrer. Er lässt sich nicht leicht provozieren.«

»Vielleicht hat *er* ja jemanden provoziert«, sagt Lois.

»Möglich …« Cynthia zuckt die Schultern und klaubt ein paar Lacksplitter von ihrem Daumennagel.

»Aber Sie glauben das nicht, oder?«, fragt Fred.

Sie schüttelt den Kopf. »Nein, das kann ich mir wirklich nicht vorstellen. Der Täter muss ein Irrer sein. Oder jemand, der ihn ausrauben wollte und dabei gestört wurde.«

»Eine ganz andere Frage: Hat Ihr Freund sich für Kunst interessiert?«

Verdutzt sieht Cynthia Fred an. »Eigentlich nicht. Warum fragen Sie?«

»Weil er einen Prospekt von einer Kunstausstellung in der Hosentasche hatte. Moment mal …« Fred nimmt das Smartphone zur Hand und ruft seine Notizen auf. »Gleich hab ich's … es geht um die Ausstellung einer Malerin namens Maaike Scholten, die derzeit im Kunstverein läuft.«

»Ja, ich erinnere mich«, sagt Cynthia. »Der Flyer lag neulich im Briefkasten.«

»Könnte es sein, dass Ihr Freund ein Bild kaufen wollte?«, forscht Fred weiter.

»Nein, das kann ich mir nicht vorstellen. Aber Julian, Davids ältester Freund, interessiert sich sehr für Kunst. Vielleicht hat er das Ding für ihn aufgehoben.«

In dem Moment meldet Lois' Handy den Eingang einer SMS. Sie liest sie rasch und sagt dann: »Es ist so weit: Das Opfer kann identifiziert werden.«

In der Rechtsmedizin des Klinikums Alkmaar wirft Cynthia einen kurzen Blick auf den Toten, dann nickt sie schweigend und wendet sich zum Ausgang. Es ist spät, ein Kollege wird sie nach Hause bringen.

»Ziemlich unterkühlt, die Frau«, sagt Lois zu Fred, als sie gegangen ist. »Bisher hat sie noch keine einzige Träne vergossen.«

»Manche Leute weinen nicht gern in der Öffentlichkeit.«

»Wenn mein Freund umgebracht worden wäre, würde ich es nicht schaffen, damit zu warten, bis ich allein bin.«

»Vielleicht sagt es ja etwas über ihre Beziehung aus«, gibt Fred zu. »Du hast recht, sie war schon außergewöhnlich beherrscht. Wir sollten uns mal umhören, wie es mit den beiden stand. Dann gehen wir wohl jetzt, oder willst du bei der Obduktion dabei sein?«

Er grinst, und Lois versetzt ihm einen Rippenstoß. Sie hat mehrere Leichenschauen miterlebt und war jedes Mal kurz vor einer Ohnmacht. Wenn so mit dem Tod konfrontiert zu werden und in aller abschreckenden Deutlichkeit zu sehen, was sich unter Schädeldecke und Haut befindet, die Gründe gewesen wären, warum sie bei der Kripo arbeiten wollte, dann hätte sie besser Medizin studiert. Ihre Aufgabe ist die Verbrechensbekämpfung und der Schutz der Allgemeinheit vor Straftaten. Dafür braucht sie nicht jedes Mal dabei zu sein, wenn bei einem Opfer der Brustraum geöffnet und der Schädel aufgesägt wird.

Anfangs wurde sie wegen ihrer Empfindlichkeit gehänselt, doch nachdem sie ein paar Kollegen dabei fotografiert hatte, wie sie sich nach einer Obduktion übergaben, und die Bilder ans Schwarze Brett gepinnt hatte, war Schluss gewesen mit den Frotzeleien.

Noch vor Mitternacht wird im Präsidium in der James Wattstraat eine Sonderkommission zusammengestellt. Insgesamt dreißig Kripo-Leute aus Alkmaar und von anderen Revieren in Noord-Holland treten zu einer ersten Besprechung zusammen.

»Das Opfer heißt David Hoogland«, beginnt Ramon, der die Kommission leitet. »Hoogland war achtundzwanzig Jahre alt und Lehrer an einer Grundschule im Stadtteil Daalmeer. Gefunden wurde er von einem Mann, der seinen Hund ausführte. Der wurde befragt, konnte aber nichts sagen, was uns irgendwie weiterhilft. Als Hoogland von seinem abendlichen Hundegang nicht zurückkam, ging seine Freundin Cynthia van Dijk ihn suchen. Sie hat ihn inzwischen identifiziert. Frau van Dijk kann sich nicht vorstellen, weshalb jemand ihren Freund umbringen wollte. Genau das ist aber passiert, und zwar auf ziemlich drastische Art. Einem Menschen den Schädel einschlagen, ist eine Sache, der Umstand aber, dass ihm anschließend der Penis abgeschnitten und in den Mund gesteckt wurde, deutet auf einen Racheakt hin. Wir konzentrieren uns deshalb erst einmal auf das persönliche Umfeld Hooglands.«

Claudien hebt die Hand, und Ramon erteilt ihr mit einem Nicken das Wort.

»Meiner Ansicht nach kann Hoogland auch ein Zufallsopfer sein«, sagt sie. »Beispielsweise einer frustrierten Frau, die ständig betrogen wurde und dadurch zur Männerhasserin geworden ist.«

Dass Claudien vor Kurzem geschieden wurde, ist im Kollegenkreis bekannt, und als ihr Nebenmann Nick Zonneveld demonstrativ ein Stück von ihr wegrückt, wird verhalten gelacht.

Ramon wedelt ungeduldig mit der Hand, sodass die Lacher schnell verstummen.

»Das ist auch eine Möglichkeit, und wir beziehen sie bei den Ermittlungen mit ein«, sagt er. »Zunächst aber durchleuchten wir Verwandte, Freunde und Bekannte des Opfers, und zwar Männer wie Frauen. Dann also los, Leute, heute ist Nachtarbeit angesagt. Die gute Nachricht ist, dass uns weder Kaffee noch Kekse ausgehen werden.«

Ein paar Kollegen grinsen. Wenn eine Nachtschicht fällig ist, quellen am nächsten Morgen die Papierkörbe über von Plastikbechern und Keksverpackungen.

Langsam leert sich der Besprechungsraum. Erst stehen alle am Kaffeeautomaten Schlange, danach verteilen sie sich auf die Büros.

Lois lässt sich vor einem Computer am Fenster nieder und blickt kurz auf die Fassade des Bürohauses gegenüber und die zu dieser späten Stunde völlig ausgestorbene Straße. Sie arbeitet nur selten hier, sondern meistens auf dem Revier am Mallegatsplein nahe der Innenstadt. Dort geht es lebhafter und auch lockerer zu, man muss nicht vor fast jeder Tür seine Magnetkarte durch ein Lesegerät ziehen wie hier.

Wenn allerdings die Ermittlungen zu einem neuen Fall anlaufen, herrscht auch in der James Wattstraat Hochbetrieb. Sämtliche Arbeitsplätze sind dann belegt, überall wird diskutiert, telefoniert und auf die Tastaturen eingehämmert.

Die nächsten Stunden sind sie damit beschäftigt, sich ein erstes Bild von Hooglands Leben und Umfeld zu machen. IT-Spezialisten recherchieren seine sämtlichen Online-Aktivitäten und hören die Nachrichten auf seinem Handy ab.

Um halb zwei wird eine Liste mit den Ergebnissen verteilt.

Mehr als genug Arbeit fürs ganze Wochenende, denkt Lois beim Überfliegen. Seufzend lehnt sie sich zurück und zieht das Gummiband aus ihrem Haar. Am Schreibtisch gegenüber steht Fred gerade auf. Er reckt und streckt sich, sodass die strapazierten Halswirbel knacken.

»Und? Irgendwelche spektakulären Erkenntnisse?«, fragt er.

»Eher nicht. Ein paar Verabredungen mit Freunden, hin und wieder eine SMS an seine Lebensgefährtin, dazu Konferenzen in der Schule. Er scheint kein sonderlich aufregendes Leben geführt zu haben.«

»Trotzdem hat jemand ihn so gehasst, dass er ihm den Penis abgeschnitten und in den Mund gesteckt hat.«

»Tja …« Sie verschränkt die Arme hinter dem Kopf. »Mir sind als Erstes die Eltern seiner Schüler eingefallen. Er hat eine zweite Klasse unterrichtet, also ziemlich junge Schüler. Du hast doch Enkel, Fred … wie alt sind Zweitklässler normalerweise?«

»Sieben oder acht«, antwortet Fred. »Aber wenn Hoogland pädophile Neigungen hatte, wüssten wir das inzwischen. Die Kollegen von der Sitte haben keinerlei Hinweise dazu in den Akten.«

»Vielleicht ist erst kürzlich was vorgefallen, und das betroffene Kind hat seinen Eltern davon erzählt. Ich kann mir gut vorstellen, dass man in solch einem Fall komplett ausrastet.«

»Damit befassen wir uns später«, sagt Fred. »Ich finde, für heute Nacht haben wir genug getan. Lass deinen Wagen stehen, ich fahr dich rasch nach Hause.«

7

Sie hatte zusehen müssen, egal, wie lange es dauerte, bis jemand die Leiche entdeckte. Langsam war der Adrenalinspiegel gesunken, die Hände zitterten nicht mehr so stark, und das Herz schlug wieder im gewohnten Rhythmus. Zu Hause wäre sie wohl kaum zur Ruhe gekommen, sondern hätte ständig überlegt, ob sie ihn schon gefunden hätten.

Dass der Täter noch in der Nähe sein könnte, schien den oberschlauen Polizisten gar nicht in den Sinn zu kommen. Sie waren viel zu beschäftigt, die Spurensucher, die Forensiker und wen sie sonst noch zusammengetrommelt hatten.

Als der Hund die Leiche fand, hatte sie vor lauter Spannung die Luft angehalten und zugeschaut, wie er den Körper beschnüffelte, und dann war er auch noch auf sie zugekommen. Sie wäre fast davongelaufen, aber zum Glück tauchte der Besitzer auf, pfiff den Hund zurück und leinte ihn an. Die Gefahr war vorüber.

Nachdem die Polizei da war und sich trotz der späten Stunde auch noch ein paar Schaulustige einfanden, war sie auf einem Umweg nach Hause gegangen. In der Dunkelheit und im Nebel fiel ihr blutbespritzter Mantel keinem auf.

Jetzt sind ihre Kleider in der Waschmaschine, sie hat ausgiebig geduscht und die Fingernägel mit der Bürste geschrubbt. Nichts erinnert mehr an das, was vorgefallen ist – bis auf die Fotos. Fotografieren ist für sie Arbeit und Hobby zugleich. Es ist ihr Leben. Für die Arbeit benutzt sie eine professionelle Nikon, die sie jedoch nicht immer mitschleppen kann. Für zwischendurch, für die überraschenden Momente, hat sie eine handliche Olympus Pen. Mit ihr hat sie auch den toten David Hoogland fotografiert. Das war zwar nicht vernünftig, aber sie konnte es einfach nicht lassen.

Inzwischen ist sie wieder ganz ruhig. Sie wird gut schlafen heute Nacht, auch wenn sie weiß, dass die Ruhelosigkeit zurückkehren wird. Der Anblick der Leiche war wie eine innere Befreiung und wird ihr helfen, die nächste Zeit zu überstehen. Gewalt reinigt, verbannt Wut und Hass in eine Art Vakuum, verschafft Ruhe. Ja, sie fühlt sich jetzt gut, besser als seit Jahren. Was sie getan hat, war notwendig – sie hatte keine Wahl.

Vielleicht packt sie ihr Leben wieder an, das hofft sie zumindest, aber im Grunde ihres Herzens weiß sie, dass es noch nicht ausgestanden ist. Die Unruhe wird wiederkommen, Wut und Hass schüren und sie zur nächsten Tat treiben.

8

»Ich soll dich von Onno grüßen«, sagt Tessa. »Ich glaube, er hat es sehr bedauert, dass du wegmusstest. Er hat mich regelrecht nach dir ausgefragt.«

»Tatsächlich?« Lois' Stimme klingt wenig begeistert. Sie steht im Badezimmer und versucht, mit einer Hand die Trainingshose auszuziehen, während sie mit der anderen das Telefon ans Ohr hält.

»Er will dich anrufen. Ich hab ihm deine Nummer gegeben, das ist doch okay, oder? Ich finde ihn riesig nett. Seine Familie besitzt ein Landgut in der Nähe von Haarlem, aber darüber redet er so gut wie nie. Damit will ich sagen, er ist kein Angebertyp, schließlich müssen ja auch Adlige heutzutage für ihren Lebensunterhalt arbeiten und …«

»Wie war das Fest noch?«, unterbricht Lois das Geplauder ihrer Schwester.

»Du hast echt was verpasst! Es gab einen Champagnerturm, danach kam ein Chor, der Guido ein Ständchen gesungen hat, und zu seiner Geburtszeit, also um zehn nach elf, begann das Feuerwerk. Chinesisches Feuerwerk, unglaublich toll! Alle meinten, es sei der Wahnsinn!«

»Klingt wirklich nach Wahnsinn.« Mit halbem Ohr hört Lois zu, wie Tessa von den Lobeshymnen der Eingeladenen erzählt, dass sie bis in die Puppen gefeiert hätten und am Ende mit den letzten Gästen in den Pool im Untergeschoss gesprungen seien und sogar dann noch von den Kellnern ihre Gläser gereicht bekamen.

»Wenn es so spät beziehungsweise früh geworden ist, warum rufst du dann schon an? Warst du überhaupt im Bett?«

»Aber ja! Ich hab ein paar Stunden geschlafen, und jetzt bin ich hellwach. Wahrscheinlich breche ich heute Nachmittag zusammen und muss mich hinlegen.«

»Dann lass es ruhig angehen. Bestimmt hast du Leute, die dir beim Aufräumen helfen«, sagt Lois. »Ich muss jetzt auflegen, Tessa, sonst bleibt mir keine Zeit mehr zum Frühstücken.«

Weil es auch bei ihr sehr spät geworden ist, hat sie nur wenig und außerdem schlecht geschlafen. Die Gedanken an Richard Veenstra und vor allem an sein Kind ließen ihr keine Ruhe. In wirren Träumen sah sie vor sich, wie der Vater den Jungen mit in die Tiefe riss, und sie wurde von ihrem eigenen Schrei wach.

So konnte sie immerhin noch eine halbe Stunde laufen. Aber aus der halben wurde eine ganze Stunde, sodass ihr jetzt kaum noch Zeit bleibt.

»Du bist wahrscheinlich wieder in grauer Frühe durch die Gegend gerannt, was? Ich versteh wirklich nicht, was dich daran reizt!«, ereifert Tessa sich nun.

»Ich jogge gern, das weißt du. Wenn ich längere Zeit aussetze, bekomme ich schlechte Laune.«

»Na, ich hätte eher schlechte Laune, wenn ich jeden Morgen um sechs aufstehen müsste. Und dann auch noch rennen vor dem Frühstück! Es ist mir rätselhaft, wie du das durchhältst. Und dann geht dein Dienst immer so lange, man erreicht dich ja kaum zu Hause. Da dachte ich, wenn ich ganz früh anrufe, haben wir Zeit, ein bisschen zu reden.«

»Tut mir leid, aber so ist es nun mal. Heute wird es bestimmt auch wieder spät.«

»Schick mir eine SMS, wenn du zu Hause bist. Ich hab da nämlich so ein Schreiben bekommen. Es geht um Mamas Grab, um die Gebühren. Wir müssen darüber reden.«

»Hat das nicht Zeit?«, sagt Lois. »Die nächsten Tage bin ich sehr eingespannt.«

»Nein, hat es nicht! Es sei denn, du willst, dass das Grab demnächst geräumt wird. Wenn nicht, müssen wir die Ruhefrist um weitere zehn Jahre verlängern.«

»Das machen wir natürlich.«

»Ich weiß nicht recht, es kostet doch eine ganze Menge Geld.«

»Hör auf damit, Tessa! Wer hat denn den ganzen Champagner auffahren lassen?«, sagt Lois. »Ich muss mich jetzt beeilen, wir reden ein andermal weiter.«

Kopfschüttelnd beendet sie das Gespräch. Manchmal ärgert das Gerede ihrer Schwester sie so sehr, dass sie sich nur mühsam beherrschen kann.

Im Eiltempo duscht sie und zieht sich dann an.

Bevor sie die Wohnung verlässt, blickt sie kurz zum Foto ihrer Mutter, das in einem Silberrahmen auf der Kommode steht. Sie wirft ihm eine Kusshand zu, dann schließt sie die Tür hinter sich.

Der Samstag beginnt mit einer Besprechung. Am Whiteboard hängen Fotos vom Tatort und mehrere Großaufnahmen der Leiche. Links hat Ramon mit Filzstift alle bekannten

Fakten notiert, rechts die – wesentlich zahlreicheren – offenen Fragen.

Die Besprechung dauert nicht lange, da viel Arbeit anliegt. Hooglands Eltern wurden noch am Vorabend von Claudien und Nick über den Tod ihres Sohns informiert, und weil sie völlig am Boden zerstört waren, ist das ausführliche Gespräch mit ihnen auf heute verschoben worden. Lois ist froh, dass ihr diese Aufgabe erspart geblieben ist, obwohl sie gelernt hat, derartige Situationen nicht zu sehr an sich herankommen zu lassen.

Fred und sie wollen als Erstes die Rektorin der Grundschule aufsuchen, an der David Hoogland tätig war. Da samstags kein Unterricht stattfindet, haben sie sich die Privatanschrift in Heerhugowaard beschafft.

»Die Leute, bei denen der kleine Sem jetzt ist, wohnen auch in Heerhugowaard«, sagt Lois unterwegs wie nebenbei. Nach dem Traum der letzten Nacht muss sie schon den ganzen Morgen an ihn denken.

Fred wirft ihr einen Seitenblick zu. »Woher weißt du das?«

»Ich hab vorhin in der Akte nachgesehen. Der Bruder, Maarten Veenstra, hat ihn aufgenommen, das heißt, er und seine Familie. Sie wohnen gar nicht weit von der Rektorin entfernt.«

Schweigend fährt Fred weiter und biegt dann von der Schnellstraße ab. Erst als sie die enge Abfahrt hinter sich gelassen haben und wieder auf gerader Strecke sind, sagt er: »Du möchtest hin, stimmt's?«

»Ganz kurz. Nur mal sehen, wie es dem Kleinen geht.«

»Claudien meinte, er sei dort gut untergebracht. Die Kinder des Bruders und seiner Frau, ein Mädchen und ein

Junge, seien in seinem Alter, und mit Onkel und Tante habe er sich immer gut verstanden.«

»Mag sein, aber ich würde mich gern selber davon überzeugen.«

»Was willst du zu dem Jungen sagen?«

»Nichts eigentlich. Ich will ihn nur sehen und ein paar Worte mit seinem Onkel reden.«

»Wäre es nicht besser, du verschiebst das auf später?«, schlägt Fred vor. »Es ist alles noch so frisch.«

»Gerade deswegen. Ich hab letzte Nacht kaum ein Auge zubekommen. Vielleicht hilft es mir, wenn ich weiß, dass man sich gut um den Kleinen kümmert.«

»Na denn …« Fred deutet auf das Navi. »Gib die Adresse ein. Aber wir bleiben nicht länger als zehn Minuten.«

Ein wenig länger dauert der Besuch aber doch, obwohl sie Chantal Veenstras freundliche Einladung zum Kaffee ausschlagen. Anfangs wirkt die Frau nervös, doch das gibt sich, als sie merkt, dass Lois' Interesse ehrlich gemeint ist.

»Sem schläft«, sagt sie. »Die Tabletten, die Richard ihm gegeben hat, wirken noch nach. Wollen Sie ihn sehen?«

»Nicht unbedingt«, erwidert Lois. »Wir wollten nur wissen, ob es ihm einigermaßen gut geht.«

Chantal Veenstra zuckt die Schultern. »An sich schon. Er hat allerdings noch gar nicht recht begriffen, was da passiert ist. Zum Glück haben Marijke und Richard für den Fall, dass ihnen etwas zustößt, meinen Mann als Vormund bestimmt. Sonst wäre der Junge in einem Heim gelandet.«

Lois nickt.

»Und nach Alkmaar ist es nicht weit, sodass Sem seine

Freunde regelmäßig sehen kann«, fährt Frau Veenstra fort. »Er könnte sogar weiter auf seine bisherige Schule gehen.«

»Möchte er das denn?« Lois lässt den Blick durch das eher kleine, aber sehr gemütlich wirkende Wohnzimmer schweifen. Er bleibt an einem gerahmten Foto von zwei blonden Kindern hängen, einem Jungen und einem Mädchen, die einander sehr ähneln.

»Darüber haben wir noch nicht gesprochen. Aber ich könnte mir gut vorstellen, dass er auf Dauer lieber die gleiche Schule besuchen will wie unsere Kinder Merel und Mees. Sem hat öfter mal bei uns übernachtet und immer gern mit den beiden gespielt.«

»Bestimmt wird es ihm hier gefallen. Es wird sich schon gut entwickeln«, sagt Lois.

»Wir werden natürlich alles tun, um ihm zu helfen, mit dem Verlust umzugehen. Man hat uns psychologische Unterstützung zugesagt, wenn wir später mit ihm darüber reden.«

»Das ist gut«, sagt Lois. »Und sehr wichtig.«

Fred, der ein paar Schritte von den beiden Frauen entfernt steht, hat sich die ganze Zeit über nicht geäußert.

»Mehr kann ich Ihnen momentan nicht sagen.« Frau Veenstra hebt bedauernd die Hände. »Das Ganze wird viel Zeit brauchen.«

»Das verstehe ich«, sagt Lois. »Falls Sem eines Tages Fragen hat, können Sie mich jederzeit anrufen.«

»In Ordnung. Das ist gut zu wissen. Aber jetzt geht es erst einmal darum, dass er vergisst.«

9

»Dass er vergisst …«, sagt Lois abfällig, als sie wieder im Auto sitzen. »Als ob der Junge *das* je vergessen könnte! Er muss lernen, damit zu leben, das ist schon schwer genug.«

»Vermutlich hat seine Tante es so gemeint«, entgegnet Fred. »Außerdem könnte es gut sein, dass er kaum etwas mitgekriegt hat, schließlich hatte er Schlaftabletten bekommen.«

»Zum Glück. So was Furchtbares sollte kein Kind je erleben müssen!«

Lois merkt, dass Fred sie von der Seite her ansieht, aber er sagt nichts. Als sie vor Karin Meijers Haus halten, legt er kurz die Hand auf ihre Schulter. Dann steigen sie aus und klingeln.

Eine etwa fünfundvierzigjährige rundliche Frau im Morgenmantel mit verwuscheltem rotem Haar öffnet.

»Frau Meijer? Wir sind von der Kripo.« Fred hält ihr seinen Dienstausweis hin. »Dürfen wir Sie kurz sprechen?«

Die Frau wird schreckensbleich: »Ist Juri was zugestoßen?«

»Wer ist Juri?«

»Mein Sohn. Er geht freitags immer aus. Ich bin gerade erst aufgestanden und hab noch nicht nachgesehen, ob er nach Hause gekommen ist.« Sie legt die Hand aufs Herz, schließt sekundenlang die Augen und sagt dann: »Aber Sie kommen anscheinend nicht wegen ihm. Worum geht es denn?«

»Um einen Lehrer an Ihrer Schule, David Hoogland.«

»Wenn es nicht ernst wäre, wären Sie wohl kaum gekommen. Was ist passiert?« Die Rektorin mustert sie forschend.

»Herr Hoogland ist umgebracht worden.« Lois achtet genau auf die Reaktion der Frau. Die jedoch sieht sie nur groß an. Vermutlich kommt der Schock, wie so oft, erst später, also fragt sie, ob sie kurz ins Haus dürfen.

In dem leicht chaotischen Wohnzimmer müssen erst drei Katzen vom Sofa gescheucht werden, bevor sie sich setzen können. Erst nachdem auch Karin Meijer sich auf einem Sessel niedergelassen hat, schlägt sie die Hände vors Gesicht und beginnt zu zittern. Es dauert ein paar Minuten, bis sie sich gefasst hat und imstande ist, Fragen zu beantworten.

Nein, in der Schule habe es keine Probleme gegeben, sagt sie, weder mit den anderen Lehrern noch mit Schülern oder deren Eltern. David Hoogland sei ein angenehmer, allseits beliebter Kollege und hervorragender Lehrer gewesen.

Als Lois behutsam nachfragt, ob sie sich vorstellen könne, dass er Schüler missbraucht habe, weist sie das weit von sich.

»Das ist völlig ausgeschlossen! Wenn so was passiert wäre, hätte ich es auf jeden Fall bemerkt«, sagt sie. »Ich kenne meine Schüler gut, vor allem die Problemkinder. Wenn eines sich plötzlich seltsam verhalten oder mit seinen Leistungen nachgelassen hätte, wäre mir das aufgefallen. In der Klasse, die Herr Hoogland unterrichtet hat, sind lauter unkomplizierte, fröhliche Kinder, von denen keines nennenswerte Lernprobleme hat.«

Lois und Fred stellen noch ein paar weitere Fragen, erhalten aber stets die gleiche Antwort: David Hoogland sei über jeden Verdacht erhaben.

»Irgendwie habe ich den Eindruck, dass die Frau mauert«, sagt Lois, als sie sich verabschiedet haben. »Sie tut ja gerade so, als wäre sie persönlich für das Verhalten eines jeden Schülers und Lehrers verantwortlich.«

Sie spürt ein paar Regentropfen und hebt den Blick. Der Himmel ist bewölkt, und nun fegt auch noch ein kalter Wind durch die Straße.

»Es geht ihr um den Ruf der Schule.« Fred zieht den Reißverschluss seiner Jacke zu. »Sobald in der Öffentlichkeit das Wort ›Missbrauch‹ fällt, melden die Eltern ihre Kinder ab.«

»Hältst du es für möglich, dass sie um der Schule willen lügt?«

»Gelogen wird aus vielerlei Gründen. Von daher gesehen: Ja, ich halte es für möglich.«

Lois seufzt. »Na toll. Wenn wir also rausfinden wollen, ob Hoogland sich an einem Kind vergangen hat, müssen wir sämtliche Schüler befragen.«

»Ich denke, das ist vorerst nicht nötig, mehr als eine Vermutung ist es ja nicht. Mich interessiert vielmehr der Flyer, den Hoogland in der Tasche hatte.«

»Über die Kunstausstellung?«

»Ja. Er muss einen Grund gehabt haben, das Ding aufzuheben. Lass uns doch mal zum Kunstverein fahren.«

Kaum sind sie ins Auto gestiegen, da geht ein wahrer Wolkenbruch nieder. Bis Alkmaar prasselt der Regen laut an die Scheiben, doch als sie die Innenstadt erreichen, hat es aufgehört.

Der Kunstverein befindet sich in einer ehemaligen Gewerbeschule am Bergerweg. Parkplätze sind dort rar, deshalb stellen sie den Wagen verbotenerweise direkt vor der Tür ab. Beim Aussteigen tritt Lois in eine tiefe Pfütze und kann nicht anders als zu fluchen.

»So ein Scheißwetter! Wenn doch endlich Frühling wäre!«

»Da musst du dich noch ein paar Wochen gedulden«, sagt Fred. »Was ist, gehen wir rein? Oder musst du erst noch deinen Fuß trocken wedeln?«

Mit einem Seufzer folgt Lois ihrem Kollegen.

Die Eingangshalle mit ihrem prachtvollen Terrazzofußboden atmet die Atmosphäre längst vergangener Tage. Links geht es zum Regionalarchiv, stellen sie fest, und rechts zum Kunstverein. Fred hat bereits die Hand an der Türklinke.

»Guten Tag«, sagt er zu der Frau am Empfangstresen und zückt seinen Dienstausweis. »Wir sind von der Kripo. Mein Name ist Fred Klinkenberg, und das hier ist meine Kollegin Lois Elzinga. Wir kommen wegen Maaike Scholten.«

Die Frau sieht sie leicht irritiert an. »Sie interessieren sich für ihre Arbeiten?«, fragt sie mit unsicherer Stimme.

»Nein, für sie selbst«, sagt Lois.

»Was möchten Sie wissen?«

»Stimmt es, dass Frau Scholten zurzeit hier ausstellt?«, fragt Fred.

»Ja, die Bilder hängen in unserem Ausstellungssaal, der von der Eingangshalle aus zugänglich ist. Momentan ist er geschlossen, aber ich kann Sie gern reinlassen, wenn Sie möchten.«

»Führen Sie eine Liste der Personen, die die Ausstellung besuchen?«

»Nein, wer Interesse hat, kommt einfach rein und sieht sich um.«

»Wir möchten Frau Scholten gern persönlich sprechen«, sagt Lois. »Können Sie uns ihre Adresse geben?«

»Tut mir leid, die habe ich nicht. Wir schützen die Privatsphäre unserer Künstler.« Die Frau blickt so hilflos drein, als stünde sie vor einem unlösbaren Problem.

»Irgendjemand weiß doch bestimmt, wo sie zu erreichen ist. Könnten Sie denjenigen nicht kurz anrufen?«, hilft Fred ihr auf die Sprünge.

Sie greift zum Telefonhörer.

Nach einem kurzen Gespräch teilt sie mit, der Direktor des Kunstvereins komme gleich.

Wenige Minuten später betritt ein sehr großer, hagerer Mann den Raum.

»Clemens Leistra«, stellt er sich vor. »Was kann ich für Sie tun?«

»Wir möchten gern mit Maaike Scholten sprechen«, sagt Lois freundlich. »Sicherlich können Sie uns sagen, wo sie zu erreichen ist.«

Nachdem Leistra ihr einen flüchtigen Blick zugeworfen hat, wendet er sich an Fred: »In welcher Angelegenheit bitte?«

»Wir haben ein paar Fragen an sie.«

»Fragen wozu?«

»Privater Natur. Haben Sie ihre Anschrift?«

Leistra macht ein indigniertes Gesicht. »Nun, Maaike ist eher der bohemienhafte Typ, wenn Sie wissen, was ich meine«, beginnt er. »Natürlich nicht in dem Sinn, dass sie einen ausschweifenden Lebensstil pflegt. Im Gegenteil, sie ist höchst diszipliniert. Allerdings hat sie keinen festen Wohnsitz.«

»Sie haben doch bestimmt ihre derzeitige Adresse, oder?«, bohrt Fred.

»Es ist so, dass Maaike ständig neue Inspiration sucht«, fährt Leistra fort, ohne auf Freds Frage zu antworten. »Wenn sie sich länger als ein halbes Jahr an einem Ort aufhält, versiegt die Inspirationsquelle, und sie sucht sich eine andere Bleibe. Oft in besetzten Häusern oder Gebäuden, die kurz vor dem Abbruch stehen, wo sie billig wohnen und vor allem ungestört arbeiten kann.«

»Und wo wohnt sie momentan?«, fragt Lois.

Leistra blickt demonstrativ an ihr vorbei und sagt: »Mir ist nicht wohl dabei, wenn ich Ihnen Informationen gebe, ohne genau zu wissen, worum es geht.«

»Die Adresse bitte, Herr Leistra.« Freds Stimme hat jetzt einen ärgerlichen Unterton.

»Na gut: Momentan bewohnt sie die Speicheretage eines früheren Lagerhauses an der Verdronkenoord. Eine sehr inspirierende Umgebung für eine Künstlerin. Hier haben Sie die Adresse.« Er zieht einen Zettel aus der Innentasche seines Jacketts und hält ihn Fred hin, obwohl Lois die Hand danach ausstreckt.

»Besten Dank«, sagt sie. »Und einen schönen Tag noch.«

»Ebenso.« Clemens Leistra nickt ihr flüchtig zu, gibt dann Fred die Hand und verlässt den Raum.

Entrüstet sieht Lois ihm nach. »So ein Blödmann! Der hat mich total ignoriert!«

»Das sagt mehr über ihn aus als über dich. Mach dir nichts draus, Lois. Manche Leute nehmen hübsche Blondinen nun mal nicht ernst, daran müsstest du doch inzwischen gewöhnt sein.«

»Es gibt Dinge, an die gewöhnt man sich nie! So, und jetzt fahre ich, das brauche ich für mein Ego!«

Fred zuckt amüsiert die Schultern und reicht ihr den Autoschlüssel. »Dann gib Gas, Blondie.«

10

»Fantastisch, dieser große Raum«, sagt Lois bewundernd.

»Ja, nicht wahr?« Maaike Scholten sieht sich zufrieden um. »Ich hatte zufällig gehört, dass die Eigentümer für ein halbes Jahr verreisen wollten und jemanden suchten, der das Haus hütet. In ihre Wohnung in den beiden unteren Etagen wollte ich nicht ziehen, dort hätte ich mich beengt gefühlt, und beim Malen wird es ja auch mal dreckig. Da boten sie mir den leer stehenden Speicher als Atelier an. Hier habe ich jede Menge Platz und kann tun und lassen, was ich will. Aber worum geht es denn, wenn ich fragen darf?«

»Dürfen wir Ihnen erst ein paar Fragen stellen, bevor wir auf die Umstände unseres Besuches eingehen?« Lois lächelt die Künstlerin an. Überrascht, aber ohne den geringsten Argwohn nickt Maaike. Aufgrund der Beschreibung des steifen Kunstvereindirektors hatte Lois ein ganz anderes Bild von der Malerin: ein bohemienhafter Typ – darunter hatte sie sich eine ungepflegte, verlebte Kettenraucherin in Hippiekleidern mit Blumenmuster vorgestellt. Maaike Scholten mit ihrem exakt geschnittenen, halblangen braunen Haar, der zierlichen Figur und der modischen Freizeitkleidung ist das genaue Gegenteil. Außerdem ist sie jung, Lois' Schätzung nach noch keine dreißig.

»Die Aussicht ist auch nicht zu verachten«, bemerkt Fred, der am Fenster steht. »Wie lange wohnen Sie schon hier?«

»Erst seit sechs Wochen. Davor habe ich in Amsterdam gewohnt, in einem Abbruchhaus. Da war ich ein halbes Jahr lang, deshalb kann ich mir jetzt etwas leisten, das Miete kostet.«

»Mietfreies Wohnen scheint wichtig für Sie zu sein. Ist es so schwierig, mit Ihrer Kunst über die Runden zu kommen?«, fragt Lois.

»Ja, leider ist das so. Manchmal verkaufe ich ein paar Bilder auf einmal und hab dann eine Weile keine finanziellen Sorgen, aber es gibt auch Zeiten, in denen ich monatelang nichts verkaufe. Und dann ist es gut, keine hohen Fixkosten zu haben.«

»Wie finden Sie Käufer für Ihre Bilder?«

»Auf unterschiedliche Weise. Ich biete meine Arbeiten im Internet an, aber auch über eine befreundete Galeristin, die mich vertritt und immer wieder mal Ausstellungen organisiert.«

»Wir haben gehört, dass Sie häufig umziehen. Bringt das für eine Künstlerin nicht zu viel Unruhe mit sich?«, fragt Lois.

»Künstler sind von Natur aus unruhige Geister, viele jedenfalls. Für manche ist ein fester Wohn- und Arbeitsort wichtig, die meisten aber brauchen Abwechslung, um inspiriert zu bleiben.«

»Woher kommen Sie ursprünglich?«, erkundigt sich Fred.

»Ich bin hier in Alkmaar geboren und aufgewachsen, lebe jetzt also wieder in meiner Heimatstadt.«

»Welche Schule haben Sie besucht?«

»Die Gesamtschule in Bergen.«

Fred notiert sich beides und fragt dann: »Haben Sie schon viele Bekannte von früher getroffen?«

»Ein paar, zufällig auf der Straße. Zum Socializen habe ich leider keine Zeit.«

»Sie stellen doch derzeit im Kunstverein aus. Sind da keine Bekannten hingekommen?«, hakt Lois nach.

»Keine Ahnung, ich bin ja nicht ständig dort. Bei der Vernissage war ich natürlich anwesend, habe aber keine bekannten Gesichter gesehen. Warum fragen Sie? Können Sie mir das nun verraten?«

»Ja, aus einem ganz bestimmten Grund«, sagt Lois. »Gestern Abend wurde ein junger Mann namens David Hoogland tot aufgefunden. Er ist umgebracht worden, und in seiner Hosentasche steckte eine Ankündigung Ihrer Ausstellung. Wir suchen jetzt sämtliche Leute auf, mit denen er in letzter Zeit Kontakt hatte.«

»David Hoogland ...«, Maaike kraust die Stirn, »nein, der Name sagt mir nichts.«

Fred hält ihr das vergrößerte Passfoto hin. Sie betrachtet es kurz, dann schüttelt sie den Kopf.

»Darf ich fragen, wie alt Sie sind?«

»Sechsundzwanzig.«

»Also nur wenig jünger als das Opfer. Eigentlich müssten Sie einander früher gekannt haben.«

»Mag sein, aber wenn, dann nur sehr flüchtig. Ich bin schon mit siebzehn hier weggezogen, und in fast zehn Jahren verändern sich die Leute. Vermutlich bin ich seit meiner Rückkehr schon an etlichen vorbeigelaufen, die ich früher gekannt habe, ohne sie wiederzuerkennen.«

»Herrn Hoogland haben Sie also nicht bei der Vernissage gesehen?«

»Nicht dass ich wüsste. Es war ziemlich voll, und ich habe längst nicht mit allen reden können. Aber ich könnte Daniela fragen, meine Galeristin, die weiß immer genau, wer da war.«

»In diesem Fall würden wir gern mit Daniela sprechen. Wie heißt sie mit Nachnamen?«, fragt Lois.

»Amieri. Sie ist meine Freundin und, wie gesagt, Galeristin. Allerdings ist sie heute Morgen nach Groningen gefahren, um dort ein paar Bilder abzuholen. Ich richte ihr aber gern aus, dass sie sich bei Ihnen melden soll.«

»Das ist sehr nett von Ihnen, danke.« Lois reicht Maaike ihre Karte. »Und falls Sie sich doch noch an David Hoogland erinnern sollten oder von Bekannten etwas über ihn hören, können Sie mich jederzeit anrufen.«

»In Ordnung. Aber wahrscheinlich ist das nicht.«

»Mir kommt das reichlich seltsam vor«, sagt Lois, als sie wieder im Auto sitzen. »Hoogland, der sich angeblich nicht für Kunst interessiert hat, bewahrt einen Flyer von Maaike Scholtens Ausstellung auf. Und zwar nicht zu Hause in irgendeiner Schublade, nein, er trägt ihn in der Hosentasche mit sich herum. Die beiden können einander durchaus gekannt haben, selbst wenn sie nicht die gleiche Schule besucht haben sollten. Ich hatte auch Freundinnen an anderen Schulen.«

»Wir gehen der Sache nach«, sagt Fred. »Wenn es eine Verbindung zwischen den beiden gibt, kriegen wir das früher oder später raus.«

»Sie hat gelogen.«

»Mit Sicherheit hat sie gelogen. Mir ist aufgefallen, dass sie dauernd mit den Augen geblinzelt hat.«

»Meinst du, eine zierliche Person wie sie ist körperlich in der Lage, einem so großen Mann wie Hoogland den Schädel einzuschlagen?«

»Klar, warum nicht? Wenn sie sich von hinten anschleicht und ihm zum Beispiel mit einem Hammer eins überzieht«, sagt Fred.

»Stimmt …« Lois schaltet das Autoradio an und sucht den Hitsender *Wild FM*. Enrique Iglesias singt mit lasziver Stimme *Tonight I'm fucking you*.

»Sehr romantisch«, kommentiert Fred.

Lois lacht.

»Da hatte sein Vater aber bessere Texte.« Fred rangiert aus der Parklücke und sieht dann auf seine Uhr. »Wir müssen wieder aufs Revier, für Ramons Besprechung. Hoffentlich haben die anderen mehr rausgefunden als wir.«

11

Am Montagmorgen sind immer noch viele Fragen offen und Dinge zu erledigen, aber das muss für den Moment warten. Erst einmal steht die Teamsitzung an.

Hastig trinkt Lois ein paar Schlucke Wasser, dann folgt sie den anderen in den Besprechungsraum.

Niemand hat etwas Spektakuläres zu berichten, obwohl die Kommission das ganze Wochenende durchgearbeitet hat.

Ramon bittet zwei Ermittlerinnen von der Sitte, mit den Kindern in Hooglands Klasse zu sprechen, um herauszufinden, ob nicht doch etwas auf Missbrauch hindeutet.

»Dann mal los, Leute, auf uns wartet viel Arbeit.« Mit diesen Worten beendet er die Besprechung.

»Weißt du zufällig, welche Schule David Hoogland besucht hat?«, fragt Lois ihre Kollegin Claudien, als sie zusammen den Flur entlanggehen.

»Das Jan-Arentsz-Gymnasium«, antwortet Claudien. »Nick und ich haben auch seine Termine der letzten Wochen gecheckt. Viele waren's nicht: ein paar Lehrerkonferenzen und zwei, drei Mal Essen mit Freunden im Restaurant. Die Vernissage von Maaike Scholtens Ausstellung hat am 18. November stattgefunden; für den Tag hatte er nichts notiert, weder im Taschenkalender noch auf dem Handy. Er scheint also nicht vorgehabt zu haben hinzugehen, was die Frage aufwirft, warum er dann die Ankündigung aufbewahrt hat. Oder aber, er war dort und wollte nicht, dass seine Freundin es mitkriegt. Vielleicht ist diese Maaike Scholten ja eine alte Liebe von ihm, und er hat heimlich wieder Kontakt mit ihr aufgenommen. In diesem Fall könnte sie vorgegeben haben, ihn nicht zu kennen, damit die Affäre nicht auffliegt.«

»Wir sollten seiner Freundin mal auf den Zahn fühlen, ob sie in dieser Hinsicht einen Verdacht hatte.«

»Ach ja, und dann war da noch eine Verabredung mit einer Fotografin am 11. November, bei Hoogland zu Hause. Im Taschenkalender stand: ›14.30 Uhr, Foto, Tamara.‹ Nick und ich waren am Sonntag bei Frau van Dijk. Sie hat uns das Foto gezeigt, es hängt im Wohnzimmer an der Wand. So ein kitschiges Bild, weißt du, sie an ihn gelehnt, er die Arme um ihre Schultern verschränkt. Jedenfalls bestätigt es unseren ersten Eindruck, dass die Beziehung gut war. Wer heimlich in eine andere verliebt ist, lässt nicht so ein Foto machen.«

»Manche Männer schon«, sagt Lois. »Und es würde auch erklären, warum Hoogland mit dem eigenen Penis im Mund aufgefunden wurde.«

»Ich weiß nicht recht … Wenn Cynthia van Dijk ihren Freund umgebracht hat, weil er fremdgegangen ist, warum sucht sie ihn dann, wenn er länger als sonst nicht nach Hause kommt?«

»Das hat sie doch am Freitag schon gesagt: weil der Hund allein zurückkam. Es wäre seltsam, wenn sie da nicht suchen geht. Sie musste wohl oder übel.«

»Und der Hund? Warum ist er nicht mit ihr nach Hause gelaufen, nachdem sie Hoogland umgebracht hat? Schließlich ist sie sein Frauchen.«

»Vielleicht hat sich das Tier darüber erschrocken, was Frauchen mit Herrchen angestellt hat. Außerdem wissen wir ja nicht, ob der Hund wirklich allein nach Hause kam.«

»Du und Fred, ihr wart doch bei dieser Künstlerin. Was für ein Motiv könnte sie gehabt haben?«

»Wenn sie eine Affäre gehabt haben sollten, dann könnte es sein, dass Hoogland ihr den Laufpass gegeben hat, weil er bei seiner Freundin bleiben wollte, und das hat sie nicht akzeptiert. Aber diese Scholten kommt mir nicht wie jemand vor, der in blinder Wut einen Mord begeht. Die würde eher heulend auf dem Sofa sitzen und ihren Liebeskummer mit Schokolade betäuben.«

Claudien lacht. »Du weißt so gut wie ich, dass es jede Menge netter, sanfter Frauen gibt, die furchtbare Verbrechen begangen haben.«

»Ich würde gern mal mit der Fotografin reden. Tamara heißt sie, oder? Sie hat das Paar fotografiert und kann uns bestimmt einiges erzählen, zum Beispiel, wer von den beiden sie beauftragt hat und wie sie miteinander umgegangen sind.«

»Das könnte aufschlussreich sein. Aber leider wissen wir ihren Nachnamen nicht. Als wir bei Frau van Dijk waren, hab ich nachgesehen, ob auf der Rückseite des Fotos ein Aufkleber oder so etwas ist, aber da war nichts. Und in Hooglands Taschenkalender steht, wie gesagt, nur Tamara. Wie wär's, wenn wir die hiesigen Fotogeschäfte anrufen und fragen, ob sie eine Angestellte namens Tamara haben? Oder eine freiberufliche Fotografin kennen, die so heißt?«

»Hoogland und seine Freundin müssen sie doch bezahlt haben, vielleicht gibt es eine Überweisung in seinen Unterlagen.«

»Stimmt, das muss überprüft werden. Die Kontobewegungen sind meines Wissens noch nicht ausgewertet. Wir können ja Frau van Dijk fragen, wenn sich nichts ergibt, aber ich würde es zunächst ohne sie probieren, damit wir ihr nicht zeigen, in welche Richtung ermittelt wird. Als Erstes suchen wir mal im Internet, da werden wir sie schon finden«, meint Claudien optimistisch.

Die Internetrecherche nach einer in Alkmaar ansässigen Fotografin namens Tamara hat nichts gebracht, ebenso wenig die Nachfragen bei Fotogeschäften, und im Register der Handelskammer ist sie auch nicht verzeichnet.

»Möglicherweise hat sie einen ganz anderen Beruf«, gibt Claudien zu bedenken. »Es könnte doch sein, dass sie den beiden von Bekannten empfohlen wurde, als Hobbyfotografin, die nicht viel Geld nimmt und trotzdem gute Arbeit liefert.«

»Dann fahrt doch mal bei Cynthia van Dijk vorbei und fragt nach«, meint Fred, der die letzten Sätze mitbekommen hat. »Ich würde gern mitgehen, aber auf meinem Schreibtisch türmen sich die Akten. Seid so nett und informiert mich hinterher.«

Lois und Claudien holen ihre Jacken, verlassen das Gebäude und fahren nach Daalmeer, ein Stadtteil mit vielen Reihenhäusern, die um Innenhöfe herum angeordnet sind. Der Kompasweg liegt ein wenig versteckt. Wäre Lois nicht schon einmal dort gewesen, hätten sie ihren Navi zurate ziehen müssen.

Am Rand einer Grünanlage stellen sie das Auto ab und gehen unter der fahlen Wintersonne die gewundene Straße entlang.

Cynthia van Dijk sitzt gerade mit den Eltern ihres Freundes und dem Bestattungsunternehmer zusammen.

»Würden Sie bitte kurz warten? Ich bin gleich bei Ihnen.« Sie deutet auf das Sofa im Wohnzimmer.

Lois und Claudien nehmen Platz. Cynthia geht wieder in den Essbereich und schließt die bleiverglaste Schiebetür.

Gedämpfte Stimmen dringen herüber. Man bespricht wohl die Begräbnisformalitäten.

Lois steht auf, geht im Raum auf und ab und bleibt schließlich vor dem Paarfoto an der Wand stehen. Claudien hat recht: Das Bild ist mehr als kitschig. Die Fotografin hat ein Weichzeichnerobjektiv benutzt, sodass das Ergebnis fast schon surrealistisch romantisch anmutet. Sie selbst hatte zu Hause lange ein Foto von sich und Brian hängen, wie sie bei einem Rockkonzert abtanzen. Seit ein paar Monaten liegt es in einem Karton auf dem Dachboden.

Lois nimmt das Foto von der Wand und dreht es um. Kein Aufkleber auf dem Rahmen, nichts.

Nach einer Viertelstunde geht die Schiebetür auf. Der Bestatter verabschiedet sich, und während Cynthia ihn zur Haustür bringt, stellen Lois und Claudien sich den Eltern vor.

Sie wirken sehr angeschlagen, nicken aber, als Lois sich erkundigt, ob sie sich in der Lage fühlen, ein paar Fragen zu beantworten.

»Ich habe keine Ahnung, wie David an diese Fotografin gekommen ist«, sagt Cynthia, als Claudien nach einer Weile auf das Bild zu sprechen kommt. »Ich wollte schon länger ein Foto von uns beiden, und auf einmal hatte er diesen Termin gemacht. Erst dachte ich, wir müssten dazu in ein Studio, aber die Frau kam ins Haus. Sie hat hier im Wohnzimmer ein großes weißes Tuch aufgespannt und Lampen und Reflektorschirme aufgestellt. Das Ganze wirkte sehr professionell.«

»Wir haben bei der Handelskammer nachgefragt, dort ist keine Fotografin namens Tamara registriert. Und sie ist auch bei keinem Fotogeschäft angestellt. Deshalb gehen wir davon aus, dass es sich um eine Bekannte Ihres Lebensgefährten handelt. Beziehungsweise Ihres Sohns.« Lois' Blick geht von Cynthia zu den Eltern.

»Dazu kann ich leider nichts sagen.« Rien Hoogland fährt sich seufzend durch das graue Haar. »Ist es denn wichtig?«

»Möglicherweise. Bisher haben wir noch keinen konkreten Hinweis auf den Täter, darum müssen wir jeder Spur nachgehen.«

»Das kann nur ein Verrückter getan haben!« Lucia Hooglands Stimme zittert. Die kleine dunkelhaarige Frau hat sichtlich Mühe, die Tränen zurückzuhalten. »Wer, um Himmels willen, sollte einen Grund haben, unseren Jungen umzubringen? Kein Mensch!«

»Ich verstehe gut, dass Sie außer sich sind, Frau Hoogland. Es könnte zwar ein Verrückter gewesen sein, aber sehr wahrscheinlich ist das nicht. Und ein Raubmord kommt auch nicht in Betracht, sonst hätte die Brieftasche mit dem Geld gefehlt. Also müssen wir herausfinden, ob Ihr Sohn mit irgendjemandem einen Konflikt hatte.«

Frau Hoogland schüttelt energisch den Kopf. »Das hatte er garantiert nicht! Sonst hätte ich es gewusst, David hat uns jede Woche besucht und mir immer alles erzählt.«

»Wirklich alles? Auch wenn es um eine Auseinandersetzung mit einem Freund ging oder um Probleme mit Eltern seiner Schüler?«, hakt Claudien nach.

»Jedenfalls alles, was ihm wichtig war. Letztes Jahr hat er versehentlich einen Motorradfahrer gestreift, der wütend auf ihn losging, als er aus dem Auto stieg. David hat sich das sehr zu Herzen genommen, er kam damals sofort zu mir, um sich auszusprechen. So war er!«

»Dem Foto nach zu urteilen, war Ihre Beziehung gut«, wendet Claudien sich nun an Cynthia. »Trifft das zu? Hatten Sie tatsächlich keine Probleme? Oder gab es in der Vergangenheit welche?«

»Zwischen David und mir war alles bestens. Wir haben in letzter Zeit sogar öfter mal über Kinder gesprochen und … und …« Sie stockt und wischt sich die Augen.

Frau Hoogland nimmt tröstend ihre Hand.

»Ihr Freund war Ihnen also treu? Hatten Sie nie den Verdacht, dass er eine Geliebte haben könnte?«, fragt Lois.

Völlig entgeistert blickt Cynthia auf. »Nein! Natürlich nicht. Hätte ich sonst ein Kind von ihm gewollt? Warum fragen Sie?«

»Reine Routine. Ich verstehe gut, dass es Ihnen unangenehm ist, trotzdem müssen wir danach fragen. Jetzt aber etwas anderes: Wie haben Sie die Fotografin bezahlt: bar oder per Überweisung?«

Cynthia zuckt die Schultern. »Um unsere Finanzen hat sich immer David gekümmert.«

»Wenn Sie uns Ihre Bankverbindung geben, prüfen wir nach, ob es eine Abbuchung gab.«

Cynthia nennt auswendig die Kontodaten, die Lois rasch notiert.

»Fürs Erste wissen wir genug und wollen Sie nicht länger belästigen. Viel Kraft in dieser schweren Zeit.« Lois und Claudien stehen auf und verabschieden sich.

»Nichts, was uns irgendwie weiterbringt«, resümiert Lois, als sie den Kompasweg entlanggehen.

»Ich rufe noch heute bei der Bank an, vielleicht kommen wir ja so der Fotografin auf die Spur. Auch wenn nicht gesagt ist, dass sie etwas mit Hooglands Tod zu tun hat.«

»Ich weiß nicht recht … Es irritiert mich, dass wir so gut wie nichts über sie wissen und finden. Sieht ganz so aus, als hätte Hoogland doch ein Geheimnis vor seiner Freundin gehabt.«

»Du meinst, was Maaike Scholten betrifft? Mit Tamara hatte er ja wohl eher nichts. Man heuert doch nicht jemanden zum Fotografieren an, mit dem man eine Affäre hat.«

»Ich nicht, aber es gibt bestimmt Idioten, die genau so etwas lustig fänden.«

Claudien seufzt tief. »Tja, der Penis wurde ihm sicher nicht grundlos abgeschnitten. Meiner Meinung nach war es eine Beziehungstat. Wir sollten Hooglands Freundes- und Bekanntenkreis gründlich unter die Lupe nehmen.«

12

Auf Lois' Bitte hin hat Cynthia van Dijk eine Liste von Davids Freunden und Bekannten erstellt, und Silvan von der IT-Forensik hat sich gleich damit an den Computer gesetzt. Silvan ist erst Mitte zwanzig und noch nicht lange bei der Polizei, aber ein absoluter Computercrack. Auf Facebook hat er noch ein paar weitere Leute ausgemacht, die mit David Hoogland regelmäßig Kontakt hatten.

Die nächsten Tage sind Lois und ihre Kollegen damit beschäftigt, sämtliche Personen zu Hause beziehungsweise an ihrer Arbeitsstelle aufzusuchen und zu befragen.

Die Gespräche ergeben jedoch nichts Neues. Alle bestätigen, dass Cynthia und David ein Traumpaar waren. Auch sein bester Freund, Julian van Schaik, hält einen Seitensprung für ausgeschlossen.

»Das war echt nicht sein Ding«, sagt er. »Früher hat David ja gern mal auf den Putz gehauen, aber in den letzten Jahren ist er ruhiger geworden, auch häuslicher, und nur noch selten ausgegangen. Manchmal hab ich ihn damit aufgezogen und gesagt, er stehe ganz schön unter Cynthias Pantoffel, aber darüber hat er nur gelacht.«

Julian van Schaik ist Geschäftsführer eines Autohauses, in dem Lois und Claudien ihn nun befragen. Sie stehen vor seinem Büro, das an den Showroom mit den neuen Modellen grenzt.

»Sagt Ihnen der Name Maaike Scholten etwas?«, fragt Lois.

Er schüttelt den Kopf. »Wer soll das sein?«

»Eine junge Malerin. Herr Hoogland hatte ein Faltblatt von ihrer Ausstellung im Kunstverein bei sich.«

»Wie bitte? Von einer Gemäldeausstellung?« Auf seinem Gesicht zeichnet sich Verwunderung ab. »Mit Kunst hatte David nun wirklich nichts am Hut. Er hat nie verstanden, dass ich Geld dafür ausgebe, und meinte, das sei doch hirnrissig. Zu Hause an den Wänden hatte er nur so 08/15-Bilder, wie man sie fertig gerahmt bei IKEA bekommt. Die reichten ihm völlig.«

»Seit wann kannten Sie sich? Frau van Dijk meinte, Sie seien sein ältester Freund, stimmt das?«, fragt Claudien.

»Wir kannten uns seit der Grundschulzeit und waren auch später am Gymnasium in der gleichen Klasse. In der Freizeit haben wir auch viel gemeinsam gemacht. Ich kann's noch immer nicht fassen, dass er jetzt tot ist.« Julian schluckt.

Lois sieht ihn mitfühlend an, setzt die Befragung aber fort: »Sie sagten gerade, David Hoogland habe mit Kunst nichts am Hut gehabt. Können Sie sich einen Grund denken, warum er den Flyer trotzdem bei sich trug?«

Julian zuckt die Schultern. »Vielleicht wollte er Cynthia und sich malen lassen. Das kann ich mir zwar nur schwer vorstellen, aber schließlich hat er auch dieses unsägliche Kitschfoto machen lassen. Warum also nicht ein Gemälde?«

»Das hört sich an, als hätte er seine Freundin sehr geliebt«, sagt Lois.

»Er war verrückt nach ihr. Deshalb hat er sich ja auch so verändert, seit sie zusammen waren. Er hat mit dem Kiffen aufgehört, ging kaum mehr aus und hat sogar sein Motorrad verkauft. Unvorstellbar! Ich meine, ich bin auch öfter mal schwer verliebt, aber dass ich alles aufgebe, was mir Spaß macht, so weit hat mich noch keine gekriegt. Getroffen haben David und ich uns natürlich weiterhin: Donnerstags hatten wir unseren festen Kneipenabend, daran hat keine Freundin je was geändert.«

»Kennen Sie zufällig die Frau, die das Paarfoto von Herrn Hoogland und seiner Freundin gemacht hat?«

»Tamara? Ja, aus der Kneipe. Wir kamen mit ihr ins Gespräch, redeten irgendwann über Fotografie, und da hat David gefragt, ob sie ihn und Cynthia fotografieren würde. Sie haben auch gleich einen Termin abgemacht.«

»In welcher Kneipe war das?«

»Im *Ossenhooft,* an der Platte Stenenbrug.«

»Ist sie öfter dort?«

»Das weiß ich nicht. Ich hab sie jedenfalls noch nie vorher gesehen. Mir ist nur aufgefallen, dass sie sich die ganze Zeit in unserer Nähe aufhielt und uns sofort ansprach, sobald sich eine Gelegenheit ergab.«

»Können Sie die Frau beschreiben?«

»Dunkles Haar, nicht besonders lang, ungefähr so wie Ihres, und sie war auch etwa so groß wie Sie«, sagt Julian nach einem Blick auf Lois. »Irgendwie kam sie mir bekannt vor, obwohl mir der Name Tamara nichts sagte. Dabei kenne ich fast jeden in Alkmaar. Wie auch immer, ich hab nicht groß auf sie geachtet, weil ich schon ziemlich einen in der Krone hatte. Und als David sich dann länger mit ihr unterhielt, bin ich gegangen.«

»Wenn Sie ihr einmal wieder begegnen sollten, würden Sie uns dann bitte benachrichtigen? Wir möchten gern mal mit ihr reden.« Claudien reicht ihm ihre Karte.

Er nimmt sie, betrachtet sie nachdenklich, und als er wieder aufblickt, wirkt er betroffen. »Hat diese Tamara denn etwas mit dem Mord zu tun?«

»Das wissen wir nicht, daher ist es wichtig für uns, mit allen Leuten zu sprechen, die in den Wochen vor Herrn Hooglands Tod Kontakt mit ihm hatten.«

»Das leuchtet ein. Obwohl mir nach wie vor rätselhaft ist, weshalb er umgebracht wurde. David war ein prima Kumpel, immer gut gelaunt, großzügig und hilfsbereit. Ich versteh das einfach nicht …«

Er steckt die Visitenkarte in die hintere Hosentasche seiner Jeans, nickt den beiden Frauen zu und geht dann mit hängenden Schultern in sein Büro.

Er tut Lois leid, aber für Gefühle ist jetzt keine Zeit. Sie müssen schnellstens die geheimnisvolle Tamara finden. Hat es etwas zu bedeuten, dass sie Hoogland in der Kneipe angesprochen hat, oder verfolgen sie womöglich eine falsche Spur?

Claudien lässt versonnen den Blick über die nagelneuen glänzenden Autos gleiten. »Guck mal, das schicke Cabrio da drüben. Wär das nicht was für dich?«

»Wenn ich mal Kommissarin bin. Bis dahin muss mein Seat Ibiza genügen.«

»Sehr vernünftig.« Claudien lacht. »Immer schön das Geld zusammenhalten. Komm, wir fahren zum Revier, vielleicht haben die anderen ja was rausgefunden.«

Das ist nicht der Fall. Bei der Besprechung am frühen Nachmittag wird klar, dass sie Gefahr laufen, auf der Stelle zu treten. Weder hat einer der Befragten etwas ausgesagt, das den Fall voranbringen könnte, noch hat die Überprüfung von Hooglands Festnetztelefon und privatem Computer irgendwelche Anhaltspunkte ergeben, und sein Konto weist auch keine Abbuchung zugunsten einer Tamara auf.

Immerhin ist der Obduktionsbericht inzwischen da. Daraus geht hervor, dass sich die Wunde am Hinterkopf relativ weit unten befand, eventuell ein Hinweis, dass der Täter unter 1,80 m groß ist. Als Tatwerkzeuge dienten vermutlich ein Hammer und später dann ein Messer, sodass Totschlag ausgeschlossen werden kann. Es war Mord.

Der Täter wusste anscheinend, wo Hoogland wohnte und um welche Uhrzeit er abends mit seinem Hund unterwegs war, und hatte ihm an dem nebligen Abend am Seeufer aufgelauert.

Was das Motiv angeht, tappen sie jedoch nach wie vor im Dunkeln.

Am Körper des Opfers wurden laut Obduktionsbericht fremde DNA-Spuren gefunden, doch deren Auswertung wird einige Zeit in Anspruch nehmen.

Es frustriert Lois, dass sie nicht vorankommen. Je mehr Zeit verstreicht, desto geringer wird die Chance, den Täter zu finden.

Kurz nach der Besprechung geht sie mit Fred nach Hause zu einem späten Mittagessen. Seine Frau Nanda beordert ihn auch in hektischen Zeiten stets an den häuslichen Esstisch.

»Ich kaufe doch nicht extra mageres Fleisch, um es dann wegzuwerfen!«, hatte sie sich am Telefon so laut entrüstet, dass Lois es hören konnte.

»Frier es ein«, hatte Fred lakonisch vorgeschlagen.

»Nein, du kommst nach Hause! Zeit zum Essen muss sein, schon gleich, wenn es heute wieder spät wird. Am besten fährst du sofort los. Und bring Lois mit.«

»Na gut, du hast gewonnen. Und Lois schleppe ich mit, ob sie will oder nicht.« Er grinste sie an, und sie reckte den Daumen hoch. Nanda ist eine begnadete Köchin, und die Aussicht, mal etwas anderes zwischen die Zähne zu bekommen als immer nur Pizza vom Bringdienst, lockte Lois durchaus.

Fred und Nanda wohnen im Frieseweg, in einem Einfamilienhaus aus den Dreißigerjahren mit einem Garten voller alter Bäume. Nanda, die vor Kurzem sechzig geworden ist, legt Wert auf ihr Äußeres. Das kastanienbraun gefärbte Haar trägt die schlanke, elegante Frau modisch kurz, und sie kleidet sich, anders als viele in ihrem Alter, weder zu jugendlich noch zu altbacken. Lois mag sie gern, nicht zuletzt weil sie herzlich und immer gastfreundlich ist.

»Na, kommt ihr voran mit eurem Fall?«, fragt Nanda. Als langjährige Polizistengattin weiß sie natürlich, dass ihr Mann keine Details verraten darf, dennoch interessiert sie sich für seine Arbeit.

»Vergiss es«, brummt Fred.

»Wie? Etwa gar nicht?«

»Es ist noch vieles unklar«, mischt Lois sich ein. »Wir erhoffen uns Aufschluss von der DNA-Untersuchung, aber das kann noch dauern.«

»Unfassbar, dass jemand abends mit seinem Hund rausgeht und einfach so totgeschlagen wird!« Kopfschüttelnd holt Nanda ein herrlich duftendes Brathähnchen aus dem

Ofen. Sie hat die Zeitungsmeldungen verfolgt, in denen allerdings nicht erwähnt war, in welchem Zustand David Hoogland aufgefunden wurde.

»Einfach so ist es wohl nicht passiert, aber das macht die Sache nicht besser«, sagt Lois. »Der Mann war erst achtundzwanzig.«

»Hoffentlich erwischt ihr den Mörder bald, man traut sich ja bei Dunkelheit kaum mehr auf die Straße.« Nanda stellt das Hähnchen auf den Tisch, legt die Ofenhandschuhe beiseite und holt zwei Schüsseln mit Gemüse und Reis. »Dann mal her mit den Tellern! Und guten Appetit!«

Lois lässt sich auftun. »Sieht wunderbar aus, Nanda. Endlich mal was anderes als fettige Pizza.«

»Das sage ich auch immer zu Fred.« Nanda nickt zufrieden. »Ich weiß ja, wie es ist, wenn ihr mitten in den Ermittlungen steckt. Wer gut isst, hält besser durch.«

»Du hast völlig recht«, sagt Lois.

»Wir haben aber nicht viel Zeit«, nuschelt Fred mit vollem Mund. »Sobald wir aufgegessen haben, müssen wir wieder los.«

»Iss langsam, sonst bekommst du bloß wieder Magendrücken«, rät Nanda und wendet sich dann an Lois: »Sag mal, was machst du eigentlich an den Feiertagen?«

»Ich bin bei meiner Schwester eingeladen«, sagt Lois ohne große Begeisterung.

»Ich glaube, du würdest lieber durcharbeiten als die Familie zu besuchen, was?«, bemerkt Fred zwischen zwei Bissen.

»Freihaben will ich an Weihnachten schon, aber ich kann mir tatsächlich Besseres vorstellen, als bei meiner Schwester und meinem Schwager zu dinieren.«

»Warum versuchst du nicht mal rauszufinden, was aus deinem Vater geworden ist?«, fragt Fred unvermittelt. »So schwer kann das doch nicht sein.«

»Nein«, kontert Lois sofort. »Er hat uns verlassen und sich nie mehr gemeldet. Wenn er anscheinend kein Bedürfnis nach Kontakt hat, warum sollte *ich* mich darum bemühen?«

»Weil er nun mal dein Vater ist, darum. Ich an deiner Stelle würde wissen wollen, wo er abgeblieben ist, ob er noch mal geheiratet und Kinder bekommen hat. Stell dir vor, du hast vielleicht Halbgeschwister! Interessiert dich das denn gar nicht?«, sagt Nanda.

»Nein, tut es nicht!«

Aus dem Augenwinkel sieht Lois, dass Fred seiner Frau ein Zeichen macht, das Thema zu wechseln, was Nanda zwar macht, aber unwillkürlich wieder auf schwierigem Terrain landet.

»Du hast dich doch hoffentlich nicht mit Tessa gestritten, weil du an Weihnachten nicht gern hinwillst? Ich dachte immer, ihr zwei versteht euch so gut«, sagt sie besorgt.

»Aber nein, wir haben keinen Streit. Wäre ja auch dumm, zumal wir nur noch einander haben. Meine Schwester hat sich einfach sehr verändert, seit sie mit Guido verheiratet ist.«

»Die beiden wohnen wirklich traumhaft schön. Fred und ich sind letzten Sommer mal mit dem Rad durch Bergen gefahren. Großartig, diese Villen!«

»Tessa lebt in jeder Hinsicht großartig. Guido ist adlig und viele seiner Bekannten und Freunde auch. Die reden manchmal, als kämen sie von einem anderen Planeten. Wenn sie sich zu Tisch setzen, sagen sie zum Beispiel nie ›guten Appetit‹ – das ist regelrecht verpönt.«

»Warum denn das?«, fragt Fred verwundert.

»Was weiß ich. Vielleicht ist es eine Beleidigung für den Koch oder für die Gastgeberin.«

»Interessant …«, murmelt Nanda. »Und die adligen Verwandten deines Schwagers sind an Weihnachten wohl auch alle da, was?«

»Mit Sicherheit. Bestimmt wird es wieder eine absolut großartige Angelegenheit. Mit Tischordnung und Protokoll und allem Drum und Dran. Ihr könnt euch gar nicht vorstellen, wie sehr ich mich darauf freue!«

Fred grinst breit. »Dann tu einfach so, als wärst du krank, und komm heimlich zu uns«, sagt er und legt sich noch ein Stück Brathähnchen auf den Teller. »Guten Appetit!«

13

Spätabends kommt Lois von der Arbeit nach Hause. Wie immer hat sie die Stunde bei Fred und Nanda sehr genossen. Das Zusammensein mit so herzlichen, fürsorglichen Menschen tut einfach gut, auch wenn ihr dabei jedes Mal schmerzhaft bewusst wird, dass sie selbst kein Familienleben hat.

Mit schnellen Schritten geht sie die Treppe hinauf und zieht ihre Sportsachen an. Während sie sich die Stöpsel ihres MP3-Players in die Ohren steckt und das Laufband anstellt, lässt sie das Gespräch mit Fred und Nanda Revue passieren. Über ihre eigene Familie zu sprechen fällt ihr noch immer schwer, daran haben auch die vielen Therapiesitzungen vor rund zehn Jahren nichts geändert.

Lois hatte noch eine zweite Schwester. Die kleine Maren war ein Nachkömmling und starb mit fünf Jahren an Hirnhautentzündung. Die Mutter kam nie über den Verlust des Kindes hinweg. Sie verlor sich in ihren Depressionen und machte ihrem Mann Mart Vorwürfe, was zu endlosen Streitereien führte. Als Lois vierzehn war und Tessa zwölf, verließ ihr Vater die Familie. Sie unterstützten die Mutter, so gut es ging, aber für sie hatte das Leben jeden Sinn verloren.

Trinken half ihr, den Schmerz zu vergessen, und sie brauchte immer mehr Alkohol, um die Tage zu überstehen.

Schließlich lag sie nur noch auf dem Sofa und traute sich kaum mehr unter Menschen. Wer von den beiden Schwestern als Erste von der Schule nach Hause kam, ging einkaufen, die andere übernahm das Kochen. Stand ein Elternabend an, ging ihre Mutter entweder gar nicht hin oder mit einem Kater. Wenn Lois an einem Leichtathletik-Wettkampf teilnahm oder Tessa an einer Aufführung ihrer Ballettschule, fehlte ihre Mutter unter den Zuschauern. Zu Hause durften die Mädchen keine Musik hören und nur leise sprechen, und Freundinnen einladen ging auch nicht. Paulette Elzinga bestellte die Zeitung ab und schaltete den Fernseher nicht mehr ein, denn jede schlimme Nachrichtenmeldung war für sie eine persönliche Katastrophe.

Natürlich hatten Lois und Tessa versucht, sie vom Trinken abzuhalten. Sie schütteten Weinflaschen in den Ausguss und versteckten ihre Geldbörse. Sie informierten den Hausarzt, der daraufhin ein ernstes Gespräch mit der Mutter führte. Diese gelobte Besserung, ließ sich einen Prospekt der Anonymen Alkoholiker geben und versprach, zum nächsten Treffen zu gehen, doch der Prospekt endete als Untersetzer für das Weinglas.

Irgendwann einmal versuchte die Mutter, Lois zu erklären, wie man sich als depressiver Mensch fühlt, wie einem vor jedem neuen Tag graut, ohne dass man sagen könnte, warum.

Lois gab sich Mühe, ihre Mutter zu verstehen, aber so ganz gelang das nicht. Denn sie kannte andere Leute, die von ihrem Partner verlassen worden waren oder einen lieben Menschen verloren hatten. Auch sie durchlebten eine schwere Zeit, in der Wut und Kummer den Alltag bestimmten, doch allmählich ließ der Schmerz nach, sodass es möglich wurde, das Geschehene zu akzeptieren.

Diesen Prozess hatte ihre Mutter nicht durchlaufen. Sie war in der ersten Phase, dem Nicht-Wahrhaben-Wollen, stecken geblieben. Lois verstand einfach nicht, weshalb sie an gar nichts mehr im Leben Freude hatte, nicht einmal an ihren Töchtern, die sie liebten. Sie wusste allerdings genau, dass es auf Dauer nicht gut gehen konnte.

Und so kam es auch. Lois war gerade einundzwanzig geworden und steckte noch in der Ausbildung an der Polizeiakademie in Amsterdam, als ihre Mutter einen Autounfall hatte. Sie war betrunken gegen den Pfeiler eines Viadukts gefahren. Noch auf dem Weg in die Klinik starb sie an ihren schweren Schädelverletzungen.

Lois stellt das Laufband schneller. Der Schweiß rinnt ihr übers Gesicht, doch genau das genießt sie. Je zügiger sie läuft, desto weniger Raum bleibt zum Nachdenken.

So viel man auch über seine Kindheit redet, wenn man sich nicht irgendwann mit den Tatsachen abfindet, bleibt man stecken. Durch die Gespräche mit einem Psychologen hat Lois gelernt zu akzeptieren, dass in ihrer Familie vieles schiefgelaufen ist und dass sie mit den schmerzlichen Erinnerungen leben muss. Was nicht heißt, dass sie den Schmerz nicht mehr fühlt. Oder dass sie nicht mehr an ihren Vater denkt und sich fragt, wie es ihm wohl gehen mag. Obwohl es ihr als Polizistin ein Leichtes wäre, herauszufinden, wo er jetzt lebt, macht sie es nicht. Vor allem nach der Trennung von Brian, die ihr schwer zugesetzt hat, will sie dem Schicksal auf keinen Fall die Chance geben, erneut zuzuschlagen.

14

Das Gemälde nimmt langsam Gestalt an. Der erste Farbauftrag ist trocken, sie kann jetzt die nächste Schicht aufbringen und die bislang nur vagen Formen herausarbeiten. Vielleicht bleibt es aber auch bei dieser impressionistisch anmutenden Darstellung dreier Gestalten, die sich im Nebel auflösen. In einem Nebel aus dumpfen Blautönen mit nur einer hellen Spur Grau.

Maaike tritt ein paar Schritte zurück und nimmt ihr Werk in Augenschein. Es ruft keine Zufriedenheit bei ihr hervor, aber schlecht ist es auch nicht geworden.

In letzter Zeit betreibt sie das Malen wie eine Art Beschäftigungstherapie. Dabei entstehen meist Figuren in undefinierbaren Landschaften, und die matten, manchmal auch düsteren Farben drücken aus, wie sie die Welt zurzeit sieht.

Hin und wieder malt sie etwas Heiteres, Gefälliges, das gut verkäuflich ist. Die meisten Bilder aber entstehen jetzt wie von selbst, ohne Plan und Konzept. Wenn sie einen ganzen Abend lang gemalt hat, schläft sie in ihrer Malkleidung voller Farbspritzer erschöpft ein und hat am nächsten Tag kaum eine Erinnerung daran, was sie gemacht hat. Dann steht sie vor der Staffelei und betrachtet staunend die Leinwand.

Die düsteren Bilder hebt sie nicht auf, sondern entsorgt sie so schnell sie nur kann, denn sie üben einen Sog auf sie aus, wollen sie in eine Sphäre ziehen, in der sie nicht sein will, mit der sie abgeschlossen zu haben glaubt. Und in die sie nie mehr zurückkehren will.

Seit sie eben unter der Dusche war, fühlt sie sich besser, auch wenn das Herz nach wie vor unruhig schlägt.

Vielleicht sollte sie ein wenig rausgehen, frische Luft schnappen, am Waagplein eine Kleinigkeit zu Abend essen. Sie hat schon immer ungern für sich allein gekocht, und heute hat sie dazu noch weniger Lust als sonst.

Maaike schlüpft in ihre Jacke, steckt Handy und Geldbörse ein und geht die lange, steile Treppe zur Haustür hinab. Kurz darauf steht sie an der Gracht vor dem Haus.

Sie hatte gehofft, die Kälte würde die drückenden Gedanken vertreiben, doch sie spuken weiter durch ihren Kopf. Seit sie weiß, dass David Hoogland ermordet wurde, kämpft sie gegen ein unheilvolles Gefühl an, das immer mehr Besitz von ihr nimmt. Es war eine Illusion zu glauben, sie könnte nach all den Jahren sicher in ihre Heimatstadt zurückkehren.

Sie ist nicht die Einzige, die zurückgekehrt ist.

Maaike ist schon fast am Ende der Gracht, als ein Kleinwagen heranfährt und einparkt. Im Licht der Straßenlaterne erkennt sie Danielas weißen Opel Corsa. Verwundert bleibt sie stehen und wartet, bis ihre Freundin ausgestiegen ist.

»Was machst du denn hier?«, fragt sie, nachdem sie einander begrüßt haben.

»Ich sollte doch Bilder abholen, weißt du das denn nicht mehr?«

Jetzt erinnert Maaike sich wieder an die Verabredung. »Das hatte ich total vergessen«, sagt sie. »Wärst du eine Minute später gekommen, hättest du vor verschlossener Tür gestanden.«

»Na, dann hätte ich dich eben angerufen, damit du kommst«, meint Daniela lachend. »Wo willst du denn hin?«

»Zum Waagplein, etwas essen. Magst du nicht erst mitkommen?«

»Gern, Hunger hab ich auch«, sagt Daniela gut gelaunt. Sie schließt ihr Auto ab, steckt den Schlüssel in die Handtasche und hakt sich bei Maaike unter. »Na, wie ist es so, wieder in der Käsestadt zu sein? Hast du dich gut eingewöhnt?«

»Ja, das ging recht schnell. Ist ja auch klar, schließlich bin ich hier aufgewachsen.«

»Trotzdem kann man sich anfangs ein wenig fremd fühlen. Wenn ich daran denke, wie rasch sich in Amsterdam alles verändert ...«

»Stimmt, aber dort läuft man nicht so oft alten Bekannten über den Weg. Hier dagegen hab ich schon ein paar gesehen.«

»Tatsächlich? Wie nett.«

»Erkannt haben sie mich allerdings nicht, sondern sind einfach an mir vorbeigelaufen. Anscheinend hab ich mich in den fast zehn Jahren ziemlich verändert.«

»Das kann ich mir nicht vorstellen. Liegt es nicht eher daran, dass hier niemand damit rechnet, dir zu begegnen?«

»Das kann sein, und es macht mir nichts aus. Den meisten von früher hab ich ohnehin nichts zu sagen.«

Sie überqueren den Mient und steuern dann den Waagplein an. An einer Seite des Platzes, auf dem im Sommer jeden Freitag der berühmte Käsemarkt abgehalten wird, reiht sich ein Lokal ans andere.

In einem Bistro finden sie einen Tisch mit bequemer Eckbank. Die Speisekarte ist ziemlich reichhaltig, aber sie entscheiden sich beide nach einem kurzen Blick für Saté.

Als sie bestellt haben, fragt Daniela: »Wie läuft's mit dem Malen, hast du ein paar neue Bilder fertig?«

»Zwei«, antwortet Maaike. »Nur bin ich nicht ganz zufrieden damit. *Mädchen im Nebel* ist noch nicht gut, aber ich weiß nicht, was fehlt.«

»Lass dir Zeit. Du brauchst das Geld ja momentan nicht dringend. Sag mal, kanntest du eigentlich den Mann, der letzte Woche umgebracht wurde, diesen David Hoogland? Ich hab im *Telegraaf* davon gelesen.«

Eine unbehagliche Stille tritt ein, dann macht Maaike eine resignierte Handbewegung.

»Ja«, sagt sie mit einem Seufzer. »Den kannte ich von früher. Aber verrat das bitte keinem, ich hab nämlich der Polizei gesagt, ich hätte den Namen noch nie gehört.«

»Warum?«

Maaike überlegt. »Weil es mir besser schien.«

»Das war dumm, über kurz oder lang kommt das raus.«

Maaike lässt den Blick durch das Restaurant schweifen, richtet ihn dann für zwei Sekunden auf Daniela und sagt, mit wieder abgewandtem Gesicht und gepresster Stimme: »Er hat es verdient. Soll ich etwa so tun, als würde ich seinen Tod bedauern?«

»Das brauchst du nicht.« Beruhigend legt Daniela ihr die Hand auf den Arm.

Erst als die Kellnerin mit den Tellern kommt, lehnt sie sich wieder zurück.

»Du sagst es doch nicht der Polizei, oder?«, fragt Maaike leise, als die junge Frau außer Hörweite ist.

»Dass du diesen David gekannt hast? Nein, warum sollte ich?«

»Und du sagst auch nichts wegen … du weißt schon?«

Die Antwort lässt auf sich warten.

»Daniela?«, drängt Maaike.

»Schon gut«, sagt Daniela zögerlich. »Ich sag nichts. Aber Gedanken mache ich mir schon. Glaubst du denn, dass sie es getan hat?«

Maaike fährt sich verzweifelt über die Stirn. »Ich weiß nicht, möglich wär es …«

In gedrückter Stimmung beginnen sie zu essen. Nach ein paar Bissen trinkt Daniela einen Schluck Wasser und blickt nachdenklich vor sich hin. »Ich finde, du kannst die Sache nicht einfach ignorieren«, sagt sie nach einer Weile. »Dann erklärst du dich im Grunde mit dem Mord einverstanden und bist mitschuldig. Und dass du das willst, kann ich mir absolut nicht vorstellen.«

»Nein, das will ich ganz bestimmt nicht.« Über ihr Weinglas hinweg sieht Maaike sie unentschlossen an. »Wir wissen es aber doch gar nicht sicher.«

»Doch, wir wissen es.«

Maaike senkt den Blick auf ihren Teller, wo das Fleisch allmählich kalt wird.

»Ich muss darüber nachdenken«, sagt sie leise.

15

Am nächsten Tag sitzt Lois schon um sieben Uhr am Schreibtisch, vor sich einen Stapel Protokolle. Trotz der frühen Stunde hat sie es geschafft, vor Arbeitsbeginn noch zu laufen, zu mehr als zwanzig Minuten fehlte ihr aber die Energie.

In der Nacht hat sie lange wach gelegen und über den Fall nachgegrübelt. Jeder Täter hinterlässt Spuren, und dass sie bisher nicht mehr als die wenigen gefunden haben, die sie ins Labor gegeben haben, heißt nicht, dass keine anderen da waren oder sind. Entweder haben sie nicht gründlich genug gesucht oder etwas übersehen, vielleicht auch eine Aussage der befragten Personen nicht richtig interpretiert. Schon öfter hat sie die Erfahrung gemacht, dass es die Mühe wert war, sämtliche Akten noch einmal akribisch durchzusehen, und genau das hat sie heute vor.

»Morgen, Lois. Du bist aber früh dran.« Nick kommt ins Büro; er wirkt müde, hat ganz kleine Augen. Nachdem er seine Jacke über die Stuhllehne gehängt hat, setzt er sich und reckt die Glieder.

»Mann, ich bin so was von urlaubsreif! Jede Nacht träume ich von einem Sonnenstrand mit Palmen.«

»Warst du nicht gerade erst im Urlaub? So erholt, wie du heute wieder aussiehst.«

Nick nimmt die bissige Bemerkung nicht übel. »Immer einen Scherz auf den Lippen, unsere gute Lois«, sagt er grinsend. »Dir ist wohl eine Laus über die Leber gelaufen, wie?«

»Es frustriert mich, dass wir beim Fall Hoogland nicht vorankommen. Deshalb sehe ich die ganzen Papierstapel noch mal gründlich durch«, sagt sie. »Vor allem die Aussagen der Leute, die ich nicht selber befragt habe.«

»Scheißarbeit, aber bestimmt nützlich«, meint Nick. »Soll ich dir einen Kaffee mitbringen?«

»Gern, vielen Dank.«

Nick steht auf, verlässt das Büro und kommt Minuten später mit zwei gefüllten Plastikbechern zurück.

Lois ist bereits in das erste Protokoll vertieft.

Nick legt die Beine auf den Schreibtisch und richtet den Blick zur Decke. »Was wissen wir eigentlich bis jetzt?«, sagt er nachdenklich. »Ein junger Mann, achtundzwanzig Jahre alt und Lehrer, wird tot aufgefunden, mit eingeschlagenem Schädel und abgeschnittenem Penis. Fremdgegangen ist er offenbar nicht, und er scheint auch kein Schulkind missbraucht zu haben. Also kein Tatmotiv in dieser Richtung. Trotzdem muss es eines geben. Da er sich in letzter Zeit nichts hat zuschulden kommen lassen, müssen wir in der Vergangenheit suchen. Es gibt ja Leute, die ihre Rachgier jahrelang unterdrücken, und irgendwann kommt sie dann zum Ausbruch. Ich denke an eine ehemalige Mitschülerin oder ein Mädchen aus einer früheren Clique, denn der abgeschnittene Penis deutet ja auf eine *Täterin* hin. Und da drängt sich der Gedanke an verschmähte Liebe oder sogar an eine Vergewaltigung auf. Was meinst du: Nimmt eine Frau, die als Teenager vergewaltigt wurde, nach so vielen Jahren noch Rache?«

Lois blickt auf. »Gut vorstellbar. Besonders dann, wenn der Vorfall ein Trauma verursacht hat.«

»Gehen wir davon aus, dass eine Frau die Tat verübt hat. Sie hatte ein Messer und vermutlich einen Hammer bei sich, also war es vorsätzlicher Mord.«

»Sie ist ihrem Vergewaltiger nach Jahren wiederbegegnet, hat ihn eine Zeit lang beobachtet, irgendwann Kontakt mit ihm aufgenommen und festgestellt, dass er sie nicht mehr erkannte«, spinnt Lois die Idee weiter.

»Sie sprach ihn in der Kneipe an und bot, als die Rede aufs Fotografieren kam, ihre Dienste an.«

»Er wiederum hatte nach wie vor keine Ahnung, wer da vor ihm stand. Das muss die Frau rasend gemacht haben.«

Sie sehen einander an.

»Tamara also«, sagt Lois und legt das Protokoll aus der Hand. »Die geheimnisvolle, unauffindbare Tamara.«

»Wir dürfen aber auch diese Künstlerin nicht außer Acht lassen. Bei meinen Nachforschungen in Daalmeer hat sich nämlich herausgestellt, dass nur in Hooglands Straße diese Faltblätter von ihr in den Briefkästen waren. Klar, man kann nicht die ganze Stadt bedienen, wenn man das Verteilen selber erledigt, aber ich finde diesen Umstand schon sehr auffällig, du nicht?«

»Allerdings! Aber warum rückst du damit erst jetzt heraus?« Lois runzelt ärgerlich die Stirn. »Nick, so was ist wichtig! Du kannst das nicht einfach unter den Tisch fallen lassen!«

»Reg dich ab. Du weißt doch, wie das läuft: Die ersten Tage kommt so viel an Information rein, dass man vor lauter Bäumen den Wald nicht mehr sieht. Ist dir so was noch nie passiert?«

Nein, denkt Lois, lässt sich aber nicht weiter über das Thema aus.

Kaum ist Fred hereingekommen, erstattet sie ihm Bericht. »Ich bin gespannt, wo diese Scholten sonst noch ihre Flyer verteilt hat«, schließt sie. »Falls es wirklich nur im Kompasweg war, wäre das äußerst verdächtig.«

»Dann lass uns loslegen«, meint Fred. »Mal sehen, was über die Dame rauszufinden ist. Wir brauchen möglichst viele Informationen: über ihre Kindheit, ihren früheren Freundeskreis, welche Schulen sie außer der in Bergen noch besucht hat, ob sie in Vereinen war und so weiter. Falls es eine Verbindung zwischen ihr und Hoogland gibt, wird sich das bald rausstellen.«

Inzwischen ist auch Claudien gekommen, in ihrem Schlepptau Jessica, eine junge Kollegin, die gerade ihre Ausbildung abgeschlossen hat. Fred informiert die beiden, und Minuten später laufen die Computer und Telefone heiß.

Zwei Stunden später sammelt Lois das Material ein, sichtet es rasch und setzt sich dann mit Fred zu einer informellen Lagebesprechung zusammen.

»Maaike Scholten ist in Alkmaar geboren. Sie war Einzelkind und wurde schon in jungen Jahren Waise«, beginnt sie ihr Resümee. »Ab dem elften Lebensjahr hat sie bei ihren Großeltern mütterlicherseits gelebt. Von einem ihrer ehemaligen Lehrer am Gymnasium hab ich erfahren, dass sie eine Zeit lang, so ab vierzehn, fünfzehn, als Problemschülerin galt. Mal lernte sie gut und war im Unterricht ruhig und aufmerksam, dann wieder gab es Phasen, in denen sie durch aggressives Verhalten auffiel und tagelang schwänzte. Angeblich war sie begabt genug, um Abitur zu machen, aber sie ging ein Jahr vorher ab, um in Amsterdam eine Kunstschule zu besuchen. Gemalt und gezeichnet hat sie anscheinend sehr gern. Der Lehrer meinte, sie habe unbestritten Talent und schon als Schülerin in der Freizeit Malkurse gemacht.«

»Wie sieht's mit Freundinnen und Freunden aus?«, fragt Fred.

»Sie hatte kaum welche, war eher eine Einzelgängerin.«

»Ist sie womöglich von Klassenkameraden schikaniert worden?«

»Nein, sie war wohl nicht auf den Mund gefallen. Meist verhielt sie sich still und unauffällig, sagte der Lehrer, aber sie konnte auch aufbrausend werden, wenn's drauf ankam. Er hat mir ein paar ehemalige Schüler genannt, mit denen sie damals Kontakt hatte. Claudien und ich müssen aber erst die derzeitigen Adressen recherchieren.«

»Das kostet uns viel Zeit, und irgendwie kommt's mir vor, als ob wir im Trüben stochern«, meint Fred stirnrunzelnd.

»Eine andere Spur haben wir momentan nicht. Bis auf Tamara, aber solange wir deren Nachnamen nicht kennen, kommen wir nicht weiter«, sagt Lois sachlich. »Wer weiß, vielleicht stoßen wir ja einfach im Zuge der Ermittlungen darauf.«

»Das wär gut«, sagt Fred. »Ich bin übrigens die nächsten paar Stunden unterwegs, wegen eines neuen Raubüberfalls, und Nick begleitet mich.«

Lois und Claudien nehmen ihre Jacken, brechen auf und fahren zu Maaike Scholten.

»Ich bin wirklich gespannt, warum sie ausgerechnet im Kompasweg die Ankündigung für die Ausstellung eingeworfen hat«, sagt Lois. »Und noch mehr auf ihre Reaktion, wenn wir sie danach fragen.«

Nach etlichen Nebeltagen ist es heute sehr regnerisch. Als sie in die Verdronkenoord einbiegen, prasselt der Regen aufs Pflaster und in die Gracht.

Da sie erst am Ende der Straße einen Parkplatz finden, müssen sie eine ganze Strecke zurückgehen.

Lois drückt auf die Klingel.

Es bleibt still.

»Sie scheint nicht zu Hause zu sein«, meint Claudien.

Lois will schon erneut klingeln, als Schritte auf der Treppe zu hören sind. Die Haustür geht einen Spalt auf, und Maaike streckt das Gesicht durch.

»Was gibt's?« Ihre Stimme klingt ungehalten.

»Guten Tag, Frau Scholten. Ich hoffe, wir kommen nicht ungelegen«, beginnt Lois.

»Nun ja, ich male gerade.«

»Wir würden Sie gern etwas fragen, es dauert auch nicht lange.«

»Besser nicht. Kommen Sie doch morgen wieder.« Maaike will die Tür schließen, aber Claudien stellt den Fuß dazwischen.

»Eine Frage nur, dann sind Sie uns wieder los«, sagt sie. »Dürfen wir kurz reinkommen? Es ist ganz schön nass hier draußen.«

»Dann fragen Sie doch jetzt. Sie sagten ja, es dauert nicht lange.«

Lois und Claudien wechseln einen Blick.

»Na gut«, sagt Lois. »Beim letzten Mal hatten wir Ihnen gesagt, dass David Hoogland einen Flyer von Ihrer Ausstellung bei sich hatte. Laut seiner Freundin lag der irgendwann im November im Briefkasten. Nun wüssten wir gern, ob Sie die Faltblätter selbst verteilt haben und wo überall.«

Maaike starrt die beiden an, als ob sie es nicht glauben kann, dass sie wegen so einer Frage stören.

»Ich weiß doch jetzt nicht mehr, wo ich im November überall war.«

»Jedenfalls in der Straße, wo David Hoogland wohnte«, sagt Claudien.

»Na und? Abgesehen davon hab ich überhaupt keine Ahnung, wo er gewohnt hat.«

»Uns ist aufgefallen, dass Sie im Stadtteil Daalmeer nur den Kompasweg versorgt haben«, sagt Lois, der Maaikes aggressiver Ton zunehmend auf die Nerven geht.

»Reiner Zufall. Ich weiß beim besten Willen nicht mehr, wo ich überall war, so was merke ich mir nicht. Und jetzt möchte ich weiterarbeiten, wenn Sie gestatten.«

Im nächsten Moment schlägt sie ihnen die Tür vor der Nase zu.

16

Verdutzt sieht Lois Claudien an. »Was war das denn? Die hatte ja eine Laune!«

»Scheint bei Künstlern öfter vorzukommen.«

»Schlechte Laune?«

»Ich würde es eher Stimmungsschwankungen nennen. Wenn alles nach Wunsch läuft, sind sie gut drauf, wenn sie gestört werden oder die Inspiration fehlt, werden sie grantig.«

Durch den strömenden Regen gehen sie die Straße zurück.

»Sie hat gelogen«, sagt Lois, als sie wieder im Auto sitzen. »Unsere Frage war ihr mehr als unangenehm. Und außerdem wollte sie uns partout nicht reinlassen. Ich frage mich, warum?«

»Tja, für einen Durchsuchungsbefehl haben wir leider nicht genug in der Hand. Komm, wir fahren zum Revier zurück, vielleicht gibt's ja was Neues, und heute Abend klappern wir die Kneipen ab und erkundigen uns nach dieser Tamara.«

»Wie soll das denn gehen, ohne ein Foto von ihr? Wir wissen lediglich, dass sie halblanges dunkles Haar hat und etwa so groß ist wie ich.«

»Also so groß wie die Täterin. Wenn jemand sie kennt und uns ihren Nachnamen nennen kann, ist mir das einen Feierabend wert.«

»Mir auch«, sagt Lois. »Ich glaube nur nicht, dass es was bringt.«

»Möglich«, gibt Claudien zu. »Aber solange wir keine anderen Anhaltspunkte haben, ist eine Kneipentour nicht das Schlechteste.«

Nach der Arbeit gehen Lois und Claudien essen, im Traditionsrestaurant *Het Gulden Vlies*, das in einem Gebäude von 1563 untergebracht ist. Früher war Lois öfter mit ihren Eltern und Tessa dort, später ein paar wenige Male mit Freundinnen, aber auch das ist lange her.

Weil sie und Tessa sich viel um ihre Mutter kümmern mussten, war Ausgehen in den letzten Schuljahren nur selten drin. Lois' Freundschaften stammen zumeist aus der Zeit an der Polizeiakademie in Amsterdam. Nach dem Abschluss zogen viele weg, und aus dem guten Vorsatz, in Verbindung zu bleiben, wurde nicht viel; etliche Kontakte schliefen mit der Zeit ein.

In den Jahren mit Brian hatte sie kein Bedürfnis nach einem größeren Freundeskreis, erst nach seiner Rückkehr in die USA wurde ihr mit Schrecken bewusst, wie isoliert sie war. Fred und Nanda halfen ihr über die schwierige Zeit nach der Trennung hinweg und ermutigten sie immer wieder auszugehen, um unter Menschen zu kommen und neue Kontakte zu knüpfen.

Bisher ohne großen Erfolg. Kneipenbekanntschaften führen nur sehr selten zu dauerhaften Freundschaften, sie sind allenfalls für ein wenig Zerstreuung an Abenden gut, die

Lois sonst allein zu Hause verbringen würde. Außerdem hat sie einen anstrengenden Job. Dennoch hätte sie nie gedacht, dass sie mit einunddreißig einsam sein würde.

Auf Claudiens Vorschlag, am frühen Abend zusammen essen zu gehen, ist sie deshalb gern, wenn auch leicht verwundert eingegangen. Eigentlich seltsam, dass sie so wenig über ihre Kollegin weiß, die sie doch tagtäglich sieht. Lediglich dass Claudien frisch geschieden ist und einen zweieinhalbjährigen Sohn hat.

»Wie geht's dir denn so?«, fragt Lois, nachdem sie bestellt haben. »Wenn ich es richtig mitbekommen habe, war deine Scheidung ziemlich schmerzhaft.«

»Das kann man laut sagen!« Claudien streicht sich die kastanienbraunen Locken aus dem Gesicht. »Wir waren sechs Jahre verheiratet, und drei davon hat mein Mann ein Doppelleben geführt. So was tut verdammt weh. Schon gleich, wenn man ein gemeinsames Kind hat, das Kostbarste, was man zusammen haben kann. Er hat das aber weniger exklusiv gesehen und mit einer anderen eine Tochter bekommen. Als sein Doppelleben aufflog, zeigte sich, dass die andere Frau keine Ahnung von seiner Existenz als Familienvater hatte.«

»Unfassbar«, sagt Lois.

»Du sagst es. Noch heute denke ich manchmal, das Ganze ist nicht wahr. Dann werde ich morgens wach und hab kurzzeitig vergessen, was passiert ist. Hast du so was auch schon mal erlebt? Man denkt, alles sei gut, bis langsam, aber sicher wieder die dunkle Wolke aufzieht.«

»Das kann ich sehr gut nachfühlen.«

Claudien sieht Lois fragend an. »Aber du bist doch Single, oder?«

Lois greift nach dem Zahnstocherhalter und spielt damit herum. »Bin ich, ja«, sagt sie dann. »Aber davor war ich mit Brian zusammen, einem Amerikaner. Er war von seiner Firma nach Amsterdam versetzt worden. Dort haben wir uns kennengelernt. Es war Liebe auf den ersten Blick. Schon nach ein paar Wochen sind wir zusammengezogen. Als ich hier die Stelle bekam, ist er mit mir hergezogen.«

»Und dann?«

»Sein Arbeitgeber hat ihn nach Amerika zurückbeordert, und er wollte, dass ich mitgehe.«

Sekundenlang ist es still, dann nickt Claudien verständnisvoll und sagt: »Aber du wolltest lieber hierbleiben, ja?«

»Die Entscheidung ist mir wirklich nicht leichtgefallen. Ich wollte mit Brian zusammen sein, mehr als alles andere. Aber dafür hätte ich meine Schwester Tessa als einzige Verwandte, die ich noch habe, zurücklassen müssen. Und meine Arbeit bei der Polizei, also meinen Traumjob, hätte ich auch aufgeben und mich beruflich umorientieren müssen. Was auch immer mich in den USA erwartet hätte, ich wollte das Risiko nicht eingehen. Auswandern ist einfach nichts für mich, ich hätte bestimmt nach kurzer Zeit Heimweh bekommen.«

»Und Brian?«, fragt Claudien vorsichtig. »Denkst du noch oft an ihn?«

»Jeden Tag. Bis zu seiner Abreise hatte ich die Hoffnung, er würde es sich anders überlegen und bei mir bleiben, aber letztlich ging es ihm genauso wie mir. Ihm fehlten die Eltern und Geschwister, und er hat sich nach seinem Heimatland gesehnt. Also haben wir einen Schlussstrich gezogen, allerdings keinen endgültigen; wir haben immer noch Kontakt.«

»Wirklich? Wie macht ihr das?«

»Die ersten Monate haben wir regelmäßig geskypt, dann ab und zu gemailt, und jetzt läuft der Kontakt hauptsächlich über Facebook. Das ist nicht viel, aber jedes Mal, wenn ich eine Meldung von ihm sehe, macht mein Herz einen Satz.«

»So ist es auf Dauer natürlich schwer, die Trennung zu verarbeiten«, meint Claudien. »Besser, du machst endgültig einen Punkt drunter. Mit allen Konsequenzen.«

»Du hast recht. Ich denke, es würde mir wohl leichter fallen, wenn ich einen neuen Mann kennenlerne, aber bisher hat sich in der Richtung nichts getan.«

»Wer weiß, vielleicht ändert sich das heute Abend?« Claudien zwinkert ihr zu und lehnt sich dann zurück, weil die Kellnerin mit den Tellern auf ihren Tisch zukommt. »Wir verraten den Männern einfach nicht, dass wir von der Kripo sind, dann wird schon einer anbeißen.«

Lois lacht. »Eine prima Idee, darauf stoßen wir an!« Sie greift nach ihrem Wasserglas und prostet Claudien zu.

17

Das *Ossenhooft* heißt eigentlich *Café de Amstel*, aber weil es in einem Haus aus dem siebzehnten Jahrhundert untergebracht ist, dessen Giebelstein die Aufschrift ’T WITTE OSSENHOOFT trägt, ist die Kneipe unter eben diesem Namen bekannt.

Während sie die Platte Stenenbrug überqueren, wirft Lois einen Blick auf die Überwachungskameras an einigen der Häuser. Wenn Tamara hier war, überlegt sie, müsste sie eigentlich auf den Aufnahmen zu sehen sein.

Drinnen geht es laut zu, aber zum Glück ist es jetzt, am Donnerstagabend, nicht allzu voll, sodass sie sich rasch einen Überblick verschaffen können. Lois setzt sich an den Tresen und fragt den Barkeeper nach Tamara, Claudien spricht indessen ein paar Leute mit Gläsern in der Hand an.

Nach einer halben Stunde stehen sie wieder im Freien, ohne auch nur einen Schritt weitergekommen zu sein. Unschlüssig sehen sie einander an.

»Wollen wir weiter zur nächsten Kneipe?«, fragt Lois. »Hoogland war vielleicht auch mal in einer anderen als dieser.«

»Geht’s um David Hoogland?«, hören sie eine Stimme hinter sich.

Lois und Claudien drehen sich gleichzeitig um.

An der Tür lehnt eine junge Frau, die vorhin, als Claudien sie nach Tamara fragte, nur die Schultern gezuckt hat. Sie trägt einen schwarzen Minirock, dazu eine kurze Adidas-Jacke. Ihr dunkles Haar ist hochgesteckt, sodass die langen Goldkreolen gut zur Geltung kommen.

»Ja«, sagt Lois. »Haben Sie ihn gekannt?«

»Von früher. Wir waren am Gymnasium in einer Klasse. Ich war zwar in einer anderen Clique als er, aber da überschnitt sich auch manches, deshalb gingen wir öfter zusammen aus. In der gleichen Gruppe, meine ich, nicht zu zweit.«

»Sie haben Herrn Hoogland also gekannt, das ist ja interessant. Wie heißen Sie?«

»Sonja de Nooij.«

»Gab es in Ihrer oder seiner Clique jemanden mit Namen Tamara?«

»Das kann sein. Ich weiß aber heute nicht mehr, wie die alle hießen. Namen kann ich mir sowieso schlecht merken, dafür vergesse ich Gesichter nicht so schnell.«

»Der Name Tamara kommt Ihnen aber bekannt vor?«

»Schon. Obwohl ich immer dachte, das Mädchen heißt Mara. Vielleicht hab ich mir's falsch gemerkt oder verwechsle was. Aber wie wär's, wenn wir reingehen? Es sieht nach Regen aus.«

Lois und Claudien folgen ihr in die Kneipe, bleiben aber in der Nähe der Tür stehen.

Sonja tänzelt auf ihren hohen Absätzen herum, winkt ein paar Bekannten zu und zieht Grimassen. Anscheinend will sie sich wichtigmachen.

Claudien stellt sich kurzerhand zwischen sie und die anderen, damit das Getue ein Ende hat.

»Was wissen Sie über Tamara oder Mara?«, fragt sie.

Nach einem vergeblichen Versuch, über Claudiens Schulter zu spähen, gibt Sonja auf und bequemt sich zu einer Antwort.

»Nicht viel. Ich hab sie nicht näher gekannt, war beispielsweise nie bei ihr zu Hause oder so. Aber manchmal sind wir ein Stück zusammen geradelt, weil wir den gleichen Heimweg hatten und ...«

»Wo hat sie gewohnt?«, unterbricht Claudien.

»Keine Ahnung. Ich war ja nie bei ihr zu Hause, das hab ich doch gesagt.«

»War sie an der gleichen Schule wie Sie?«, fragt Lois.

»Nein, und ich weiß auch nicht, auf welche Schule sie ging. Wahrscheinlich hat sie's mal erwähnt, aber das hab ich vergessen.«

»Und sonst?«

»Tja ... sie war klein und schlank, schulterlanges braunes Haar und ein Gesicht wie ein Model, richtig hübsch. David war damals in sie verknallt, aber sie stand nicht auf großspurige Typen wie ihn. Ein Mal hat sie ihn grandios versetzt: Sie wollte mit ihm zum Schulball gehen und ist dann einfach nicht aufgetaucht. Das hätte er echt verdient, meinte sie später, weil er ein arrogantes Arschloch sei und Mädchen nur als Trophäen betrachte. Vielleicht war da sogar was dran, denn irgendwann gab's mal ein Gerücht, er habe ein Mädchen vergewaltigt.«

Lois horcht auf. »Tatsächlich? Hat es denn gestimmt?«

»Woher soll ich das wissen? Ich hab ja nicht danebengestanden ... falls er es überhaupt getan hat. David hatte so was eigentlich nicht nötig, er sah gut aus und hätte an jedem Finger zehn haben können.«

»Aber dieses eine Mädchen, in das er verliebt war, hat ihn versetzt. Mit wem war sie sonst zusammen, wer waren ihre Freundinnen?«, fragt Lois.

Sonja zuckt die Schultern. »Ich glaube nicht, dass sie viele Freundinnen hatte. Sie hat oft und gern gezeichnet und konnte das auch richtig gut. Zu Hause hatte sie's wohl nicht leicht. Ihre Eltern waren tot, und sie wohnte bei ihren alten Großeltern, die ihr so gut wie nichts erlaubten.«

Lois und Claudien tauschen einen schnellen Blick.

»Hieß das Mädchen zufällig Maaike?«, fragt Lois gespannt.

»Genau!« Jetzt strahlt Sonja regelrecht. »So hieß sie: Maaike. Maaike Scholten!«

18

»Maaike ist im Kunstverein«, sagt die Frau mit dem dunklen kurzen Haar, die ihnen an der Verdronkenoord die Tür geöffnet hat. Sie macht einen sanften, freundlichen Eindruck, mustert Lois und Claudien jedoch mit scharfem Blick. »Ich heiße Daniela Amieri und bin Maaikes Freundin und Galeristin. Worüber wollen Sie mit ihr reden?«

»Das würden wir gern mit Frau Scholten selbst besprechen«, erwidert Claudien. »Das heißt, ein paar Fragen haben wir auch an Sie. Dürfen wir reinkommen?«

Daniela zögert. »Ich weiß nicht, ob es Maaike recht ist, wenn ich Fremde in ihre Wohnung lasse. Ach, egal – treten Sie ein.«

Den ganzen Tag schon ist der Himmel grau und schwer bewölkt, so als könnte es jeden Moment zu regnen anfangen, aber nicht nur deswegen ist Lois froh, ins Haus zu kommen. Beim ersten Mal hat sie sich nicht gründlich genug umgesehen; das lässt sich nun nachholen.

Die Nacht war wieder kurz, und schlecht geschlafen hat sie auch. Am liebsten hätte sie Maaike sofort nach dem Gespräch mit Sonja de Nooij aufgesucht, aber so spät war natürlich nicht daran zu denken. Also ist sie gleich nach der morgendlichen Besprechung mit Claudien aufgebrochen.

Kaum haben sie die Speicheretage betreten, ist Lois wieder von dem riesigen Raum mit den hohen Fenstern und der prachtvollen Aussicht fasziniert, doch diesmal schaut sie nur kurz raus.

Daniela hat am Esstisch Platz genommen und bedeutet ihnen, sich ebenfalls zu setzen, aber nur Claudien kommt der Aufforderung nach. Lois bleibt stehen und sieht sich um. Danielas Blick ist anzumerken, dass ihr das ganz und gar nicht behagt. Während Claudien sich nach ihrer Zusammenarbeit mit Maaike Scholten erkundigt, geht Lois auf und ab.

Trotz seiner Größe wirkt der Speicher übervoll und vor allem unaufgeräumt. Auf Kommoden und Beistelltischen liegen neben Ziergegenständen unzählige Zeitschriften, leere Kekspackungen und anderer Kram, und in einer Ecke sind, zwischen Staubmäusen, Bücher aufgetürmt. Ähnlich chaotisch wirkt der hintere Bereich, wo die Staffelei steht. Lois sieht einen langen rechteckigen Tisch, darauf ein Durcheinander aus offenen Farbtuben, Wassergefäßen mit Pinseln darin, zerknüllten Pommestüten, Tellern mit angebissenen Broten und einer fast leeren Weinflasche.

Sie schaut hinter den Paravent. Dort steht Maaikes Bett, ungemacht, daneben ein Hocker mit weiteren Büchern, aus denen blaue Post-its ragen: *Stärker als dein Kummer*, *Emotionale Kompetenz*, *Denk dich gesund* … Selbsthilfebücher also, aber auch einiges an psychologischer Fachliteratur.

Lois nimmt eine Farbstiftzeichnung von einem Tischchen. In bunten Kontrastfarben ist darauf ein Haus zu sehen, daneben ein Mann, eine Frau und ein Kind, die sich an den Händen halten, und über ihnen der blaue Himmel mit ein paar Wolken und einer großen Sonne.

Eindeutig die Zeichnung eines Kindes, eines talentierten Kindes allerdings, denn die Konturen der weißen Wolken sind im Himmelblau sorgfältig ausgespart, und die Sonnenstrahlen nicht als Striche gearbeitet, sondern schraffiert und zur Erde hin breiter werdend. Rechts unten auf dem Blatt steht in Blockbuchstaben STEFANIE.

Mit der Zeichnung in der Hand geht Lois zum Esstisch, wo das Gespräch gerade stockt.

»Wer ist Stefanie?« Sie hält Daniela die Zeichnung hin.

Ihre Mundwinkel zucken kurz, dann aber lächelt sie und sagt: »Ach, das ist meine Nichte. Sie zeichnet recht nett und ist eine große Bewunderin von Maaike. Deshalb gibt sie mir immer wieder Zeichnungen für sie mit.«

»*Ihre* Nichte, nicht die von Frau Scholten?«

»Ja, meine. Maaike hat so gut wie keine Verwandten. Sie ist als Einzelkind aufgewachsen und hat ihre Eltern früh verloren.«

Lois legt das Blatt zurück. Die ausgefeilte Kinderzeichnung hat etwas, das sie betroffen macht, doch sie kann nicht sagen, was es genau ist. Nach einem letzten Blick darauf geht sie wieder zu den anderen.

»Hat Frau Scholten David Hoogland gut gekannt?«, fragt Claudien gerade.

»Keine Ahnung. Danach müssen Sie Maaike selbst fragen.«

»Hat sie nie von ihm gesprochen?«

»Doch, nach dem Mord schon. Es stand ja in allen Zeitungen. Ich hatte aber nicht den Eindruck, dass sie ihn von früher kannte. Und gefragt habe ich sie nicht danach. Wäre es ein Bekannter gewesen, dann hätte sie mir das bestimmt erzählt.« Es folgen noch ein paar ausweichend formulierte Sätze.

Lois wechselt einen Blick mit Claudien. Beiden ist klar, dass Daniela Amieri lügt. Zwar wirkt sie ruhig und gelassen, begeht aber – wie viele, die etwas zu verbergen haben – den Fehler, sich in einer Flut von Worten zu ergehen.

»Wir hätten da noch eine Frage«, sagt Lois, nachdem Daniela geendet hat. »Von Frau Scholtens Ausstellung wurden Flyer verteilt. Sie als ihre Galeristin wissen sicherlich, wer das Verteilen übernommen hat. War das Frau Scholten selbst, Sie oder eine dritte Person?«

Daniela sieht sie mit erstaunten haselnussbraunen Augen an. »Das haben Maaike und ich gemacht. Ich kann aber nicht mehr sagen, wer in welchem Stadtteil.«

»Sie sind doch bestimmt systematisch vorgegangen und haben nicht auf gut Glück hin und wieder mal ein Faltblatt irgendwo eingesteckt.«

»Im Grunde schon. Wir hatten nicht so viele drucken lassen, dass es für alle Haushalte in Alkmaar gereicht hätte, deshalb haben wir in jedem Viertel nur ein paar Straßen bedient, hauptsächlich dort, wo Leute mit genug Geld wohnen.«

»Aha. Der Kompasweg, wo David Hoogland wohnte, gehörte demnach nicht dazu, oder?«

Irritiert sieht Daniela sie an. »Warum fragen Sie?«

»Weil die Straße nicht in einer Gegend liegt, in der man wohlhabende Kunstliebhaber findet.«

Daniela wendet den Blick ab. »Mag sein. Aber wenn man Flyer übrig hat, wirft man die nicht ins Altpapier, sondern steckt sie eben in irgendwelche Briefkästen.« Abrupt steht sie auf und sagt kühl: »Wenn Sie keine weiteren Fragen haben, würde ich das Gespräch gern beenden. Auf mich wartet noch eine Menge Arbeit.«

19

»Die hat uns einen Bären aufgebunden«, sagt Lois ärgerlich, als sie wieder im Auto sitzen. »In Daalmeer wohnen keine reichen Leute, trotzdem waren sie dort und auch noch in einer ziemlich abseits liegenden Straße.«

»Und was meinst du zu dem, was sie sonst gesagt hat?«

»Sie lügt wie gedruckt. Meinem Eindruck nach versucht sie, ihre Freundin zu schützen.«

»Wovor?«

»Wenn ich das wüsste … Laut Sonja de Nooij hat Maaike Hoogland gekannt, und das weiß diese Daniela garantiert. Wenn ein Freund von früher umgebracht wird, erzählt man seiner Freundin doch davon, oder?«

»Und falls es nun kein Freund war?«

»Auch dann. Es sei denn, man ist in die Sache verstrickt oder weiß Dinge, die man lieber verschweigen will.«

»Mir ist aufgefallen, dass sie leicht zusammengezuckt ist, als sie hörte, im Kompasweg seien diese Ausstellungsblätter eingeworfen worden …«

Während sie weiter über ihre Eindrücke reden, nähern sie sich dem Kunstverein.

Dort angekommen, gehen sie sofort in den Ausstellungssaal, wo an den Wänden und an im Raum verteilten Stellwänden Maaikes zartfarbene Gemälde hängen und einen reizvollen Kontrast zu der klinisch weißen Umgebung bilden.

Ein paar Besucher betrachten die Bilder. Mitten im Raum steht die Künstlerin und unterhält sich gerade mit einem älteren Paar. Als sie Lois und Claudien eintreten sieht, huscht etwas wie Erschrecken über ihr Gesicht, aber sie fasst sich rasch wieder und macht ihnen ein Zeichen, dass sie gleich komme.

Lois nickt ihr zu.

Um sich die Wartezeit zu vertreiben, schlendern sie ein wenig herum.

»Schau mal, das Bild hier ist schön«, sagt Claudien. »So was würde ich mir zu Hause aufhängen.«

»Mir ist es zu süßlich, aber du hast schon recht, es hat was«, meint Lois.

Maaikes Stil ist impressionistisch, die Pastelltöne wirken beruhigend aufs Gemüt. Als Motive hat sie oft im Grünen spielende Kinder gewählt, blühende Wiesen und andere sommerliche Szenen.

»Ziemlich kommerziell«, meint Claudien. »Aber wahrscheinlich verkauft sich das gut.«

»Es gefällt mir jedenfalls besser als das, was ich neulich bei der Eröffnung eines Möbelhauses gesehen habe.«

»Kunst in einem Möbelhaus?«

»Ja, für Designmöbel. Die hatten einen Künstler eingeladen, der vor Publikum seine Arbeitsweise demonstrieren sollte. Er hat die Farbe mit der Unterseite eines Kochtopfs auf die Leinwand geschmiert. Ich hielt das erst für einen Gag, aber es war tatsächlich seine Art zu malen.«

Claudien lacht los.

Im gleichen Moment kommt Maaike auf die beiden zu.

»Hallo«, sagt sie mit unsicherer Stimme. »Ich nehme an, Sie sind nicht wegen meiner Bilder hier?«

Lois lächelt sie freundlich an. »Nein, wir haben ein paar Fragen an Sie. Können wir hier sprechen?«

Maaike blickt sich flüchtig um.

»Momentan ist es ruhig. Wenn es nicht zu lange dauert und einigermaßen diskret vor sich geht, bin ich einverstanden. Die Ausstellungsbesucher sind potenzielle Kunden, das verstehen Sie sicher?«

»Selbstverständlich. Wir können gern woanders hingehen«, sagt Lois.

»Wie wäre es mit der Cafeteria? Dort können Sie auch einen Kaffee trinken, wenn Sie mögen.«

Maaike Scholten wirkt so völlig anders als am Vortag, dass Lois aus dem Staunen nicht herauskommt.

»Es tut mir übrigens leid, dass wir Sie gestern gestört haben«, sagt sie beim Verlassen des Saals. »Ich kann mir gut vorstellen, dass einen das völlig aus der Konzentration reißt.«

Maaike sieht sie verständnislos an. »Wann war das?«

»Gestern. Gegen Mittag.«

»Ach so … ja. Da war ich wie in Trance. Hoffentlich bin ich nicht allzu unfreundlich gewesen.«

»Es ging so. Aber wir möchten gern noch mal auf das Thema zurückkommen.«

»Bitte helfen Sie mir auf die Sprünge. Wenn ich male, gibt es für mich nur die Leinwand und sonst nichts. Von Telefonaten oder Gesprächen in der Zeit bleibt mir kaum was in Erinnerung.«

»Typisch Künstler«, meint Claudien lächelnd.

»So ist es wohl, ja. Nehmen Sie Milch und Zucker in den Kaffee?« Maaike bleibt vor der Theke stehen.

»Nein danke. Wir trinken ihn beide schwarz«, sagt Lois.

Der Kaffee kommt aus der Thermoskanne und riecht ziemlich abgestanden.

Sie nehmen ihre Tassen und steuern einen Tisch im hinteren Bereich an.

»Worum ging es gestern genau?«, fragt Maaike.

»Um Ihre Ausstellungsflyer. Wir wollten wissen, wo Sie die überall verteilt haben«, sagt Claudien.

»Stimmt, ja …« Maaike reißt ein Zuckertütchen auf und streut den Inhalt in ihren Kaffee. »Warum ist das wichtig?«

»Weil im Kompasweg, wo David Hoogland wohnte, Flyer eingeworfen wurden. Das ist eine ziemlich versteckte Straße in einem eher biederen Wohnviertel.«

»Das hat dann wohl Daniela gemacht.« Maaike antwortet ruhig und beherrscht, doch das nervöse Mundzucken entgeht Lois nicht.

»Frau Amieri erinnert sich nicht, dort gewesen zu sein. Wir haben gerade erst mit ihr gesprochen«, sagt Claudien.

»Tatsächlich? Das ist seltsam. Nun ja, eine von uns muss es ja gewesen sein. Ehrlich gesagt, weiß ich gar nicht, wo dieser Kompasweg ist.«

»Im Stadtteil Daalmeer, nicht weit von dem See, an dem Herr Hoogland tot aufgefunden wurde«, erklärt Lois. »Wir sind aber nicht nur deswegen gekommen«, fährt sie fort. »Gestern Abend haben wir mit Sonja de Nooij gesprochen. Können Sie sich an sie erinnern?«

»Sonja de Nooij … der Name kommt mir bekannt vor.«

»Sie hat uns erzählt, dass David Hoogland früher mal in Sie verliebt war.«

Diesmal lässt die Reaktion auf sich warten. Gedankenverloren spielt Maaike mit dem leeren Zuckertütchen herum, den Blick auf den hellgrünen Tischläufer gerichtet.

»Stimmt das, Frau Scholten?«, hakt Lois nach. »Haben Sie David Hoogland gekannt, und war er in Sie verliebt?«

Widerwillig hebt Maaike den Blick. »Ja«, sagt sie leise. »Ich hab ihn gekannt, aber nicht besonders gut. Er war hinter mir her, als ich vierzehn und er sechzehn war. Warum er sich gerade mich ausgeguckt hatte, hab ich nie verstanden, denn in seiner Clique gab es viel hübschere Mädchen. Ich war als Teenager eher zurückhaltend, für Make-up, Mode und was Mädchen in dem Alter so beschäftigt, hab ich mich kaum interessiert. Aber wer weiß, vielleicht hat ihm gerade das gefallen. Jedenfalls lief er mir eine Zeit lang regelrecht nach.«

»Sie haben ihn also nicht ermutigt, wenn ich recht verstehe?«

»Bestimmt nicht. Ich hatte ganz andere Dinge im Kopf. Meine Eltern sind gestorben, als ich elf war, und von da an wohnte ich bei meinen Großeltern. Die waren aber schon ziemlich alt, und wir sind nicht gut miteinander zurechtgekommen, weil sie mir aus Sorge so ziemlich alles verboten. Ich durfte nicht mal abends eine Freundin besuchen.«

»Haben Sie sich dagegen aufgelehnt?«

»Eigentlich nicht. Nur manchmal. Ich hatte meine Großeltern gern. Dazu kam die Angst, sie könnten mich in ein Heim stecken, wenn ich aufsässig würde.«

Lois nickt verständnisvoll. »Und wie ging es mit David Hoogland weiter? Hat er irgendwann die Hoffnung aufgegeben?«

»Er hat mich zu einem Schulball eingeladen. Ich wusste nicht recht, ob ich mitgehen sollte, denn irgendwie gefiel

David mir doch. Das heißt, ich fühlte mich geschmeichelt, denn es war das erste Mal überhaupt, dass sich ein Junge für mich interessierte.«

»Und sind Sie mit ihm ausgegangen?«

»Nein«, sagt Maaike nach kurzem Schweigen. »Ich habe ihn versetzt, und das hat er, glaube ich, sehr übel genommen, denn danach war es mit seiner Verliebtheit vorbei.«

»Warum haben Sie ihm nicht gleich abgesagt?«, fragt Claudien.

»Ich war mir nicht sicher, wie schon gesagt.«

»Hing das damit zusammen, dass es ein Gerücht gab, er habe ein Mädchen vergewaltigt?«, fragt Lois.

Sekundenlang starrt Maaike sie an. »Woher wissen Sie das?«, kommt es gepresst.

»Von Sonja de Nooij, sie hat davon gesprochen.«

»Es hatte tatsächlich damit zu tun.«

»Glaubten Sie, dass David es getan hatte?«

Mit festem Blick sieht Maaike Lois an. »Ja, ich hab's geglaubt«, sagt sie. »Und nicht nur geglaubt, sondern auch gewusst.«

»Woher?«

»Von dem betroffenen Mädchen selbst. Sie hat mir erzählt, was David ihr angetan hat. Ich habe ihr geraten, zur Polizei zu gehen, aber das wollte sie nicht. Meines Wissens hat sie David nie angezeigt.«

»Und wie heißt das Mädchen, das er vergewaltigt hat?«, fragt Lois, nun höchst gespannt.

»Tamara.«

»Und weiter? Der Nachname?«

»Den weiß ich nicht. So gut kannte ich sie nun auch wieder nicht.«

Lois' Aufregung wandelt sich in Enttäuschung, vermischt mit leichtem Ärger. »Wie? Sie kannten einander kaum, und trotzdem hat Tamara Ihnen ein so schlimmes und demütigendes Erlebnis anvertraut? Entschuldigen Sie, aber das klingt nicht besonders glaubhaft.« Ihr Tonfall ist schärfer als beabsichtigt.

Maaike wird ein wenig rot. »Das war Zufall. Dass wir uns getroffen haben, meine ich. Außerdem war es gerade erst passiert.«

»Sie sprechen von der Vergewaltigung?«, fragt Claudien nach. »Sie haben das Mädchen also kurz nach der Vergewaltigung kennengelernt?«

Maaike beißt sich auf die Unterlippe. »Es ist auf einer Party passiert, bei der ich auch war. Spät in der Nacht, als nicht mehr viele Leute da waren.«

»Und Sie haben es mit angesehen?«

»Ja, nur war mir nicht so recht klar, was da vorging.«

»Wie bitte? Sie haben gesehen, wie ein Mädchen vergewaltigt wurde, und wollen nicht kapiert haben, was lief?«

»Es war ein ziemlich chaotischer Abend. Viele waren betrunken und haben rumgeschrien und gestritten. Ein paar spielten Strip-Poker und hatten dabei Sex. Ich hab gesehen, wie David auf Tamara lag, aber nicht, dass er sie vergewaltigte.«

»Könnten Sie sich bitte etwas klarer ausdrücken?«, fordert Claudien sie auf.

»Nun ja, es hätte ja auch sein können, dass Tamara freiwillig mit ihm …«

»So was sieht man doch«, unterbricht Lois, »und man hört es auch!«

Unbehaglich wendet Maaike den Blick ab.

»Sie wussten es also«, folgert Lois, »und haben nichts dagegen getan. Warum haben Sie dem Mädchen denn nicht geholfen?«

Es dauert ein wenig, bis Maaike sie wieder ansieht, jetzt mit feuchten Augen.

»Weil ich Angst hatte«, flüstert sie. »David war nämlich nicht der einzige Vergewaltiger, da waren noch zwei andere. Und ein Mädchen, das zuguckte.«

»Wer?«

»Ich glaube, sie war die Freundin von einem der Jungs. Jedenfalls hat sie gelacht und die drei angefeuert.«

»Wer die zwei anderen Jungen waren, will ich wissen!«

»Freunde von David. Ich hab nur kurz hingesehen und bin dann schnell nach Hause gegangen.«

»Auf die Idee, Hilfe zu holen, sind Sie gar nicht gekommen, wie?«

Lois' vorwurfsvoller Blick ist Maaike deutlich unangenehm. Sie blinzelt mehrmals, läuft rot an und beißt sich wieder auf die Lippe. »Nein«, kommt es zaghaft. »Ich hab nichts unternommen, und das hat mir hinterher ganz furchtbar leidgetan.«

»War einer der Jungen zufällig Julian van Schaik?«, erkundigt sich Claudien.

»Keine Ahnung, ich hab sie nur von hinten gesehen.«

»Aber dass David Hoogland dabei war, steht fest?«

»Klar, den kannte ich ja. Und das Mädchen, das dabeistand, hat gelacht und ›Besorg's ihr, David!‹ oder so was Ähnliches gerufen.«

»Warum haben Sie uns das alles nicht gleich erzählt?«, fragt Lois.

Als Antwort senkt Maaike den Blick und zuckt hilflos die Schultern.

Lois und Claudien stehen beide gleichzeitig auf.

»Wir müssen Sie bitten, uns aufs Revier zu begleiten und dort eine offizielle Zeugenaussage zu machen«, sagt Lois.

Ängstlich sieht Maaike auf. »Werde ich jetzt verhaftet? Ich hab doch nichts getan!«

»Sie werden nicht verhaftet, wir wollen lediglich Ihre Aussage protokollieren. Anschließend können Sie wieder gehen«, beruhigt Claudien sie.

20

»Tamara wohnte früher in Alkmaar und hat David Hoogland gekannt, das wissen wir jetzt sicher«, sagt Lois, als sie und Claudien mit den Kollegen zusammensitzen und die Lage besprechen.

Nachdem Maaike Scholten ihre Aussage zu Protokoll gegeben hat, haben sie recherchiert, ob irgendwann von einer Tamara Anzeige gegen Hoogland erstattet wurde, was jedoch nicht der Fall war. Maaikes Geschichte lässt sich daher nicht verifizieren, doch sie klingt durchaus glaubhaft.

»Zu dumm, dass niemand den Nachnamen dieser Tamara kennt«, bemerkt Nick. »Nicht nur dumm ist das, sondern auch reichlich seltsam.«

»Weißt du von jedem, den du irgendwann mal gekannt hast, den Nachnamen? Ich bin schon froh, wenn mir die Vornamen einfallen«, erwidert Claudien.

»Stimmt, aber seltsam ist es trotzdem.«

»Finde ich auch«, pflichtet Ramon bei. »Ich denke, der nächste Schritt ist, dass wir mit sämtlichen Alkmaarer Schulen Kontakt aufnehmen und eine Liste aller Mädchen namens Tamara erstellen, die vor etwa zwölf Jahren dort verzeichnet waren.«

»Ich habe vorhin bereits mit den Schulen telefoniert«,

berichtet Claudien. »Leider werden die Daten nur fünf Jahre gespeichert und danach gelöscht.«

Ramon stößt einen tiefen Seufzer aus. »Wäre ja auch zu schön gewesen. Wenn wir wenigstens ein Foto von ihr hätten! Im Internet müsste doch was zu finden sein, bei Facebook oder was weiß ich.«

»Im Allgemeinen gehen die Leute mit ihren persönlichen Daten im Netz sehr sorglos um, das stimmt«, sagt Silvan. »Viele geben ohne Bedenken ihre Adresse und Bankverbindung an, wenn es einen halbwegs plausiblen Grund dafür gibt, stellen private Fotos ein und teilen mit, was sie so alles machen, ob sie zu Hause sind oder nicht. Und dann wundern sie sich, wenn ihre Wohnung ausgeräumt wird, während sie ein paar Tage nicht da sind. Andere Leute wiederum sind äußerst vorsichtig, was ihre Privatsphäre angeht. Natürlich auch jene, die etwas zu verbergen haben. Ich wette, unsere Tamara ist so klug, dass sie zu letzterer Kategorie gehört.«

»Aber irgendwas über sie muss doch zu finden sein. Zumal es ja Zeiten gab, in denen sie sich noch nichts hat zuschulden kommen lassen, beispielsweise, als sie noch zur Schule ging«, sagt Ramon. »Habt ihr denn schon überprüft, ob sie auf Klassenfotos zu sehen ist?«

»Solange nicht bekannt ist, an welcher Schule sie war, werden wir da kaum fündig. Wahrscheinlich war sie insgesamt ein unscheinbarer Typ und tat sich nicht groß hervor, solche Leute werden schnell vergessen«, meint Claudien.

»Ich hab mir schoolbank.nl vorgenommen, eine Website zum Finden ehemaliger Mitschüler. Dort werden auch Klassenfotos eingestellt«, berichtet Silvan. »Wir haben aber schlicht zu wenig Information. Außerdem ist ja nicht gesagt, dass Tamara die Täterin ist. Wir haben uns zwar auf sie eingeschossen, trotzdem gibt es bisher keinerlei Hinweis, dass *sie* den Mord begangen hat.«

»Es muss eine Frau gewesen sein«, wirft Fred ein. »Und Tamara ist bis jetzt die einzige Verdächtige, neben Maaike mit der Flyeraktion, aber da kommen wir gerade nicht weiter. Ich bin wie du der Meinung, dass wir nicht nur Tamara in Betracht ziehen sollten, aber immerhin hatte sie kurz vor Hooglands Tod Kontakt mit ihm. Und falls sie nicht die Täterin ist, kann sie uns vielleicht wertvolle Hinweise geben.«

»Gut, Leute, genug geredet!« Ramon klatscht mit der flachen Hand auf den Tisch, wie immer, wenn ihm die Geduld ausgeht. »Fred und Lois, ihr beide redet noch mal mit Julian van Schaik. Als Jugendfreund von Hoogland könnte er bei der Vergewaltigung dabei gewesen sein. Bringt den Mann hierher und fühlt ihm gründlich auf den Zahn.«

Julian van Schaik gibt sich ahnungslos.

»Ein Mädchen vergewaltigt? Ich?«, entrüstet er sich. »Warum, um Himmels willen, sollte ich so etwas machen?«

»Genau das wollen wir von Ihnen wissen«, entgegnet Fred trocken.

»Da sind Sie bei mir falsch. Ich konnte früher jede haben, die ich wollte, und David genauso. Wir hatten es wahrhaftig nicht nötig, ein Mädchen zu vergewaltigen, das können Sie glauben.« Er lacht.

»Sagt Ihnen der Name Maaike Scholten etwas?«, fragt Lois, ohne eine Miene zu verziehen.

Julian lehnt sich zurück und überlegt kurz. »Der Name kommt mir bekannt vor, aber ich sehe kein Gesicht dazu«, sagt er dann. »Ist sie das Mädchen, das angeblich vergewaltigt wurde?«

»Nein, eine Zeugin. Sie hat die Vergewaltigung mit angesehen.«

Es ist zwar gegen die Regeln, Namen von Zeugen zu nennen, aber Lois hält es in diesem Fall für vertretbar. Julians Reaktion bestätigt sie, denn dieser Satz bringt ihn aus dem Konzept. Zwar gibt er sich alle Mühe, einen neutralen Gesichtsausdruck zu wahren, doch Lois ist seine Schrecksekunde nicht entgangen.

Also doch, denkt sie, er war dabei. Jetzt heißt es dranbleiben und auf keinen Fall erwähnen, dass Maaike ihn bei der Vergewaltigung gar nicht erkannt hat.

»Mit wem waren Sie früher so zusammen?«, fragt sie. »Da gab es doch bestimmt eine Clique.«

»Klar, eine größere sogar. Wollen Sie nun alle Namen wissen?«

»Erst einmal die der Jungen, mit denen Sie am besten befreundet waren.«

»Das waren David und Remco. David war schon in der Grundschule mein Freund, Remco kam in der Orientierungsstufe dazu.«

»Wie heißt dieser Remco mit Nachnamen?«

»Leegwater. Remco Leegwater.«

Lois macht sich eine Notiz und blickt Julian dann unvermittelt in die Augen. Sie flackern unruhig, doch im nächsten Moment wirkt er wieder gelassen und gleichgültig.

»Was will diese Zeugin denn genau gesehen haben?«, fragt er.

»Dass Sie und Ihre Freunde ein Mädchen vergewaltigt haben. Eine gewisse Tamara«, antwortet Fred.

Diesmal ist Julians Verwunderung nicht gespielt. »Tamara? Ich hab nie eine Tamara gekannt. Was soll das Ganze überhaupt? Diese Zeugin hat doch einen Schuss an der Waffel, die hat Ihnen was weisgemacht! Ich hab niemanden vergewaltigt und würde das auch niemals tun. Kann ich jetzt gehen?«

Sie nehmen Julian noch eine weitere Stunde in die Zange, doch er lässt sich kein Geständnis entlocken. Es bringt auch nichts, dass Lois andeutet, die Vergewaltigung könne der Grund für den Mord an David Hoogland gewesen sein und Julian selbst drohe eventuell auch Gefahr, falls er doch beteiligt war. Schließlich müssen sie ihn, wenn auch widerwillig, gehen lassen.

21

Es sieht so aus, als würde es wieder keine weißen Weihnachten geben, auch wenn in den Liedern im Radio der Schnee ununterbrochen leise rieselt. Die Schaufenster sind mit Tannengrün und Weihnachtskugeln festlich dekoriert, und Lois' Briefkasten quillt täglich über von Werbeprospekten.

Sie selbst ist alles andere als vorweihnachtlich gestimmt. Wenn sie spätabends von der Arbeit nach Hause kommt, legt sie sich meistens gleich hin und fällt in einen fast komatösen Schlaf.

Die dunklen Tage und auch viele Abende hat sie damit verbracht, die Unterlagen zum Mordfall Hoogland immer wieder aufs Neue zu lesen. Sie und Fred haben mehrmals bei Remco Leegwater geklingelt, doch er war nie zu Hause und auch telefonisch nicht erreichbar. Es lässt sich nicht leugnen, dass die Ermittlungen bisher zu nichts Konkretem geführt haben.

Der einzige Vorteil besteht darin, dass Lois, weil es momentan ohnehin nicht vorwärtsgeht, am ersten Weihnachtstag freihat. Am liebsten würde sie den Tag nutzen, um gründlich auszuspannen. Sie wäre sogar einem gemütlichen Beisammensein im kleinen Kreis – mit Tessa, ihrem Mann und vielleicht noch zwei, drei guten Bekannten – nicht abgeneigt. Doch die Einladung auf cremefarbenem handgeschöpftem Papier verheißt etwas ganz anderes. Weihnachten im Hause van Sevenhuysen bedeutet eine lange damastgedeckte Tafel, Kristallgläser, Wedgwoodporzellan und Tischkärtchen, sodass man sich nicht einmal die Sitznachbarn aussuchen kann. Keine Weihnachts-CD mit altbekannten Songs von Chris Rea und Mariah Carey, während man an Zimtsternen und Lebkuchen knabbert, sondern ein Streichquartett, das für mindestens dreißig Gäste zum Fünfgängemenü aufspielt.

Als Lois am Abend ihr Auto neben den Nobelschlitten der anderen Gäste geparkt hat, bleibt sie noch ein paar Minuten am Steuer sitzen und überlegt, ob sie nicht behaupten soll, bei ihrem Fall habe es einen unerwarteten Durchbruch gegeben und sie müsse leider, leider sofort aufs Revier. Aber letztlich bringt sie es nicht übers Herz, ihre Schwester zu enttäuschen.

Mit einem Seufzer steigt sie aus. Sie trägt das gleiche Kleid wie zu Guidos Geburtstagsfeier. Warum hätte sie sich auch extra für diesen Abend ein neues Outfit zulegen sollen? Zeit für einen längeren Einkaufsbummel hätte sie ohnehin nicht gehabt.

Vor der Villa, wo die Zufahrt in einen kiesbestreuten Platz übergeht, befindet sich ein Rasenrondell, auf dem sonst immer die Sonnenuhr steht. Jetzt prangt dort ein hoher, üppig geschmückter Weihnachtsbaum, dessen Lichterglanz den kurzen Weg bis zum Haus erhellt.

Vor der Tür trifft Lois einen, den sie schon kennt: Onno.

»Wie schön, Sie wiederzusehen!« Spontan küsst er sie auf beide Wangen. »Hoffentlich werden Sie heute nicht wieder weggerufen. Ich habe nämlich dafür gesorgt, dass Sie meine Tischdame sind, und Sie lassen mich doch hoffentlich nicht sitzen.«

»Die Gefahr ist nicht groß, aber versprechen kann ich nichts.«

Lois lässt sich aus dem Mantel helfen. Dass Onno ihr Tischherr sein wird, findet sie gut, auch wenn sie keine Ahnung hat, worüber sie sich mit ihm unterhalten soll. Zumindest scheint er weniger versnobt zu sein als Guidos restliche Sippe.

Im Living begrüßt sie Tessa und ihren Mann, bewundert den Weihnachtsbaum, der den im Freien an Pracht noch übertrifft, sowie den eigens für die Feier angeschafften Kronleuchter über der Tafel. Dann lässt sie sich vom Kellner einen Orangensaft als Aperitif geben.

»Du siehst müde aus.« Tessa mustert sie mit gerunzelter Stirn. »Ganz dunkle Ringe unter den Augen hast du!«

»Kann schon sein. Im Moment komme ich auf fast hundert Wochenstunden.«

»Geht es wenigstens voran?«, will Guido wissen.

»Leider kaum.«

»Ist es noch die gleiche Sache, wegen der du von meiner Geburtstagsfeier wegmusstest?«

Lois nickt.

»Ich nehme an, es geht um den Mord in Daalmeer«, sagt Onno. »Haben Sie schon einen Verdächtigen im Auge?«

»Tut mir leid, darüber darf ich nicht reden. Alles, was ich öffentlich sage, kann die Ermittlungen gefährden.«

»Also ist in nächster Zeit wohl nicht mit einer Festnahme zu rechnen. Typisch Polizei, nichts kriegen sie auf die Reihe. Entschuldige, Lois, aber das ist doch wahr. Unsere Steuergelder einsacken, das können sie jedoch. Ach, wen wundert's bei diesem Staat, man könnte glatt …«

Bevor Guido sich weiter ereifern kann, legt Tessa ihm beruhigend die Hand auf den Arm. »Liebster, ich glaube, es ist Zeit für deine Rede. Die Gäste sind alle da.«

»Wie? Ach so … ja.« Zerstreut kramt Guido in seinen Taschen nach der Brille und setzt sie auf. »Wo ist mein Notizzettel?«

»Das kannst du doch ganz spontan machen. Du heißt einfach alle willkommen, und dann stoßen wir auf einen schönen Abend an.« Sie klopft mit ihrem Ring ans Champagnerglas.

Augenblicklich verstummt das Gemurmel, Tessa nickt ihrem Mann zu und tritt lächelnd einen Schritt zurück.

»Liebe Verwandte und Freunde«, beginnt Guido, und dann folgt eine lange Ansprache, in der er jeden Gast einzeln begrüßt und die Vorstellung mit einer Anekdote würzt. Bei Lois' Namen angekommen, zwinkert er ihr zu: »Und was wären wir ohne meine charmante Schwägerin? Schon um unser aller Sicherheit willen haben wir sie mit dem größten Vergnügen eingeladen. Dieses Haus ist zwar mit einer Alarmanlage und diversen Sicherheitskameras versehen, aber erst, wenn Lois unter uns ist, können wir wirklich beruhigt sein.«

Lois stimmt in das allgemeine Lachen ein, obwohl sie bei Guido nie sicher ist, ob er solche Bemerkungen ernst oder ironisch meint.

Nachdem er fertig ist, bricht lauter Applaus los, dann geht man zu Tisch. Onno rückt höflich den Stuhl zurecht, damit sie Platz nehmen kann, erst danach setzt er sich selbst.

»Wenn ich mich nicht täusche, waren Sie vorhin ein wenig verärgert«, sagt er leise.

»Schon«, gibt Lois zu, »dabei kenne ich Guidos Kommentare über die Polizei inzwischen. Ob er nun wegen zu schnellen Fahrens einen Strafzettel bekommt oder ob in der Nachbarschaft eingebrochen wurde, er hat immer etwas zu meckern. Und von Frauen im Polizeidienst hält er auch nicht viel.«

»Nein? Warum das denn?«

»Würde ich in der Verwaltung arbeiten, fände er es okay, aber bei der Kripo? Seiner Ansicht nach sollten Frauen hübsche Handtaschen tragen, aber keine Waffen.«

»Dann hat er nicht die leiseste Ahnung, was Frauen derzeit alles in ihren Handtaschen herumschleppen«, bemerkt Onno trocken. »Pfefferspray liegt anscheinend sehr im Trend. Oder eine Dose Haarlack. Die taugt auch gut als Waffe.«

Lois lacht. »Mit Frauen und ihren Handtaschen scheinen Sie sich auszukennen.«

»Und ob! Ich habe drei Schwestern, und mit keiner von denen möchte ich mich anlegen.«

»Wie sind Sie gleich noch mal mit Guido verwandt?«

»Ich bin sein Lieblingscousin. Zumindest gehe ich davon aus. Unsere gute Beziehung hat zwischendurch mal Schaden gelitten, als ich mir seinen Jaguar geliehen und damit einen Begrenzungspfosten gestreift habe. Aber das ist hoffentlich verjährt.«

Wieder lacht Lois. »Sie sind aber wesentlich jünger als Guido, oder?«

»Zehn Jahre. Ich habe, wie gesagt, nur Schwestern, und wenn Guido uns besucht hat, war ich nicht mehr zu halten, denn einen Bruder wie ihn habe ich mir immer gewünscht. Er wusste meine Anhänglichkeit aber nicht recht zu schätzen. Einmal war er so genervt, dass er mich bei unserem jährlichen Familientag in einen Gartenschuppen eingesperrt hat.«

»Tessa hat mir erzählt, dass Sie sich jedes Jahr in Domburg treffen.«

»Das stimmt, aber der Familientag ist etwas anderes. Nach Domburg kommt nicht nur unsere Familie, dort trifft sich jeden Sommer der niederländische Adelsverband.«

»So was gibt es?«

»Aber sicher. Jeder von Rang und Namen ist Mitglied und findet sich in Domburg ein.«

»Und was macht man dort?«

»Schwimmen, sich am Strand vergnügen, Sandburgen bauen, gut essen und Wein trinken«, sagt Onno und fügt mit einem schiefen Grinsen hinzu: »Alles, was das gemeine Volk auch gern macht.«

»Mir scheint, Sie sind ganz normal geblieben, trotz Ihres Adelstitels.«

»Völlig normal«, bekräftigt Onno.

»Dann fordere ich Sie hiermit auf, jetzt gleich ›guten Appetit‹ zu sagen.«

Stöhnend fasst Onno sich an die Stirn. »Nein, das bringe ich nicht über mich!«

»Ach was, so schwierig ist es auch wieder nicht. Strengen Sie sich einfach ein wenig an, dann klappt das schon.«

»Und Ihre Gegenleistung?«

»Die bestimmen Sie.«

Onno überlegt kurz. »Sie bleiben den ganzen Abend hier. Und falls Sie doch wegmüssen, holen wir das Versäumte bei einem gemeinsamen Essen nach.«

»Einverstanden. Allerdings bestehe ich dann auf einem

Edelschuppen, in dem man ein Wörterbuch braucht, um die Speisekarte zu lesen.«

»Abgemacht.« Onno beugt sich ein wenig zu ihr. »Und jetzt hoffe ich inständig, dass Ihr Chef sich bald meldet.«

22

Dank Onno wird es ein richtig netter Abend. Er ist längst nicht so steif, wie Lois beim letzten Mal dachte. Als die erste Vorspeise aufgetragen wird – warme Feigen in Mascarponesauce –, wünscht er allen mit ungerührter Miene »guten Appetit«. Das lässt ein paar Augenbrauen hochschnellen.

Nur Tessa lacht hörbar.

Der peinliche Moment ist aber schnell überwunden, und man plaudert angeregt über Schlösschen in Frankreich, Segeljachten als Jahrestagsgeschenke und Mitglieder des Königshauses, mit denen man eng befreundet ist.

Lois wendet sich an Onno: »Und Sie, haben Sie auch ein Schlösschen in Frankreich?«

»Zum Glück nicht«, sagt er. »Mir genügt mein Haus in Overveen vollauf.«

»Ich meine, Tessa hätte mal ein Landgut erwähnt.«

»Das gehört meinem Vater. Es ist auch wirklich schön und ziemlich alt, das Gutshaus stammt aus dem Jahr 1644. Aber das Ganze klingt romantischer, als es ist, denn solch ein Gebäude mit dem ganzen Grund, der dazugehört, ist kaum zu unterhalten. Deshalb haben wir den Park zu einer Ferienanlage mit Holzhäuschen und Tennisplätzen umfunktioniert. Mein Vater hatte gehofft, das würde genug abwerfen, aber leider war dem nicht so, und er musste auch das Haus für zahlende Gäste öffnen. Der größte Teil davon ist jetzt ein Hotel, und mein Vater bewohnt ein paar wenige Räume im Ostflügel. Seit dem Tod meiner Mutter allein.«

»Es ist ihm sicherlich nicht leichtgefallen zu akzeptieren, dass sich nun Fremde im Haus und im Garten aufhalten.«

»Nein, aber so ist es nun mal. Oder man muss verkaufen. Wir wollten, dass das Anwesen in Familienbesitz bleibt, also blieb uns keine Wahl.«

»Arbeiten Sie dort?«

»Ich nicht, aber meine Schwestern. Ich bin Psychiater.«

»Tatsächlich? Mit eigener Praxis?«

»Ich bin an einer Klinik in der Nähe von Bloemendaal angestellt und arbeite in der geschlossenen Abteilung.«

»Ist das nicht sehr hart, sich täglich mit den Problemen der Patienten auseinandersetzen zu müssen?«

»Nicht härter als Ihr Beruf, würde ich sagen. Und es gibt ja auch Tage, an denen man das Gefühl hat, etwas bewirken zu können.«

»Das geht mir genauso«, sagt Lois.

Ihr ist, als befänden sie sich unter einer Glasglocke, an der die Geräusche von außen abprallen, als wären sie allenfalls ein sanftes Hintergrundrauschen, wie man es am Strand hört.

Als die zweite Vorspeise – Garnelen mit Tabouleh, Vadouvan-Mayonnaise und Wakame – auf den Tisch kommt, sind sie bereits beim Du und sprechen gerade über Lois' ersten Einsatz bei einem Mordfall, der sie damals sehr mitgenommen hat. Noch heute fühle sie sich wie ein Eindringling, erzählt sie, wenn sie in der Wohnung eines Mordopfers Schränke und Schubladen nach persönlichen Gegenständen durchsucht.

Beim Hauptgericht – Hasenrückenfilet in Rotweinsauce – erzählt Onno von seiner Tätigkeit in der Klinik.

»Manchmal überkommt mich ein Gefühl der Ohnmacht«, sagt er, »vor allem, wenn Patienten so schlimme Dinge berichten, dass ich mich frage, ob ich da überhaupt helfen kann. Wenn ich dann aber ihren hoffnungsvollen Blick sehe, wird mir wieder klar, was meine Aufgabe ist, auch wenn die Verantwortung oft schwer auf mir lastet.«

»Da hilft nur, dass man sich distanziert. Jedenfalls, so gut es geht. Man darf das Leid nicht zu sehr an sich herankommen lassen.«

»Stimmt, und genau das versuche ich, so unsensibel es auch klingen mag. Ohne solch eine Abgrenzung könnte ich diese Art von Arbeit gar nicht machen. Ich nehme an, das ist bei dir ebenso.«

»Es ist die einzige Möglichkeit, sich selbst zu schützen«, sagt Lois. »Wenn ich vor einer Leiche stehe, blende ich meine Emotionen weitgehend aus. Sie holen mich später jedoch ein, wenn ich mich näher mit dem Fall befasse, mit Angehörigen spreche und immer mehr über das Opfer erfahre. Aber sie bestärken mich auch darin, diesem Menschen, den ich nur als Toten gekannt habe, Gerechtigkeit widerfahren zu lassen, indem ich dafür sorge, dass der Täter gefasst und bestraft wird. Das ist das Einzige, was ich noch tun kann.« Sie schweigt kurz, trinkt einen Schluck Evian und sagt leise: »Die vielen Überstunden, die schlaflosen Nächte, die Gefühle, mit denen man sich herumschlägt – all das ist es wert, wenn man vorankommt. Nichts ist schlimmer, als den Fall nicht zu lösen.«

23

Die Weihnachtstage gehen an Maaike völlig vorbei. Fürs Feiern hat sie nichts übrig, nie gehabt. Als Kind fand sie es scheinheilig, dass ihre Eltern an Heiligabend zum Gottesdienst gingen, obwohl sie sich das ganze Jahr über nicht an die Gebote hielten. Sie waren zwar nicht streng katholisch, wussten aber sehr gut, was »Du sollst keine Unzucht treiben« bedeutet. Und genau das tat ihr Vater.

Nach dem Unfall, bei dem ihre Eltern umgekommen waren, empfand sie außer Kummer auch Erleichterung. Mit ihrer Mutter hatte sie sich zwar nicht gut verstanden, dennoch trauerte sie um sie. Über den Tod ihres Vaters hingegen war sie froh.

Die Großeltern nahmen sie freundlich auf, obwohl sie mit der elfjährigen Enkelin im Grunde überfordert waren. Sie gaben sich redlich Mühe, aber wirklich zu Hause fühlte Maaike sich bei ihnen nicht. Sie waren einfach zu alt, und sie selbst war zu geschädigt.

Immerhin kehrten so zunächst wieder Ruhe und Regelmäßigkeit in ihr Leben ein. Das erste Weihnachten, an dem sie nicht in die Kirche musste und am zweiten Feiertag mit Oma und Opa einen Vergnügungspark besuchen durfte, zählt zu ihren schönsten Erinnerungen.

Dieses Jahr verbringt sie die Weihnachtstage allein. Daniela hatte sie eingeladen, sie zu ihren Eltern zu begleiten, aber dazu hatte sie keine Lust. Das Alleinsein macht ihr auch nichts aus. Ihr Menü am ersten Feiertag bestand aus einer aufgewärmten Fertigmahlzeit, und heute, am zweiten Feiertag, macht sie es sich noch einfacher: Obwohl es erst halb vier ist, zündet sie Kerzen an, öffnet eine Flasche Rotwein und stellt eine fertig gekaufte Käseplatte dazu – das ideale Weihnachtsessen in ihren Augen.

Als Nachtisch hat sie Chipolatapudding im Kühlschrank, den ihre Oma immer selbst zubereitete, ihrer aber ist aus dem Supermarkt. Der Pudding soll sie an früher erinnern, doch je mehr Wein sie trinkt, desto mehr verdüstert sich ihre Stimmung.

Wieder nach Alkmaar zu ziehen war ein großer Fehler. Die vertraute Umgebung hat einen Strom unguter Gefühle hochkommen lassen, mit denen sie glaubte, abgeschlossen zu haben. Angstvorstellungen spuken ihr durch den Kopf und verdichten sich zu einer Abwärtsspirale, aus der sie sich nicht mehr befreien kann.

Maaike trinkt einen Schluck Wein und schließt die Augen. Dass es auch nach vielen Jahren kein Vergessen gibt, hat sie akzeptiert. Allerdings hatte sie nicht damit gerechnet, dass die Erinnerungen und Panikgefühle wieder mit solcher Wucht auf sie einstürmen würden. Sie wünscht sich nichts anderes, als ein normales Leben zu führen, befreit von der Vergangenheit. Doch da ist jemand, der das anders sieht, der Rache will. Rache für sie beide.

Dass sie Tamara der Polizei gegenüber erwähnt hat, bereut sie inzwischen. Sie hätte sie um jeden Preis schützen müssen, so viel wie sie ihr zu verdanken hat. Unter normalen

Umständen hätte es kein »Gespann« Maaike und Tamara gegeben, erst das gemeinsame Trauma hat sie zusammengebracht.

Was wird jetzt wohl passieren? Wer weiß, wenn Tamara sich nun bedeckt hält, wird vielleicht doch noch alles gut …

Am frühen Abend wacht Maaike auf dem Sofa auf. Es ist noch nicht spät, aber jetzt im Dezember umgibt die Dunkelheit sie schon wie ein drohender Schleier. Halb benommen setzt sie sich auf. Ihr ist kalt, wahrscheinlich ist sie davon wach geworden. Auf dem Couchtisch steht ein Teller mit angebissenen Käsestücken – ihr vorgezogenes Abendessen.

Maaike steht auf, knipst ein paar Lampen an und geht dann ans Ende des Speichers, wo sich hinter einem zweiten Paravent das behelfsmäßige Bad befindet. Sie trinkt Wasser aus dem Hahn, dann schaut sie in den Spiegel. Ein verquollenes Gesicht, stechende Augen – es ist das Gesicht einer anderen.

24

»Und hier haben wir den neuen Ford Fiesta«, sagt er. »Kompakt, schnell, gute Motorleistung – das ideale Stadtauto. Mit Halogenprojektionsscheinwerfern und elektronisch einklappbaren Seitenspiegeln mit integrierten Blinkern.« Julian van Schaik zählt die Vorteile des Wagens so stolz auf, als hätte er ihn selbst entworfen. Weil der Absatz in letzter Zeit in der gesamten Branche schleppend war, hat er sich entschlossen, am zweiten Weihnachtsfeiertag einen Tag der offenen Tür abzuhalten und mit einer speziellen Rabattaktion Kunden zu locken.

Es waren auch viele Leute da, nur leider niemand, der sofort kaufen wollte. Vielleicht lässt sich der eine oder andere das Angebot ja durch den Kopf gehen und kommt morgen wieder, um eine Probefahrt zu machen.

Er wollte gerade abschließen, als plötzlich noch eine Frau hereinkam. Mit professionellem Lächeln war er auf sie zugegangen und hatte begonnen, das Auto, neben dem sie stehen geblieben war, anzupreisen.

Großes Interesse zeigt sie jedoch nicht. Sie wirkt leicht abwesend, so als wäre sie spontan hereingekommen und frage sich nun, was um alles in der Welt sie hier in diesem Autohaus soll.

»Der Fiesta ist verbrauchsarm und umweltfreundlich«, fährt Julian dennoch fort. »Das heißt, niedrige Spritkosten, kombiniert mit geringem CO_2-Ausstoß.«

Die Frau geht um das Modell herum und streicht mit den Fingern über den glänzenden roten Lack. Bisher hat sie noch kein Wort gesagt.

»Sehr praktisch ist auch das Keyless-Entry-System. Damit brauchen Sie keinen Autoschlüssel mehr. Sie betätigen einfach den Powerknopf und fahren los.«

»Ein schöner Wagen.«

»Wenn Sie möchten, können Sie ihn gleich Probe fahren. Ich wollte zwar gerade zumachen, nehme mir aber gern noch eine halbe Stunde Zeit für Sie.«

»Ich habe meinen Führerschein nicht dabei.«

»Dann kommen Sie einfach morgen wieder. Ich lasse den Wagen draußen für Sie bereitstellen.«

»Eigentlich bin ich gar nicht wegen eines Autos da.«

»Nicht wegen eines Autos? Aber was ...«

»Was ich dann hier will? Mit dir reden, Julian.«

Irritiert mustert er die Frau von Kopf bis Fuß. Sie ist hübsch, davon hatte ihr unförmiger Regenmantel abgelenkt. Und jetzt, da er sie genauer betrachtet, kommt sie ihm irgendwie bekannt vor.

»Woher kennen wir uns?« Er sieht sie forschend an.

»Wir sind uns vor ein paar Wochen im *Ossenhooft* begegnet. Du warst mit einem Freund dort.«

Endlich klingelt es bei ihm. Genau, vor ihm steht die Frau, mit der er und David sich eine Weile unterhalten haben. Er redet täglich mit so vielen Leuten, dass er sich unmöglich alle Gesichter merken kann, auch nicht die hübschen.

»Du bist die Fotografin, richtig?«, sagt er. »Tamara heißt du und hast David und Cynthia fotografiert.«

Sie nickt.

»Das letzte Bild von ihm …« Ein Schatten huscht über Julians Gesicht. »Ein seltsamer Zufall ist das. Erst vor Kurzem waren nämlich zwei Polizisten hier und haben mich nach deinem Nachnamen gefragt. Sie wollen mit allen reden, mit denen David in letzter Zeit Kontakt hatte.« Plötzlich aufmerksam geworden, sieht er sie an. »Du weißt doch, dass er tot ist, oder? Er ist umgebracht worden.«

»Ich hab's in der Zeitung gelesen.«

»Ich war fix und fertig, als ich das hörte. David war mein bester Freund, schon seit der Grundschule.«

»Das weiß ich.«

»Hat er dir davon erzählt? Ach, er fehlt mir so, irgendwie kann ich noch gar nicht begreifen, dass er tot ist. David war ein prima Kumpel und …«

»Ich hab ganz andere Erinnerungen an ihn«, unterbricht Tamara. »Und dich kenne ich übrigens auch von früher.«

Julian horcht auf. »Wirklich? Woher denn?«

»Aus einem sehr intimen Zusammenhang.« Ihre Stimme klingt jetzt kühl und distanziert.

Wieder mustert er sie eingehend. Hat er mal mit ihr geschlafen? Nein, das wüsste er, denn sooo viele Mädchen hatte er nun auch wieder nicht.

»Du warst damals ziemlich betrunken und hattest auch noch gekifft. Aber das entschuldigt nichts.« Langsam kommt sie näher und bleibt direkt vor ihm stehen. »Oder findest du etwa, zu viel Alkohol sei eine Entschuldigung dafür, dass man ein vierzehnjähriges Mädchen vergewaltigt?«

Völlig perplex starrt er sie an. »Vergewaltigt? Wovon redest du? Ich hab nie …«

»Weißt du es nicht mehr? Damals auf der Party, als ihr Jungs unbedingt Strip-Poker spielen wolltet?« Ihre Augen sind kalt und anklagend.

»Ach so, jetzt dämmert's mir. Du warst also das Mädchen. Lieber Himmel, ich hab dich überhaupt nicht wiedererkannt. Aber eine Vergewaltigung kannst du das nicht nennen, du wolltest es selber, das weiß ich noch genau!«

»Nein!« Aus Tamaras Augen sprüht Wut. »Das wollte ich ganz bestimmt nicht! Weder mit dir noch mit David und auch nicht mit Remco! Und trotzdem habt ihr es getan, nacheinander!«

In die Enge getrieben, tritt Julian einen Schritt zurück. »Du spinnst wohl!«, fährt er sie an. »Was erwartest du denn, wenn du in Slip und BH dasitzt? Das ist doch eine Aufforderung!«

»Ein Spiel war es. Ein harmloses Spiel, habt ihr gesagt. Und das Mädchen, das noch dabei war, hat das Gleiche behauptet und keinen Finger gerührt, um mir zu helfen, als ihr über mich hergefallen seid.«

»Mann, das ist über zehn Jahre her! Warum hast du uns denn damals nicht angezeigt, wenn du meinst, es war eine Vergewaltigung? Was willst du überhaupt von mir, du hysterische Zicke? Hau ab!« Wütend deutet Julian zur Tür.

»Ich bin gekommen, weil ich die Sache nie vergessen konnte«, sagt Tamara. Ihre Stimme klingt nun etwas weicher. »Und weil ich es bereue, euch nicht angezeigt zu haben. Weil ich eine Entschuldigung will.«

»Wie bitte? Eine Entschuldigung? Für etwas, das ich gar nicht getan hab? Du hast sie wohl nicht alle! Verschwinde, aber schnell!« Entschlossen packt Julian sie am Arm und will sie zum Ausgang zerren.

Plötzlich spürt er eine feuchte Wärme unterhalb der Rippen. Verwirrt senkt er den Blick, und im nächsten Moment jagt eine Schmerzwelle durch seinen Körper.

»Du Miststück hast mich gestochen!« Stöhnend presst er die Hand an die Wunde.

»Das war noch nicht alles, Julian.« Tamara zieht sich die Kapuze ihres Regenmantels über und nimmt etwas aus ihrer Schultertasche. »Es sei denn, du hast mir etwas zu sagen.«

»Du bist wahnsinnig!« Er schleppt sich in Richtung seines Büros. Kaum hat er Tamara den Rücken zugekehrt, wird ihm klar, dass das ein Fehler war. Ein harter Schlag trifft seinen Hinterkopf, er hört den eigenen Schädel knacken, dann wird der Schmerz übermächtig, und er bricht zusammen.

Schon halb bewusstlos, hört er eine flüsternde Stimme an seinem Ohr und begreift nur halb, was sie sagt: »Das war nicht, was ich hören wollte, Julian.«

25

Der Tote liegt im Showroom zwischen den Autos. Auf dem Rücken, mit heruntergezogener Hose, den abgeschnittenen Penis im Mund. Die Gesichtszüge des Mannes sind verzerrt, so als wäre es ihm noch im Tode peinlich, wie er daliegt.

»Julian van Schaik, achtundzwanzig Jahre, Junggeselle und Geschäftsführer dieses Autohauses«, fasst Ramon zusammen. »Heute Morgen um Viertel vor neun wurde er von zwei Angestellten aufgefunden. Sie sahen eine Blutspur, dann den Toten und alarmierten die Polizei.«

»Haben sie die Leiche angefasst?«, erkundigt sich Fred.

»Angeblich nicht, sie werden gerade befragt.« Ramon deutet zum Büro, dessen Glaswand mit bunten Lichterketten umrahmt ist. Hinter der Scheibe sehen sie Nick mit einem Mann und einer Frau sprechen. Die Spurensicherung hat ihre Arbeit erledigt und ist bereits gegangen.

Erschüttert betrachtet Lois das Opfer. »Wir hätten ihn stärker unter Druck setzen und ihm richtig Angst machen sollen«, sagt sie, »dann wäre das nicht passiert.«

»Was ist mit Remco Leegwater? Habt ihr den inzwischen gesprochen?«, fragt Ramon.

»Wir konnten ihn noch nicht erreichen.«

»Dann kniet euch rein, sonst gibt es bald eine dritte Leiche mit abgeschnittenem Penis«, sagt Ramon unwirsch.

»Wir haben mehrmals auf seinen Anrufbeantworter gesprochen und ihn gebeten, sich schnellstmöglich zu melden. Und heute wollten wir zusehen, dass wir seinen Aufenthaltsort rausfinden.« Lois merkt selbst, dass ihre Rechtfertigung reichlich lahm klingt, außerdem macht sie sich bittere Vorwürfe.

»Ich brauche wohl nicht extra zu sagen, was ich von eurer Nachlässigkeit halte«, entgegnet Ramon kalt. »Das hat ein Nachspiel. Gibt es außer Leegwater noch jemanden, der gewarnt werden muss?«

»Frau Scholten hat zu Protokoll gegeben, diese Tamara sei damals von drei Jungen vergewaltigt worden«, sagt Fred. »Und außer ihr selbst habe noch ein anderes Mädchen dabeigestanden und die Kerle sogar ermuntert. Sie dürfte ebenfalls in Gefahr sein, nur wissen wir leider nicht, wie sie heißt.«

»Dann seht jetzt wenigstens zu, dass ihr das schleunigst rauskriegt. Und schaut euch nachher die Bilder der Überwachungskameras genau an. Ich erwarte noch heute einen ausführlichen Bericht.«

Nach diesen Worten dreht Ramon sich um und verlässt das Autohaus.

Lois und Fred sehen einander betreten an.

»Dann mal los«, meint Fred mit einem Seufzer. »Sieht ganz so aus, als hätten wir was gutzumachen.«

»Ich frage mich ständig, weshalb diese Tamara unauffindbar ist«, sagt Lois. »Und warum keiner ihren Nachnamen kennt. Das ist doch höchst merkwürdig.«

Fred streicht sich bedächtig den Schnurrbart.

»Ja, man könnte meinen, sie existiert gar nicht«, murmelt er.

»Oder sie heißt in Wirklichkeit ganz anders und benutzt einen falschen Namen.«

»Schon früher als Jugendliche? Das kann ich mir kaum vorstellen.« Fred schüttelt entschieden den Kopf.

»Hoffentlich haben die Spurensicherer Fingerabdrücke gefunden, die könnten uns weiterhelfen«, meint Lois hoffnungsvoll.

»Aber nur, wenn die Täterin schon mal ein Verbrechen begangen hat und ihre Fingerabdrücke genommen wurden. Damit rechne ich eher nicht.« Nach einem letzten Blick auf die Leiche sagt Fred: »Komm, wir fahren zum Revier. Ich bin gespannt, was auf den Bändern zu sehen ist.«

Das Autohaus ist mit drei Überwachungskameras gesichert. Eine ist über dem Eingang angebracht, die zweite vor dem Büro und die dritte im hinteren Bereich des Showrooms mit der breiten Fensterfront. Obwohl ihre Reichweite relativ groß ist, decken sie den mittleren Teil der großen Halle nicht ab und damit auch nicht die Stelle, an der der Mord geschah.

Dennoch sind die Bilder aufschlussreich. Fred und Lois haben sie vorab mit einem IT-Spezialisten gesichtet, und am frühen Nachmittag setzen sich alle zusammen, um sie anzusehen. Ramon hat bereits die Fernbedienung in der Hand und stellt, als jeder Platz genommen hat, den Breitbildfernseher an.

Die körnigen Schwarz-Weiß-Aufnahmen zeigen, wie eine etwa 1,65 m große Person hereinkommt, die Kapuze des Regenmantels über den Kopf gezogen und eine Tasche über der Schulter. Bevor sie auf die Autos zugeht und damit aus dem Überwachungsbereich verschwindet, ist gerade noch zu sehen, dass die Kapuze abgezogen wird. Dann tut sich eine Zeit lang nichts. Ramon spult weiter, und sie sehen, wie Julian van Schaik durchs Bild taumelt. Er fällt und kommt so zu liegen, dass nur noch seine Beine zu sehen sind.

Minuten später ist die Person im Regenmantel von hinten zu sehen; sie zerrt das Opfer an den Beinen zwischen zwei Autoreihen und damit außerhalb des Kamerabereichs. Nach einer Weile verlässt sie, die Kapuze tief ins Gesicht gezogen, das Autohaus.

»Weitere Besucher hat die Kamera am Eingang nicht aufgezeichnet.« Ramon drückt die Aus-Taste. »Wir haben es sehr wahrscheinlich mit einer Frau zu tun. Darauf deutet der Gang hin, ebenso die Stiefel mit Absätzen. Ganz sicher sein können wir natürlich nicht; es wäre nicht das erste Mal, dass ein Mann sich als Frau tarnt. Andererseits haben wir genug Hinweise, dass auch Hoogland von einer Frau getötet wurde, also gehen wir auch in diesem Fall davon aus. Wie ihr gesehen habt, trug sie einen Regenmantel mit Kapuze, sodass die Chance gering ist, dass sich Textilfasern oder DNA-Spuren in Form von Haaren finden.«

»Handschuhe hatte sie aber keine an«, bemerkt ein junger Kollege.

»Richtig, und das hilft uns hoffentlich weiter. Auf dem Band war zu sehen, dass sie das Opfer an den Füßen weggezerrt hat. Mit etwas Glück finden wir DNA an den Schuhen, eventuell auch an der Hose, die sie beim Runterziehen ja angefasst hat. Aber die Auswertung kann dauern. Und bisher sind wir mit der DNA bei Hoogland auch noch nicht weitergekommen. Unsere erste Priorität ist deshalb zu verhindern, dass diese Frau einen weiteren Mord begeht. Ach, übrigens hat sich Herr Leegwater vorhin telefonisch gemeldet. Wir haben ihn eindringlich gewarnt und für morgen herbestellt.«

Lois hebt die Hand, und Ramon nickt ihr zu.

»Hat er am Telefon die Vergewaltigung zugegeben?«, fragt sie.

»Nein.« Ramon fährt sich müde über die Stirn. »Wir müssen ihn noch überzeugen, dass er ein weitaus größeres Problem hat, wenn er dazu schweigt. Bislang hat er das leider noch nicht eingesehen.«

»Vielleicht fällt's ihm ja wieder ein, wenn er seinen Schwanz im Mund hat«, brummt Nick, der neben Lois sitzt. »Ich hätte nichts dagegen ...«

Lois sagt nichts, kann aber ein Grinsen nicht unterdrücken.

Am Abend schaltet Lois zu Hause ihren Computer an. Keine Meldungen von Brian auf Facebook, dafür eine Mail von Onno, der sich mit ihr zum Essen verabreden will.

Seine Telefonnummer steht dabei, doch Lois hat jetzt keine Lust, ihn anzurufen. Sie ist erschöpft, selbst für eine halbe Stunde auf dem Laufband fehlt ihr die Energie.

Rasch schickt sie Onno einen Dreizeiler zurück, der – wie ihr erst unter der Dusche klar wird – wohl etwas schroff ausgefallen ist. Ach was, er als Psychiater wird sich schon denken können, dass sie zu müde war, um ausführlicher zu schreiben.

26

Jetzt, kurz vor Mitternacht, ist die Welt in Dunkelheit gehüllt. Dunkel ist es auch in ihrer Wohnung an der Zeglis, nur die Lampe auf dem Tisch brennt. Tamara hält die Kamera in den Händen und betrachtet noch einmal die Bilder. Das Hochgefühl, das der Mord ihr verschafft, hat sie seit gestern nicht zur Ruhe kommen lassen. Immer wieder beginnt ihr Herz zu rasen. Am liebsten würde sie laute Musik anstellen und dazu tanzen, sich so richtig verausgaben. Doch dann würden die Nachbarn sich beschweren, und sie darf auf keinen Fall Aufmerksamkeit erregen.

Wie des Öfteren in den letzten Wochen fragt sie sich, warum niemand ihr etwas anmerkt. Eigentlich müsste jeder ihre lodernde Wut spüren. Aber die anderen sehen nur, was sie sehen wollen: eine attraktive junge Frau, freundlich und hilfsbereit. Könnten sie in ihren Kopf schauen, wären sie zweifellos entsetzt über den ungezügelten Hass und die finstere Entschlossenheit, keine einzige Demütigung mehr hinzunehmen. Sie würden einen weiten Bogen um sie machen, aus Furcht, mit einem falschen Wort oder einer falschen Geste ihren Zorn auf sich zu ziehen.

Skrupel hat sie einzig wegen Maaike, die – wie sie weiß –

ihre Taten verabscheut. Unfassbar, nach allem, was sie beide durchgestanden haben.

Schon vor Jahren hätte sie tun sollen, was sie jetzt getan hat. Aber damals hoffte sie noch, die schlimmen Erinnerungen würden mit der Zeit verblassen. Letztlich war es auch so, allerdings nur in dem Sinn, dass sie irgendwann nicht mehr täglich darunter litt. Doch vergessen hat sie nichts.

Sie hatte die Jungen angefleht aufzuhören, schließlich war es doch nur ein Spiel gewesen. Hätte sie geahnt, worauf dieses verfluchte Kartenspiel hinauslief, hätte sie niemals mitgemacht.

Erst hatte David sie an sich gepresst und geküsst. Sie setzte sich nicht zur Wehr, doch als er zudringlicher wurde, versuchte sie, ihn wegzuschieben, was nicht gelang, weil er viel größer und kräftiger war als sie. Ihr Widerstand schien ihn geradezu anzustacheln. Seine Hände waren überall, zogen ihr den Slip aus. Und auf einmal waren da noch die zwei anderen. Sie standen hinter ihr, betasteten sie und fassten ihr zwischen die Beine. Sie wehrte sich mit Händen und Füßen, aber es war aussichtslos. Irgendwann lag sie am Boden, und die drei fielen über sie her. Wie Hyänen über ein Beutetier. Dass sie weinte und schrie, ließ sie völlig kalt.

Und dann war da noch dieses Mädchen. Sie stand dabei und feuerte die Jungen an. Dass ihr eigener Freund unter den Vergewaltigern war, schien sie nicht zu stören. Hinterher, als die drei von ihr abließen, hörte sie sie sagen: »Geschieht ihr recht, der arroganten Zicke.« Oft hatte sie sich gefragt, ob das Mädchen ihre Zurückhaltung als Arroganz ausgelegt und deshalb Schadenfreude empfunden hatte. Sie hatte die andere nie darauf angesprochen, sondern war ihr aus dem Weg gegangen. Und sie hatte auch nie Anzeige erstattet. Die Demütigung war so groß, dass sie es nicht über sich brachte, sich jemandem anzuvertrauen.

An guten Tagen ist sie mit ihrem Leben recht zufrieden, wobei das Wort es eigentlich nicht trifft, zumal längst nicht alles glattläuft und die Albträume immer wiederkehren. Wäre sie zufrieden, würde sie unbeschwerter und mehr in Einklang mit sich selbst leben und nicht, wie es auch immer wieder vorkam, wie eine misstrauische Einsiedlerin. Aber innerhalb dessen, was möglich ist, kann sie durchaus zufrieden sein. Sie ist jung und gesund, sie liebt ihre Arbeit und verdient damit genug zum Leben. Wenn sie morgens den Vorhang aufzieht und die Sonne auf den Noordhollands-Kanal scheinen sieht, hat sie manchmal sogar ein echtes Glücksgefühl.

Wenn nur die Albträume nicht wären. Was tagsüber in den Hintergrund tritt, beschäftigt sie in der Nacht umso intensiver. Davids Tod hat einen weißen Fleck in ihren Träumen entstehen lassen; einer ihrer Dämonen hat keine Macht mehr über sie.

Lange war es ihr gelungen, mit dem Trauma zurechtzukommen. Vor einem halben Jahr jedoch begegnete sie unvermutet David Hoogland. Es war auf dem Rembrandtplein in Amsterdam, und ihr Herz setzte ein paar Schläge aus, als sie ihn mit ein paar anderen aus dem Pub *Three Sisters* kommen und direkt auf sich zusteuern sah. Obwohl sie am liebsten davongelaufen wäre, blieb sie stehen. Er wollte an ihr vorbei, aber sie hatte ihm den Weg verstellt, fest entschlossen, ihn anzusprechen.

»Hallo David.«

Verdutzt hatte er sie gemustert. »Kennen wir uns?«

Die anderen hatten gelacht, Witze gerissen, und schließlich waren sie alle davongeschlendert.

Sie hatte David nachgesehen und seitdem fortwährend an ihn denken müssen, an ihn und daran, was er ihr angetan hatte.

Auch als sie ihn Monate später in der Kneipe in Alkmaar ansprach, hatte er sie nicht wiedererkannt, nicht einmal bei dem Fototermin. Und das war am allerschlimmsten: Der Mensch, der ihr so lange Albträume verursacht hatte, schien sie vollkommen vergessen zu haben.

27

Remco Leegwater hat vierzehn Tage bei seinen Eltern verbracht und sich gleich nach seiner Rückkehr auf dem Revier gemeldet. Nachdem ihm mitgeteilt wurde, worum es geht, verweigerte er zunächst die Aussage.

Durch den Einwegspiegel verfolgen Lois und Fred seine Befragung durch zwei junge Ermittler.

Leegwater ist achtundzwanzig Jahre alt, groß und neigt zur Korpulenz. Er ist sich inzwischen so oft mit der Hand durch den blonden Schopf gefahren, dass die Haare hochstehen. Auf seiner Stirn perlt Schweiß.

»Er hat Angst«, mutmaßt Lois. »Und keine Ahnung, was er sagen soll, deshalb schweigt er.«

»Wenn er die Vergewaltigung nicht zugibt, müssen wir ihn laufen lassen. Nimmt er aber Polizeischutz in Anspruch, ist das ein indirektes Geständnis; wir müssen ihn letztlich trotzdem laufen lassen, aber er muss reden. Er ist also ganz schön in der Zwickmühle. Ich meine, wir sollten ein wenig Überzeugungsarbeit leisten. Komm, Lois.« Fred geht in den Flur und öffnet die Tür des Verhörraums. »Ihr habt Pause, Jungs«, sagt er laut. »Wir übernehmen.«

Die beiden sehen ihn überrascht an, stehen aber ohne Protest auf.

»Danke«, sagt Fred.

Als sie gegangen sind, setzt er sich und fixiert sein Gegenüber.

»Herr Leegwater, Sie können hier noch lange sitzen und uns anschweigen, aber das wäre Zeitverschwendung«, beginnt er. »Für Sie wie für uns. Es verhält sich so: Eine Frau kann bezeugen, dass Sie vor zwölf Jahren zusammen mit zwei Freunden ein Mädchen vergewaltigt haben. Bei den zwei Freunden handelte es sich um David Hoogland und Julian van Schaik. Dass die beiden umgebracht wurden, haben Sie sicherlich mitbekommen. Somit haben Sie jetzt zwei Möglichkeiten: Entweder Sie gestehen die Vergewaltigung, und wir bieten Ihnen im Gegenzug Schutz, oder aber Sie bleiben dabei, von nichts zu wissen. Im letzteren Fall ist unser Gespräch beendet, und Sie müssen zusehen, wie Sie allein klarkommen.«

Leegwater gibt sich unbeeindruckt und verschränkt die Arme vor der Brust. »Ihre Kollegen wollten mir nicht sagen, wer die Zeugin ist.«

»Das erfahren Sie auch von mir nicht. *Sie* sind hier derjenige, der reden soll!«

Remco Leegwater wendet den Blick ab und betrachtet die leere weiße Wand. Minutenlang bleibt es still.

Plötzlich haut Fred mit der flachen Hand auf den Tisch und sagt: »Gut, wie Sie wollen! Sie können nach Hause gehen, aber ich rate Ihnen dringend, die Türen verschlossen zu halten und bei Dunkelheit möglichst nicht auf die Straße zu gehen, sonst liegen Sie demnächst bei Ihren Freunden auf dem Friedhof.«

Schweißtropfen rinnen Leegwaters Schläfen hinab, dennoch schweigt er hartnäckig.

Am liebsten würde Lois ihm Fotos der beiden Opfer vorlegen, doch das wäre gegen die Vorschrift und würde ihr mächtig Ärger einbringen.

Sie sagt freundlich: »Hören Sie, Herr Leegwater: Solange keine Anzeige wegen Vergewaltigung vorliegt, lässt sich mit der Zeugenaussage wenig anfangen. Ein Gerichtsverfahren gegen Sie kann nur eingeleitet werden, wenn die vergewaltigte Frau Sie anzeigt. In diesem Fall sieht es aber so aus, als wollte sie die Sache selbst in die Hand nehmen. Deshalb haben wir wenig Interesse daran, Sie zu überführen, wir wollen Sie lediglich schützen.«

Remco blickt an ihr vorbei. »Das können Sie doch auch so, oder? Diese Zeugin hat sich garantiert getäuscht. Zwölf Jahre sind eine lange Zeit, da kann man sich doch …«

»Warum hat Herr van Schaik dann in unserem Gespräch Ihren Namen genannt?«

Darauf bleibt Remco die Antwort schuldig.

»Nun ja, wenn Sie wirklich unschuldig sind, wie Sie sagen, besteht für Sie natürlich keine Gefahr.«

»Ich kann also gehen?« Unsicher sieht er sie nacheinander an.

»Meinetwegen ja«, sagt Fred. »Ihr Gewissen scheint ja blütenweiß zu sein. Und falls nicht, sollten Sie gut auf sich aufpassen.« Er schiebt die Unterlagen auf dem Tisch zusammen und steht auf.

»Moment noch!« Remcos Stimme überschlägt sich. »Wie würden die Schutzmaßnahmen aussehen, die Sie erwähnt haben?«

»Unsere Einsatzzentrale wird informiert, dass Sie einer Bedrohung ausgesetzt sind, und erhält Weisung, sofort einen Wagen zu schicken, wenn Sie anrufen.«

»Aber eigentlich müsste doch jemand vor meiner Tür Wache halten, oder Sie müssten mir eine Deckadresse besorgen.«

»Halten Sie das denn für nötig?« Lois sieht ihn forschend an.

Verlegen weicht er ihrem Blick aus. »Es ist so …«, beginnt er nach ein paar Sekunden, »dass ich vermute, die Zeugin hat etwas falsch verstanden beziehungsweise aus dem Zusammenhang gerissen. Was muss ich tun, damit ich aus dieser Sache wieder rauskomme?«

Fred setzt sich wieder. »Die Vergewaltigung zugeben und uns bei der Ermittlung unterstützen. Im Klartext: alle unsere Fragen wahrheitsgemäß beantworten.«

»Und was … was für Folgen hat das für mich? Ich meine, falls ich nun die Vergewaltigung gestehe?«

»Vorläufig keine, wie meine Kollegin bereits gesagt hat. Es sei denn, das Opfer erstattet Anzeige.«

Seine verkrampfte Haltung lockert sich ein wenig. »Genau genommen gibt es gar nichts zu gestehen«, sagt er, »weil es nämlich keine Vergewaltigung war. Das Mädchen – wie sie hieß, weiß ich nicht mehr – wollte es selber. Wir hatten damals Strip-Poker gespielt, waren ziemlich besoffen, und sie hockte bereits in Unterwäsche da. Irgendwann musste sie auch den BH ausziehen. Meiner Erinnerung nach hat ihr das nichts ausgemacht, und was danach passierte genauso wenig. Eine Vergewaltigung war das wirklich nicht.«

»In Ihren Augen vielleicht nicht«, sagt Lois.

»Wenn sie es anders sehen würde, hätte sie uns ja wohl angezeigt, oder?«

»Das heißt noch lange nicht, dass es keine Straftat war. Viele Vergewaltigungsopfer melden sich aus Scham nicht bei der Polizei, das gilt besonders für junge Mädchen, die unsicher sind, ob sie den Übergriff eventuell provoziert haben«, sagt Lois.

»Genau: Provoziert hat sie es! Und zwar, indem sie anstandslos den BH ausgezogen hat.«

»Und das haben Sie und Ihre Freunde zum Anlass genommen, um wie Tiere über sie herzufallen?«, fragt Fred. »War das bei Ihren Partys so üblich?«

»Üblich nicht. Ich meine, da lief schon mal was, vor allem, wenn Strip-Poker gespielt wurde. Aber wie schon gesagt, das Mädchen hat es selber gewollt!« Triumphierend sieht er Fred an – der Sechzehnjährige von damals hat offensichtlich nichts dazugelernt.

»Und wie das Mädchen hieß, wissen Sie wirklich nicht mehr?«, fragt Lois.

»Nein, bei den Partys waren fast jedes Mal andere Mädchen, die kamen und gingen.«

Remco, der sich nun sicher fühlt, weil sie ihm nichts anhaben können, entspannt sich zusehends.

»Und mit all diesen Mädchen hatten Sie Sex?«

»Doch nicht mit allen. Aber beim Strip-Pokern kam das schon mal vor, es gehörte einfach dazu. Und wer mitmachte, wusste das auch.«

»Vielleicht nicht alle«, wendet Lois ein. »Sie können von Glück sagen, dass Sie nie angezeigt wurden, Herr Leegwater, sonst hätten Sie ein ziemliches Problem gehabt. Mir gefällt es, ehrlich gesagt, überhaupt nicht, dass Sie ungeschoren davongekommen sind.«

»Denken Sie, was Sie wollen. Ich bin mir jedenfalls keiner Schuld bewusst.«

»Klar, Sie sind ein Unschuldslamm, wie es im Buche steht.

Allerdings eins, das geschlachtet wird, wenn wir es laufen lassen.«

Er strafft den Rücken. »Ich hab Ihnen gesagt, was Sie hören wollten. Also hab ich jetzt Anspruch auf Schutz, solange diese gestörte Person noch frei rumläuft.«

»Bevor wir Ihnen das zusagen, wüssten wir gern noch den Namen des anderen Mädchens, das laut Aussage unserer Zeugin dabeistand und die Vergewaltigung mit angesehen hat«, sagt Fred. »Sehr wahrscheinlich ist auch sie gefährdet. Also strengen Sie bitte Ihre grauen Zellen an, Herr Leegwater.«

»Kann ich mich darauf verlassen, dass Sie ihr keine Schwierigkeiten machen?«, fragt Remco misstrauisch.

»Es geht um den Schutz der Dame, das ist alles.«

Mit einer resignierten Geste lehnt Remco sich zurück: »Also gut: Sie heißt Helen Groenenwoud und war damals mehr oder weniger meine Freundin.«

»Mehr oder weniger«, wiederholt Fred, während er den Namen notiert. »Was darf man sich darunter vorstellen?«

»Ich hab doch gesagt, dass ständig andere Mädchen bei den Partys waren. Das mit Helen war nichts Festes.«

»Haben Sie noch Kontakt mit ihr?« Lois rechnet mit einem Nein, doch zu ihrer Überraschung nickt er.

»Gesehen hab ich sie seit vielen Jahren nicht mehr. Aber letzten Sommer hat sie mir auf Facebook eine Freundschaftsanfrage geschickt. Sie wohnt in Amstelveen, hat sie geschrieben, und arbeitet als Stewardess bei der KLM.«

»Haben Sie ihre Adresse?«

»Die hat sie mir nicht gegeben.«

»Egal, wir kriegen sie schon raus.« Mit zufriedener Miene unterstreicht Fred den Namen Helen Groenenwoud.

»Haben Sie die Möglichkeit, eine Zeit lang woanders zu wohnen, Herr Leegwater? Wenn ja, wäre das gut, und denken Sie bitte daran, keinem Menschen Ihre Adresse zu geben, auch nicht guten Freunden.«

»Auf welchem Gymnasium warst du eigentlich?«, fragt Fred, als Remco von einem Kollegen zum Ausgang begleitet wird und sie wieder in ihr Büro gehen.

»Auf dem Willem-Blaeu. Und falls du jetzt wissen willst, ob ich Leegwater & Co. von früher kenne: nein. Vergiss nicht, dass ich älter bin als sie.«

»Aber nicht viel. Nur drei Jahre.«

»Als die sechzehn waren, auf ihren Mofas rumdüsten und sich Clearasil auf die Pickel schmierten, war ich schon in der Berufsausbildung und wohnte in Amsterdam. Ehrlich gesagt, erinnere ich mich nur an wenige Klassenkameraden. Ich hatte wegen meiner Mutter ganz andere Dinge im Kopf als Partys und außerdem wenig Freizeit.«

»Hmmm, verstehe«, sagt Fred und kommt dann wieder aufs Thema zurück. »Wir konzentrieren uns ganz auf die Suche nach einer Tamara. Aber wer weiß, ob das überhaupt ihr richtiger Name ist?«

»Daran hab ich auch schon gedacht. Wenn keiner sich an den Namen erinnert, war sie entweder sehr, sehr unscheinbar, oder aber es ist was faul an der Sache. Ich bin gespannt, was wir von Helen Groenenwoud erfahren.«

»Wenn die auch noch ein schlechtes Namensgedächtnis hat, schmeiß ich den Kram hin und geh mit sofortiger Wirkung in den vorzeitigen Ruhestand«, brummt Fred.

28

Schwer und tief hängen die Wolken über dem Oudic-See in Daalmeer. Maaike steht auf der Uferwiese, die Hände tief in den Taschen ihrer roten Daunenjacke vergraben, durch die allmählich die Kälte dringt. Immer wieder bläst der Wind ihr das Haar ins Gesicht. Sie sucht in ihrer Handtasche nach einem Gummiband, und als sie keines findet, streicht sie sich die Strähnen fest hinter die Ohren.

Hier muss es passiert sein, auch wenn nirgends Blut zu sehen ist. Wahrscheinlich hat der Regen es weggespült, oder es ist in den feuchten Boden eingesickert. Trotzdem, etwa hier muss die Tat geschehen sein, sie ist sich ganz sicher.

Vorhin war sie bei dem Autohaus, in dem Julian van Schaiks Leiche gefunden wurde. Auch dort hat sie sich vorgestellt, wie Tamara ihrem Opfer auflauerte und plötzlich zuschlug. Ob sie wohl angespannt und nervös war? Nein, denkt Maaike, eher nicht. Wie sie Tamara kennt, hat sie entschlossen und ohne jeden Skrupel ihre Aufgabe erledigt. Denn so dürfte sie ihre Taten sehen: als Aufgabe.

Sosehr die Morde sie auch schockiert haben, Maaike kann nicht leugnen, dass sie Tamara viel zu verdanken hat. Sie hat es ihr ermöglicht, den Schmerz aus ihrem Leben oftmals auszublenden. Obwohl sie einander überhaupt nicht ähnlich sind, ja, sich nicht einmal mögen, haben sie einen unverbrüchlichen Pakt geschlossen. Der schicksalhafte Abend vor zwölf Jahren hat sie zusammengeführt. Es tut gut, dass da jemand ist, der genau weiß, wie sie sich fühlt und der ihr versichert, dass sie keine Schuld trifft. Eine Art Freundin, die in der ersten schweren Zeit an ihrer Seite war. Dass Tamara Rache nehmen würde, stand mehr oder weniger fest. Während sie selbst sich immer stärker abkapselte und psychologische Hilfe brauchte, empfand Tamara in erster Linie Wut – eine Wut, die sie veranlasste, an einem Selbstverteidigungskurs teilzunehmen, Karate und Kickboxen zu lernen und jeden Mann, der sich ihr näherte, in die Schranken zu weisen. Meist reichte ein gezielter Tritt, um aufdringliche Typen in die Flucht zu schlagen. Maaike hat dadurch gelernt, dass Wut eine gefährliche Waffe sein kann.

Es fällt ihr schwer, anderen Menschen zu vertrauen, vor allem im Beisein von Männern fühlt sie sich schnell unsicher und unbehaglich. Wohl fühlt sie sich nur zu Hause bei ihren geliebten Bildern. Sie hat kein Bedürfnis, sich zu verabreden, auf Partys oder anderweitig auszugehen. Schon die Aussicht, sich auf eine größere Gruppe Leute einlassen zu müssen, verursacht ihr Stress.

Mit den Kommilitonen von der Kunstschule hat sie keinen Kontakt mehr. Bis auf Daniela, der es gelungen ist, ihren Panzer aufzubrechen. Mit ihrem aufmerksamen, lieben Wesen hat sie Maaike irgendwann zum Reden gebracht. Anfangs hat es ihr Angst gemacht, dass Daniela so viel über sie weiß, doch allmählich wurde ihr klar, dass sie absolut vertrauenswürdig ist.

Fragt sich nur, ob das auch jetzt noch gilt. Womöglich

geht Daniela zur Polizei und verrät Tamara – was Maaike ihr nicht einmal verübeln könnte. Sie selbst jedoch hält an ihrer Loyalität Tamara gegenüber fest, weil sie nicht anders kann.

Der kalte Wind hat ihr Gesicht erstarren lassen. Maaike dreht sich um und geht zurück zum Weg, wo sie ihr Rad abgestellt hat. Es ist ein altes, klappriges Ding, das sie gebraucht gekauft hat, und sie benutzt es auch nicht oft. Wer weiß, vielleicht wird sie es bald nicht mehr brauchen. Es ist Zeit fortzugehen, das spürt sie deutlich.

Tief über den Lenker gebeugt, fährt sie bei Gegenwind nach Hause. Sie ist so in Gedanken versunken, dass sie erst nach einer Weile merkt, dass sie falsch abgebogen ist. Verwirrt bremst sie, steigt ab und liest das Straßenschild: Zeglis. Rechts sieht sie eine Reihe ehemaliger Arbeiterhäuschen, links den Noordhollands-Kanal, auf dem die Schiffe bis zur Altstadt fahren können. Am Kai sind ein paar Partyboote vertäut, die man für Feiern mieten kann, ansonsten gibt es wenig zu sehen. Was macht sie hier?

Sie lässt den Blick über die Häuser gleiten. Ihre niedrigen Giebel scheinen sich vor dem Wind zu ducken. Und plötzlich fällt es ihr ein: Sie war schon ein paarmal hier, auch zufällig.

So etwas passiert immer wieder. Ihr Zeitgefühl versagt, und sie kann sich nicht erinnern, was sie die letzten Stunden gemacht hat, wie sie an einen bestimmten Ort gekommen ist und was sie dort will. Meist dauert es eine ganze Weile, bis sie wieder ganz bei sich ist und sich orientieren kann. Ihr Therapeut meinte, die Erinnerungslücken rührten von einer Posttraumatischen Belastungsstörung her.

Nun weiß sie auch wieder, warum sie sich in dieser Straße wiedergefunden hat: In dem Haus, vor dem sie steht, wohnt Tamara.

Maaike späht durch ein Fenster, kann aber kaum etwas erkennen. Sie lehnt ihr Rad an die Hauswand und schiebt die eiskalten Hände in die Jackentaschen. Ihre rechte Hand bekommt einen Schlüssel zu fassen, und sie holt ihn heraus.

Weder der Schlüssel selbst noch der Anhänger kommen ihr bekannt vor. Sie will ihn gerade ins Schloss stecken, da geht die Tür des Nebenhauses auf, und eine dicke Frau mittleren Alters kommt heraus. Sie trägt eine wattierte Winterjacke, schwarze Leggins und billige nachgemachte Ugg-Boots. Ihr dunkel gefärbtes Haar hat einen grauen Ansatz und ist schlampig mit einer Klemme hochgesteckt.

»Tag«, sagt sie. »Wie das wieder windet! Sie sehen ganz verfroren aus. Waren wohl lang mit dem Rad unterwegs, was?«

»Ziemlich, ja«, sagt Maaike zögernd.

»Tasse Tee zum Aufwärmen?«

»Ein andermal gern. Ich hab noch zu tun.«

»Tja, die Arbeit. Sie sind ja so selten zu Hause, oft nicht mal abends. Wissen Sie was? Kaufen Sie sich doch eine Zeitschaltuhr, damit ab und zu Licht bei Ihnen brennt. Wenn's immer dunkel ist, lockt das die Einbrecher an.«

Maaike nickt, lächelt der Frau flüchtig zu und geht ins Haus. Erleichtert schließt sie die Tür hinter sich.

Obwohl sie den Schlüssel zu diesem Haus in der Tasche hatte, kommt sie sich vor wie ein Eindringling. Andererseits ist es *die* Gelegenheit, sich hier umzusehen. Vielleicht liegt ja etwas herum, ein letzter Beweis, dass Tamara hinter den Morden steckt. Sie braucht Gewissheit, für sich selbst.

Mit heftig klopfendem Herzen öffnet sie die Tür zum Wohnzimmer. Als Erstes fallen ihr die Fotos auf. An jeder Wand sind Schwarz-Weiß-Fotos auf die vergilbte Tapete geklebt. Ansichten von Alkmaar und anderen Städten, in denen sie gewohnt hat, dazu Porträts von Menschen, die allesamt der Unterschicht angehören: Penner, Säufer, Junks … Mürrisch, gleichgültig oder wie ertappt blicken sie in die Kamera. Die Fotos sind gut, dennoch deprimiert ihr Anblick.

Langsam geht Maaike durch den Raum. Auf eine gediegene Einrichtung legt Tamara anscheinend keinen Wert. Die Möbel wirken wie vom Sperrmüll, sind alt und angestoßen, passen nicht zusammen. Nirgends ist ein hübscher Dekogegenstand zu sehen, auch keine Zimmerpflanze. Das einzig Wertvolle im Zimmer ist die Kamera, die auf dem Esstisch liegt.

Maaike betritt die kleine, schmale Küche und öffnet den Kühlschrank. Er enthält hauptsächlich Flaschen: Bier und Wein, auch Schnaps ist dabei. Das Gemüsefach ist leer, auf den Ablagen stehen zwei, drei Tupperdosen mit Essensresten.

Als Nächstes zieht Maaike eine Schublade auf und betrachtet das Besteck, vor allem die großen Messer. Eines nach dem anderen nimmt sie heraus und inspiziert es. Blitzsauber, keine Blutspuren. Was hat sie auch erwartet? Dass da ein Messer mit blutiger Klinge liegt?

Sie schließt die Lade, tritt ans Fenster und blickt auf den tristen Hinterhof hinaus. Auf den Steinplatten vor dem Fenster liegen unzählige Zigarettenkippen.

Plötzlich wird ihr schwindlig, und sie sucht Halt an der Arbeitsplatte. Es wäre besser, schnell zu gehen, keine Frage, doch sie ignoriert das Gefühl. Erst muss sie noch oben nachsehen.

Bevor sie es sich anders überlegen kann, geht sie rasch die Treppe hinauf, schaut kurz ins Bad, dann in die zwei

Zimmer. Das kleinere ist vollkommen leer, im größeren liegt eine Matratze mit Bettzeug auf dem Fußboden, und an der Wand stehen zwei Koffer und ein offener Umzugskarton, der Kleidung enthält.

Mit fliegenden Fingern durchwühlt Maaike den Karton, doch außer schwarzen Kleidungsstücken, wie sie auch Goths tragen könnten, findet sie nichts – kein einziges blutbespritztes Teil. Wie auch? Tamara ist nicht dumm und hat ihre Sachen garantiert gewaschen oder weggeworfen.

Mühsam steht Maaike auf. Noch immer ist ihr leicht schwindlig, deshalb hält sie sich auf dem Weg nach unten am Treppengeländer fest.

Im Flur fällt ihr Blick auf einen gelben Regenmantel an der Garderobe, der so gar nicht zu Tamaras Kleidungsstil passt. Hastig fasst sie in die Taschen. Leer.

Um sich zu vergewissern, dass sie auch nichts übersehen hat, geht sie ein zweites Mal ins Wohnzimmer. Als ihr Blick an der Kamera auf dem Tisch haften bleibt, verstärkt sich der Schwindel. Sie blinzelt mehrmals, unschlüssig, ob sie sich die Aufnahmen anschauen soll. Dass Tamara die Toten fotografiert hat, kann sie sich eigentlich nicht vorstellen, aber wissen kann man nie. Irgendwann hat sie gelesen, dass es Mörder gibt, die etwas von ihrem Opfer mitnehmen, eine Haarlocke zum Beispiel oder ein Schmuckstück. Eine Fotografin könnte also durchaus der Versuchung erliegen, die Kamera zu zücken, bevor sie den Tatort verlässt.

Maaike rückt einen Stuhl zurecht und setzt sich. Sie greift nach der Kamera und schaltet sie an.

29

Der Anruf kommt am späten Nachmittag. Lois hat mit Silvan, Claudien und Jessica die Bänder der Überwachungskameras in der Nähe von Hooglands Stammkneipe in Augenschein genommen. Auf einem ist zu sehen, wie eine Frau über die Platte Stenenbrug auf das *Ossenhooft* zugeht. Sie hat die gleiche Größe wie jene auf den Aufnahmen aus dem Autohaus und trägt die gleichen Stiefel.

»Na ja, viel lässt sich damit nicht anfangen«, bemerkt Silvan und reibt sich die vom langen Bildschirmstarren angestrengten Augen. »In Alkmaar gibt es unzählige Frauen mit dieser Körpergröße, und die Stiefel sind auch nicht gerade einzigartig.«

»Wir können nicht zu hundert Prozent sicher sein, dass sie es ist, da hast du recht, aber einiges spricht dafür«, sagt Lois. »Und es würde Julian van Schaiks Aussage bestätigen, dass er und Hoogland sie im *Ossenhooft* kennengelernt haben. Wenn wir Glück haben, geht sie mal wieder hin. Die wenigsten Leute wissen, dass es in der Altstadt von Überwachungskameras nur so wimmelt.«

»In der Kneipe abwechselnd Wache halten können wir nicht«, meint Claudien, »aber du hast doch schon bei unserem Besuch den Barkeeper gebeten, uns zu benachrichtigen, sobald sie auftaucht?«

»Ja, habe ich«, sagt Lois. »Bleibt zu hoffen, dass er es auch tut. Nähere Auskünfte konnte ich ihm nicht geben, und die meisten Männer melden nicht gern hübsche junge Frauen bei der Polizei, schon gar nicht, wenn sie keinen Anlass dazu sehen.« Sie dreht sich um, weil die Tür aufgeht.

Fred tritt ein. »Maaike Scholten liegt im Krankenhaus. Sie ist an der Zeglis in den Kanal gefallen und wäre fast ertrunken.«

»Du lieber Himmel! Wie geht's ihr?«

»Man hat mir gesagt, dass sie am Leben ist, mehr weiß ich nicht. Momentan ist sie noch in der Notaufnahme. Kommst du mit?«

Sofort springt Lois auf und schnappt sich ihre Jacke.

»Kann ich auch mitkommen?«, ruft Jessica, aber die beiden sind bereits im Flur.

»Ist sonst noch irgendetwas bekannt?«, fragt Lois auf dem Weg zum Klinikum.

»Nicht viel. Zwei Kollegen sind hingefahren, als die Meldung reinkam. Aber die wussten erst nicht, um wen es ging. Erst als Frau Scholten dem Sanitäter ihren Namen sagte, ist der Groschen gefallen. Die beiden haben in der Nachbarschaft rumgefragt, aber anscheinend hat niemand mitbekommen, was passiert ist. Der Mann, der sie aus dem Wasser gezogen hat, sagte, er sei gerade mit seiner Frau aus dem Auto gestiegen und habe es platschen hören. Ein Glück, dass er so geistesgegenwärtig reagiert hat.«

»Allein wäre sie bei der hohen Kaimauer wohl nicht rausgekommen.«

»Sie hätte sich an einem Boot hochziehen können, aber ob sie das bei der Kälte geschafft hätte? Bei den Temperaturen ist man binnen weniger Minuten unterkühlt.«

Eine Weile sagen sie nichts.

»Könnte es auch bloß ein Unfall sein?«, fragt Lois unvermittelt, als sie fast bei der Klinik sind. »Dass sie dicht am Wasser stand und ausgerutscht ist oder so?«

»Du klingst nicht gerade überzeugt.« Fred steuert den Taxistandplatz neben dem Haupteingang an. Als ein Taxifahrer wütend an die Scheibe klopft, hält er seinen Dienstausweis hoch. Der Mann hebt entschuldigend die Hand und geht wieder zu seinem Wagen.

»Es kommt mir zumindest ziemlich merkwürdig vor«, gibt Lois zu. »Dass Kinder beim Spielen versehentlich zu nah ans Wasser geraten, leuchtet ein, aber ein erwachsener Mensch ist doch vorsichtiger, oder?«

Fred sieht sie von der Seite an. »Meinst du, sie ist gesprungen?«

»Entweder das, oder sie wurde gestoßen.«

Durch die Drehtür betreten sie das Krankenhaus, folgen den Schildern zur Notaufnahme und fragen dort nach dem behandelnden Arzt.

Kurz darauf kommt ein älterer Mann im weißen Kittel auf sie zu.

»De Graaf«, stellt er sich vor und gibt beiden die Hand. »Sie kommen wegen der Patientin, die ins Wasser gefallen ist?«

»Genau«, sagt Fred. »Wie geht es Frau Scholten inzwischen?«

»Verhältnismäßig gut«, meint der Arzt. »Anfangs hatten wir befürchtet, sie könnte Wasser in die Lunge bekommen haben, aber das war glücklicherweise nicht der Fall, wie sich beim Röntgen gezeigt hat. Wir würden sie gern sicherheitshalber noch einen Tag zur Beobachtung hierbehalten.«

»Können wir mit ihr sprechen?«, fragt Fred.

»Ja, aber bitte nur kurz.«

»Selbstverständlich.«

»Dann bringe ich Sie zu ihr.«

Sie folgen de Graaf durch den Flur.

Lois hatte damit gerechnet, Maaike an diverse Geräte angeschlossen vorzufinden, aber das ist nicht der Fall. Sie liegt, wenn auch blass, in einem gewöhnlichen Krankenhausbett.

»Guten Tag, Frau Scholten. Wie geht es Ihnen?« Fred bemüht sich um einen weder zu ernsten noch zu lockeren Tonfall und bleibt ein wenig unbeholfen am Fußende stehen.

Lois zieht einen Hocker heran und setzt sich ans Bett.

Maaike wendet ihr das Gesicht zu und versucht ein Lächeln.

»Wir sind sehr erschrocken, als wir erfahren haben, dass Sie in die Klinik eingeliefert wurden«, sagt Lois. »Was ist denn genau passiert?«

»Ich weiß es nicht mehr.« Langsam hebt Maaike die Hand und fährt sich über die Stirn. »Auf einmal lag ich im Wasser. Es war kalt, eiskalt. Die nassen Kleider haben mich runtergezogen. Ich wollte schwimmen, konnte mich aber wegen der Kälte kaum bewegen. Dann sprang jemand in den Kanal und hat mich gepackt, mit so einem Rettungsgriff.«

Lois nickt. »Wissen Sie denn noch, warum Sie sich so nah am Wasser befanden?«

»Nein.«

»Aber es muss doch einen Grund dafür gegeben haben.« Fred steht noch immer am Fußende, jetzt mit gefurchter Stirn, wie immer, wenn er angestrengt überlegt.

Maaike scheint seinen Gesichtsausdruck jedoch als Misstrauen zu werten.

»Ich kann nichts dazu sagen, Punkt!«, sagt sie schroff.

»Wissen Sie vielleicht noch, weshalb Sie in dieser Gegend waren?«, versucht Lois es erneut.

Maaike schließt die Augen.

»Tut das etwas zur Sache?«, fragt sie leise.

»Eigentlich nicht, ich wüsste nur gern, wie es zu dem Sturz kommen konnte. Zwischen dem Bürgersteig und der Kaimauer liegt die Straße. Warum haben Sie die überquert?«

»Wie soll ich das wissen, wenn mir nicht mal klar ist, dass ich rübergegangen bin?«

»Aber es muss doch einen Moment gegeben haben, in dem …«

»Ich hab manchmal Blackouts«, fällt Maaike ihr ins Wort. »Dann bin ich kurze oder auch längere Zeit völlig weg und kann mich hinterher an nichts erinnern.«

Lois wirft Fred einen schnellen Blick zu. Sie hat ihm von den Psychologiebüchern in Maaikes Atelierwohnung erzählt, die jetzt eine ganz neue Bedeutung erhalten.

»Wissen Sie, woher diese Blackouts kommen?«, fragt sie. »Sie waren deswegen doch bestimmt in Behandlung.«

»Ja. Der Therapeut meinte, sie hingen damit zusammen, dass ich den Tod meiner Eltern nie richtig verarbeitet habe. Die sind bei einem Autounfall ums Leben gekommen.«

»Das ist uns bekannt. Sie waren damals noch sehr jung, nicht wahr?«

»Elf.«

»Und seitdem haben Sie diese Blackouts?«, erkundigt sich Fred.

»Nicht ständig. Nur bei großem Stress oder wenn ich mich über etwas sehr aufrege.«

»War das vor dem Sturz ins Wasser der Fall?«

»Nein, das ist es ja, was ich selber nicht verstehe.«

»Sind Sie noch in psychologischer Behandlung?«, fragt Fred.

»Nicht mehr. Der Therapeut konnte letztlich nichts für mich tun, deshalb bin ich nicht mehr hingegangen.«

»Vielleicht sollten Sie es noch einmal versuchen, bei jemand anderem, der Ihnen vielleicht besser helfen kann.«

Vom einen Moment zum anderen verändert sich Maaikes Gesichtsausdruck. Zweifel und Unsicherheit wandeln sich in Argwohn und Wut.

»Nein.« Ihre Stimme klingt hart. »Da kriegt mich keiner mehr hin! Gehen Sie jetzt bitte, ich hab Kopfschmerzen.« Demonstrativ schließt sie die Augen und wendet den Kopf ab.

Lois steht auf. »Danke, dass Sie mit uns gesprochen haben. Wir reden ein andermal weiter.«

»Wenn du mich fragst, hat sie einen Suizidversuch unternommen«, sagt Fred, als sie den Raum verlassen haben. »Wenn es ein Unfall war, könnte sie es doch sagen, oder?«

Langsam, fast widerwillig geht Lois den Flur entlang. Sie hätte gern länger mit Maaike geredet, aber es wäre vermutlich sinnlos gewesen. Zudem hatte der Arzt sie ja gebeten, sich kurz zu fassen.

»Ich weiß nicht, was ich davon halten soll«, sagt sie. »Meinst du, es ist möglich, dass man bei solch einem Blackout im Wasser landet? Ich würde immer denken, dass das Unterbewusstsein einen vor so etwas schützt, ähnlich wie beim Schlafwandeln.«

Nachdenklich verlassen sie das Krankenhaus und steigen ins Auto.

»Ich frage mich, warum wir immer wieder auf Maaike Scholten zurückkommen«, sagt Lois. »Wir haben zwei Morde aufzuklären und suchen nach einer Frau namens Tamara, befassen uns aber ständig mit dieser Maaike. Auch unabhängig davon, dass die Sache mit den Flyern noch ungeklärt ist. Warum?«

»Weil sie Tamara kennt«, erwidert Fred und lässt den Motor an. »Ebenso Hoogland und seine beiden Freunde. Ich denke, sie schützt die Frau.«

»Aber wieso sollte sie? Nur weil sie früher mal befreundet waren? Oder meinst du, sie sind es noch heute?«

»Eher nicht, jedenfalls nicht im üblichen Sinn. Mir scheint, Maaike weiß mehr, als sie zugibt, will uns das aber nicht sagen.«

»Wenn sie Tamara nicht verraten will, ist das doch ein Zeichen echter Freundschaft, findest du nicht?«

»Mir kommt es vor, als säßen die beiden im gleichen Boot. Was Tamara damals erlebt hat, könnte auch Maaike passiert sein. Die eine hat sich gerächt, die andere weiß es und hält dicht.«

»Und was ist, wenn die andere nicht länger ihren Mund halten will?«

»Dann haben die beiden ein Problem miteinander«, sagt Fred. »Ein Problem, das sich beispielsweise dadurch lösen lässt, dass man die Betreffende ins Wasser stößt.«

In Lois' Ohren summt es hartnäckig, wie oft, wenn sie

das Gefühl hat, etwas zu übersehen. Auf dem Weg zum Revier überlegt sie fieberhaft, was es sein könnte.

Als sie wieder am Schreibtisch sitzt, hat das Summen aufgehört. Zurück bleibt das frustrierende Gefühl, dass sie kurz vor einer wesentlichen Erkenntnis stand.

30

Am nächsten Tag wird Maaike aus der Klinik entlassen, da der Arzt nun sicher ist, dass sie keinen Schaden davontragen wird.

Mit langsamen, schweren Schritten steigt sie die steile Treppe empor und schließt die Tür zu ihrer Speicheretage auf.

Es hätte nicht viel gefehlt, und sie wäre nie mehr hierher zurückgekommen. Das lähmend kalte Wasser hätte all ihre Probleme mit einem Schlag lösen können, doch nicht einmal das war ihr vergönnt.

Der große Raum ist ausgekühlt. Maaike stellt die Heizung höher und setzt Teewasser auf.

Kurz darauf steht sie mit einer Tasse dampfendem Kräutertee am Fenster und blickt auf die Gracht hinab. Es hat zu hageln begonnen, das Pflaster ist mit weißen Körnchen übersät.

Eine ganze Weile verharrt sie so. Nicht um die winterliche Straßenszene zu genießen, sondern weil sie erschöpft und unendlich müde ist. Geist und Glieder sind wie taub – Pläne zu schmieden oder auch nur über den nächsten Schritt nachzudenken scheint unmöglich. Den Dingen ihren Lauf lassen, denkt sie resigniert, das ist letztlich auch eine Art

Entschluss. Aber was kommt dann auf sie zu? Gibt es notfalls noch einen Ausweg?

Plötzlich fällt ihr das Fahrrad ein: Es steht noch vor Tamaras Haus. Aber da die Kripo-Leute nicht wissen, dass es ihr gehört, werden sie nicht nachforschen. Ob sie sich darüber freuen soll? Sie weiß es nicht …

Gerade als Maaike beschlossen hat, sich ein wenig hinzulegen, sieht sie Danielas Auto heranfahren. Sie ist also wieder zurück.

Trotz aller Müdigkeit freut sie sich auf ihre Freundin. Bei Daniela kann sie sich aussprechen und muss nicht mehr das Gefühl haben, gleich platze ihr der Kopf. Damals an der Kunstschule waren sie oft zusammen, und es dauerte nicht lange, bis Daniela das eine oder andere auffiel. Daraufhin hatte Maaike sich entschlossen, ihr die Wahrheit zu sagen.

»Behalt das bloß für dich, Maaike«, hatte Daniela geraten. »So was verstehen die meisten Leute nicht. Du bekommst nur Probleme, wenn du es herumerzählst.«

»Aber was soll ich tun?«, hatte sie gefragt.

»Malen, so viel und so oft es geht. Leb dich in Bildern aus, das ist besser als jede Therapie. Du malst, und ich verkaufe.«

Schon vor dem Abschluss war Daniela klar geworden, dass es mit ihrem künstlerischen Talent nicht so weit her war wie erhofft. Deshalb hatte sie sich einem anderen Bereich der bildenden Kunst zugewandt und war Galeristin geworden. Von Anfang an hatte Maaike mit ihr zusammengearbeitet. Ihre Begabungen ergänzten sich ideal: Maaike widmete sich ganz dem Malen, und Daniela mit ihrem ausgeprägten Geschäftssinn brachte ihre Bilder erfolgreich an den Mann.

Nicht nur als Galeristin ist Daniela für Maaike unentbehrlich, sie ist auch ihre Vertraute, ihre beste Freundin, die alles über sie weiß. Zwischendurch hatte Maaike Zweifel, ob es richtig gewesen war, Daniela ihre Lebensgeschichte zu erzählen, aber auch nach der gemeinsamen Zeit an der Kunstschule war sie stets loyal, sodass Maaike das Gefühl hat, sich in jeder Lage auf sie verlassen zu können.

Lächelnd sieht sie zu, wie Daniela aussteigt, sich die Tasche umhängt und das Auto abschließt. Schnell und mit festen Schritten geht sie auf die Tür zu und klingelt – laut und ungewöhnlich anhaltend.

Was hat das zu bedeuten? Ist sie etwa wütend?

Zögernd bleibt Maaike stehen. Wenn sie jetzt tut, als wäre sie nicht da, geht Daniela vermutlich. Aber bestimmt kommt sie bald wieder.

Wahrscheinlich ist es besser, sie hereinzulassen. Wenn sie miteinander reden, löst sich der Nebel in ihrem Kopf vielleicht auf, und sie sieht wieder eine Perspektive. Daniela weiß fast immer, was sie tun soll.

Maaike eilt hinab und öffnet die Haustür.

»Hallo, Daniela. Schön, dass du wieder da bist. Wie war's bei deinen Eltern?«

Statt zu antworten, drängt Daniela sich an ihr vorbei und stapft die Treppe hinauf.

Oben im Atelier holt sie eine Zeitung aus ihrer Tasche und knallt sie auf den Tisch zwischen die Farbtuben und Pinsel. Ihre Stimme ist laut und ihr zorniger Blick verunsichert Maaike. Gerade jetzt wäre ihr ein Streit unerträglich.

Sie nimmt einen Pinsel zur Hand und tritt vor die Staffelei.

»Maaike, ich rede mit dir!«

»Du hast mir lediglich etwas mitgeteilt. Reden geht anders.«

Es bleibt so lange still, dass sie einen kurzen Blick riskiert. Daniela sitzt auf dem Sofa und massiert ihre Schläfen. »War es Tamara?«, fragt sie gepresst.

Maaike zuckt die Schultern und malt weiter.

»Es hat keinen Sinn, so zu tun, als ginge dich das nichts an! Du hast ein riesengroßes Problem, ist dir das überhaupt klar? Es wird rauskommen, garantiert!«

»Bis jetzt hat die Polizei keine Ahnung, wer es war, obwohl ich von Tamara erzählt habe, allerdings nur, dass sie vergewaltigt wurde.«

Graue Tupfer auf das Blau. Noch mehr Grau. Trotzdem ist das Bild noch zu blau, viel zu blau. Maaike arbeitet weiter.

Erst als Daniela plötzlich neben ihr steht, löst sie den Blick von der Leinwand. In den Augen ihrer Freundin liest sie Sorge und Mitgefühl, da endlich erlahmt ihr Widerstand. Der Pinsel entgleitet ihren Fingern und fällt zu Boden.

»Was soll ich denn tun?«, fragt sie verzweifelt. »Wie soll ich Tamara stoppen?«

»Du musst zur Polizei gehen«, sagt Daniela leise. »Wirklich, es ist am besten so. Ich weiß, du willst nicht, aber du musst ihnen alles erzählen. Eine andere Lösung gibt es nicht.«

»Du selber hast immer gesagt, ich solle mit keinem darüber sprechen. Mit keinem außer dir.«

»Ich weiß, aber jetzt ist die Situation eine andere. Ich bin zur Mitwisserin an zwei Morden geworden! Wenn du nicht zur Polizei gehst, mach ich es. Noch heute.«

Maaikes ängstlicher Blick wird mit einem Mal hart. Sie beißt nicht mehr nervös auf ihrer Unterlippe herum, sondern presst den Mund zu einem schmalen Strich zusammen und reckt das Kinn vor.

»Das tust du nicht!« Auch die Stimme klingt anders, tiefer als sonst und gebieterisch.

Schlagartig begreift Daniela, dass nicht mehr Maaike vor ihr steht – es ist jemand anders. Jemand, mit dem sie schon öfter Auseinandersetzungen hatte, allerdings nicht von solcher Tragweite.

»Tamara …«, stammelt sie, geht ein paar zögerliche Schritte rückwärts und hebt beschwichtigend die Hände.

»Du sagst keinem was, kapiert!«, zischt Tamara mit kaum verhohlener Wut.

»Nein, natürlich nicht … wenn du nicht willst …«

»Das will ich nicht, nein!« Sie nimmt etwas vom Arbeitstisch. Daniela kann nicht sehen, was es ist. Mit jedem Schritt, den sie zurückweicht, geht Tamara einen auf sie zu.

»Ich trau dir nicht, hab dir nie getraut.« Tamaras Tonfall ist schneidend. »Glaub bloß nicht, ich würde dich nicht durchschauen. Du hast Maaike Freundschaft vorgeheuchelt, damit sie Vertrauen zu dir fasst, aber im Grunde wolltest du sie ausnutzen. Als Mensch war sie dir scheißegal, du hattest es nur auf ihre Bilder abgesehen. Und du hast gut an ihr verdient. Mich würde interessieren, wie viel von den Einnahmen auf ihrem Konto gelandet ist. Sehr viel weniger als auf deinem, schätze ich.«

»Das ist nicht wahr.« Daniela bewegt sich langsam in Richtung Tür und sieht jetzt, was Tamara in der Hand hält: eine Schere. »Ich hab Maaike immer fair behandelt, du kannst dir gern die Abrechnungen ansehen.«

»Zahlen interessieren mich nicht, ich verlasse mich auf mein Gefühl, das hat mich noch nie getrogen.«

Im Zurückgehen zerrt Daniela ihre Tasche vom Sofa und hält sie wie einen Schild vor sich.

»Sei vernünftig und leg die Schere weg.« Ruhig und mit fester Stimme wollte sie sprechen, um Tamara zur Räson zu bringen, doch der Satz kommt zittrig.

»Du kennst mich doch«, versucht sie es erneut. »Ich weiß schon so lange von dir und hab nie ein Wort gesagt. Das werde ich auch jetzt nicht tun.«

Die Augen zu Schlitzen zusammengekniffen, fixiert Tamara sie. »Das soll ich glauben? Vorhin hast du was ganz anderes gesagt.«

»Das war nicht so gemeint, ich will Maaike doch nicht in Schwierigkeiten bringen. Sie ist meine Freundin, ich hab sie gern.«

»Ich auch. Und deshalb gehe ich kein Risiko ein.«

Als sie sich mit erhobener Schere auf Daniela stürzen will, hat diese die Tür erreicht, reißt sie auf und rennt zur Treppe. Sie hat den Fuß bereits auf der ersten Stufe, da wird sie von hinten gepackt.

Daniela schreit gellend um Hilfe. Im nächsten Moment versetzt Tamara ihr mit aller Kraft einen Tritt in den Rücken.

Im Stürzen verflucht Daniela den Tag vor vielen Jahren, an dem Maaike sich ihr anvertraute und sie zu schweigen beschloss.

Wider Erwarten verliert sie nicht das Bewusstsein, als sie mit dem Kopf voran auf den Fliesen am Eingang landet.

Sie hört Tamara langsam die Treppe herabkommen und beginnt vor Angst zu keuchen. Beim Versuch, sich hochzustemmen, durchzuckt ein scharfer Schmerz ihren Arm. Sie stößt einen Schrei aus und sinkt zurück.

Jetzt steht Tamara neben ihr. Die Hände in den Hüften, blickt sie schweigend auf sie herab.

»Ich verrate dich nicht, das schwör ich. Kein Wort kommt über meine Lippen.« Daniela steht der Schweiß auf der Stirn. Sie macht den Fehler, sich zu bewegen. Mühsam versucht sie, die Schmerzen zu verbeißen, und schließt die Augen.

Als sie sie wieder öffnet, ist Tamara verschwunden. Ob sie es sich anders überlegt hat und Hilfe ruft?

Dieser Hoffnungsfunke lässt Danielas Herz schneller schlagen, aber zugleich ist es, als wollte ihr Unterbewusstsein sie warnen.

Minuten später kommt Tamara wieder die Treppe herab, eine Plastiktüte in der Hand.

Flehend blickt Daniela ihr entgegen.

»Ruf einen Krankenwagen, bitte. Ich glaube, mein Arm ist gebrochen«, flüstert sie.

»Ganz sicher sogar, bei dem Sturz. Mich wundert, dass du überhaupt noch lebst.« Tamara nimmt die Tüte in beide Hände und spannt das Plastik, wie um seine Dehnbarkeit zu prüfen.

Danielas Augen weiten sich. »Was … was willst du mit dem Ding?«

»Dich von deinen Schmerzen erlösen. Am besten, du wehrst dich nicht, sonst muss ich härtere Maßnahmen ergreifen.«

Sie geht in die Hocke und legt die Tüte über Danielas Gesicht.

»Nicht! Bitte nicht! Hilft mir denn keiner? Hilfe!«

Das Plastik wird über Nase und Mund gespannt, so fest, dass Danielas nächster Hilferuf nur noch ein schwaches Gurgeln ist.

Mit dem Mut der Verzweiflung hebt sie den unverletzten Arm und versucht, Tamara zu kratzen, an den Haaren zu ziehen, ihr einen Finger ins Auge zu stechen.

Kaltblütig setzt diese das Knie auf Danielas gebrochenen Arm und drückt ihn zu Boden. Der Schmerz steigert sich ins Unermessliche, Daniela verliert das Bewusstsein.

Jetzt hat Tamara freie Bahn. Sie braucht nur noch zu warten, bis kein Atemzug mehr das Plastik hebt.

31

»Ich kann dich gar nicht mehr erreichen«, klagt Tessa. »Weißt du überhaupt, wie oft ich dir die letzten Tage auf den AB gesprochen habe?«

Lois weiß es. Heute, am Samstag, hat sie den Nachmittag frei. Einen Teil der Nachrichten hat sie abgehört, während sie in der Küche ein Glas Saft trank, den Rest auf dem Weg nach oben, bis das Plätschern der Dusche Tessas Stimme übertönte.

Jetzt sitzt sie in ihren Lieblingsjeans und einer grauen Wickeljacke auf dem Sofa und telefoniert mit ihrer Schwester.

»Wir stecken mitten in einer Ermittlung, das weißt du doch«, sagt sie.

»Na und? Darf man da nicht mehr Luft holen, oder was?«

»Doch, aber nur, um weiterarbeiten zu können.«

»An Silvester auch?«

»Kann gut sein, jedenfalls hab ich Bereitschaft.«

Tessa seufzt resigniert. »Ich muss mit dir reden«, sagt sie dann.

»Ich weiß, wegen Mamas Grab.«

»Das ist längst geregelt!« Der Tonfall lässt vermuten, dass Tessa ungeduldig mit der Hand wedelt. »Ich hab die Ruhefrist um zehn Jahre verlängert. Und wegen der Kosten brauchst du dir keine Sorgen zu machen, die übernehme ich.«

»Ich hatte eher den Eindruck, dass es *dir* um die Kosten ging.« Mit der freien Hand sortiert Lois die Post der letzten Zeit. Sie muss dringend Ordnung schaffen und vor allem ihre Überweisungen erledigen, damit nicht eines Tages der Gerichtsvollzieher vor der Tür steht.

»Ach was«, sagt Tessa. »Aber darüber will ich jetzt nicht streiten. Es geht um etwas ganz anderes: Ich hab eine Überraschung für dich!«

»Was denn?« Vergeblich versucht Lois, einhändig ein Schreiben vom Finanzamt zu öffnen. Tessas letzte »Überraschung« war ein Schönheitstag. Sie hatte eine Friseurin, eine Nageldesignerin und eine Farbberaterin kommen lassen, die Lois einen neuen Look verpassen sollten. Zum Zuge gekommen war nur die Friseurin, und Lois konnte nicht leugnen, dass ihr der Pagenschnitt bedeutend besser stand als das über den Rücken fallende Haar. Inzwischen trägt sie es wieder etwas länger, damit es für einen Pferdeschwanz reicht.

»Wird nicht verraten, aber halt dir bitte den 5. März frei.«

»Versprechen kann ich das nicht«, sagt Lois, »schon gar nicht, wenn ich nicht weiß, worum es geht.«

»Na gut: Komm nachher vorbei, dann zeige ich dir den Prospekt.«

»Okay, um halb fünf bin ich da. Vorher muss ich mich noch um meine Post kümmern, hier hat sich ein ganzer Stapel angesammelt.«

»Super, dann mach das mal, und ich besorge Gambas als Snack«, sagt Tessa erfreut.

Die nächsten zwei Stunden verbringt Lois damit, ihre Wohnung oberflächlich aufzuräumen, dann setzt sie sich an den Computer und erledigt per Online-Banking ihre Überweisungen.

Um Viertel nach vier verlässt sie das Haus und setzt sich ins Auto. Tessa legt großen Wert auf Pünktlichkeit, und Lois hat absolut keine Lust, wegen ein paar Minuten Verspätung einen Streit zu riskieren.

Wie immer, wenn sie die Eeuwigelaan entlangfährt und auf das Grundstück mit der imposanten weißen Villa abbiegt, kommt es ihr unwirklich vor, dass es ihre Schwester in solch vornehme Kreise verschlagen hat.

Sie parkt ihren Seat Ibiza zwischen Tessas Mercedes und Guidos Hummer-Geländewagen. Als sie auf das Haus zugeht, wartet ihre Schwester bereits an der Tür.

»Hallo!«, ruft sie und winkt mit beiden Armen, sodass Lois sich fest vornimmt, begeistert auf die Überraschung zu reagieren, was auch immer es sein mag.

»Ich freue mich so, dass du da bist!« Tessa küsst sie auf beide Wangen. »Weißt du, wenn Guido auf Reisen ist, rede ich manchmal tagelang mit keinem Menschen.«

»Wie das denn? Du hast doch jede Menge Freundinnen. Gehst du mit denen nicht shoppen oder Kaffee trinken?«

»Doch, aber das mache ich ja nicht ständig. Drei, vier Tage die Woche hocke ich hier ganz allein rum. Manchmal fällt mir wirklich die Decke auf den Kopf.«

»Wenn du dich langweilst oder einsam fühlst, warum arbeitest du dann nicht? Du könntest dir einen Halbtagsjob suchen.«

Tessa zuckt die Schultern. »Guido wäre das nicht recht.«

»Das ist doch deine eigene Entscheidung, und außerdem wüsste ich nicht, was es dagegen einzuwenden gibt.«

Tessa geht nicht darauf ein, sondern sagt: »Komm, wir setzen uns in die Küche, dort hab ich alles vorbereitet.«

Auf dem Weg durch das saalartige Wohnzimmer mit den zwei Sitzecken und den hellen Möbeln im Landhausstil fragt Lois sich, wie viele Abende Tessa und ihr Mann wohl hier gemeinsam verbringen. Der Raum ist äußerst geschmackvoll eingerichtet, wirkt aber, als würde er nie genutzt.

»Warum will Guido denn nicht, dass du arbeitest?«, hakt Lois nach, als sie in der gemütlichen Wohnküche am Tisch sitzt.

Tessa antwortet nicht, sie schenkt zwei Gläser Prosecco ein und stellt sie neben die Platten mit Gambas, Toast und Tapenade.

»Ich trinke keinen Alkohol, das weißt du doch«, sagt Lois.

»Nun hab dich nicht so. Ein Glas wird dich schon nicht umbringen.«

»Ich möchte trotzdem lieber Wasser.«

Tessa verdreht die Augen, geht aber zum Kühlschrank und holt eine Flasche Mineralwasser.

»Bitte sehr, du Asketin«, sagt sie und gibt Lois das gefüllte Glas.

»Stell dir vor, ich muss plötzlich zu einem Einsatz, da würde ein Schwips sich nicht gut machen.«

»Darauf kannst du doch nicht dauernd Rücksicht nehmen. Es gibt im Leben noch andere Dinge als Arbeit.« Tessa setzt sich ihr gegenüber an den Tisch.

»Nicht allzu viele«, sagt Lois.

Die Minuten vergehen, während sie schweigend ihre Gambas schälen.

»Willst du mir nicht sagen, weshalb dein Mann dagegen ist, dass du arbeitest?«, fragt Lois.

Tessa trinkt einen Schluck Prosecco und lässt dann den Blick durch die Küche wandern, als wäre ihr die Frage unangenehm.

»Er will Kinder«, sagt sie leise.

»Tatsächlich? Guido ist doch schon fünfzig.«

»Bei Männern kommt's nicht auf das Alter an. Die können lebenslang Kinder zeugen. Und dass Guido schon zwei aus erster Ehe hat, ist auch kein Hindernis. Ich meine, die reichen ihm nicht. Er will noch ein Kind, mit mir.« Ihre Miene verfinstert sich.

»Aber du willst nicht.« Das ist keine Frage, sondern eine Tatsache – dass Tessa keine Kinder möchte, hat sie Lois schon oft deutlich gesagt.

»Nein. Schließlich hab ich ein Diplom von der Hotelfachschule, und in letzter Zeit überlege ich, ob ich nicht in den Beruf zurückgehen sollte.«

»Das halte ich für eine gute Idee, zumal ich mich schon öfter gefragt habe, ob dein Luxusleben dich wirklich zufriedenstellt. Meinst du nicht, dass Guido sich überzeugen ließe?«

»Er möchte, dass ich zu Hause bin, wenn er von der Arbeit kommt. Und dass wir dann Urlaub machen können, wenn ihm danach ist. Hätte ich einen Job, wären wir eingeschränkt, meint er, und finanziell seien wir ohnehin nicht darauf angewiesen.«

»Bei einem Job geht es nicht nur um den Lohnstreifen«, wendet Lois ein. »Sondern auch um Unabhängigkeit, um Selbstverwirklichung und das Gefühl, etwas Sinnvolles zu leisten.«

»Das weiß ich alles. Aber Guido ist der Meinung, eine Frau und besonders eine Mutter sollte zu Hause sein. Er denkt in solchen Dingen ziemlich altmodisch.«

»Hast du ihm denn gesagt, dass du keine Kinder willst?«

»Nicht so direkt. Bisher hab ich mich davor gedrückt und das Thema gemieden, so gut es ging. Aber gestern Abend hat er meinen letzten Pillenstreifen genommen und das Klo runtergespült.«

»Das kann ja wohl nicht wahr sein!« Schockiert sieht Lois ihre Schwester an. »Hör mal, so einen Entschluss fasst man doch zusammen!«

»Er hat's als Scherz gemeint, jedenfalls sah es so aus. Aber die Pillen waren natürlich weg. Wenn er jetzt mit mir schlafen will, muss er erst Kondome kaufen gehen.« Tessa grinst schief.

Unwillkürlich muss Lois lachen. »War *das* die Überraschung, von der du am Telefon gesprochen hast?«

»Aber nein ... wo hab ich das Ding nur hingetan?« Tessa zieht eine Schublade des Massivholz-Esstischs auf, kramt darin und legt dann eine Hochglanzbroschüre vor Lois hin.

»Relaxen im Frühling«, liest Lois laut vor. Sie blättert durch den Prospekt eines Wellnesscenters in Limburg und bemüht sich, einen Seufzer zu unterdrücken. Wenn ihr etwas gründlich zuwider ist, dann solche Einrichtungen. Sie versteht nicht, wie man stundenlang im Dampfbad liegen kann, statt zehn Kilometer durch den Wald zu laufen.

»Ist das nicht toll?« Mit ihrem manikürten Zeigefingernagel tippt Tessa auf ein Foto von zwei bildschönen jungen Frauen, die in flauschigen weißen Bademänteln am Rand eines mit türkisfarbenen Mosaiken verzierten Schwimmbeckens sitzen. »Du glaubst nicht, was die alles bieten! Hydrotherapiebehandlungen mit sieben Wasserstrahlen für die sieben Körperchakren. Und Detox Wraps – da wird man in eine Art Lehm gepackt, mit Tüchern umwickelt und an ein Gerät angeschlossen. Das ist entgiftend. Jacqueline war total begeistert davon.« Sie wirft Lois einen unsicher-prüfenden Blick zu und fährt fort: »Ganz gewöhnliche Bindegewebsmassagen machen sie auch, und Fisch-Pediküre, dabei knabbern dir winzige Fischchen die Hornhaut von den Füßen.«

»Ich weiß nicht recht ...«

»Hast du keine Lust? Dabei dachte ich, das wäre was für dich. Gerade dir mit deiner anstrengenden Arbeit täte so ein Wellnesstag gut. Ab und zu muss der Mensch doch entspannen.«

Trotz ihrer guten Vorsätze kann Lois sich nicht zu einem Ja überwinden.

»Ich laufe lieber, Tessa, dabei entspanne ich mich am besten. Mich in Lehm zu packen oder Fischchen an meinen Füßen rumknabbern zu lassen, das ist nichts für mich. Sei bitte nicht böse.«

Es tut Lois wirklich leid, ihre Schwester enttäuschen zu müssen, aber so etwas geht ihr einfach zu weit. Tessas resigniertem Gesichtsausdruck ist jedoch zu entnehmen, dass sie mit solch einer Reaktion durchaus gerechnet hat.

»Wie wäre es, wenn du mit ... wie heißt sie doch gleich ... mit Jacqueline hinfährst?«, schlägt sie vor.

»Das mache ich auch. Ich wollte nur dich zuerst fragen. Aber egal. Für uns beide denke ich mir eben was anderes aus.«

Tessa schenkt sich Prosecco und Lois Wasser nach, dann nehmen sie vom Toast und von der Tapenade. Nach ein paar belanglosen Sätzen tritt eine längere Stille ein, die aber einvernehmlich und keineswegs gezwungen ist. Warum sie gerade jetzt in diesem Moment darauf kommt, weiß Lois nicht. Der Gedanke hat sie schon lange beschäftigt, und nun will sie ihn aussprechen. Vielleicht weil sie und Tessa endlich wieder einmal in Ruhe und vertraut zusammensitzen. »Manchmal denke ich, Mama ist absichtlich gegen den Pfeiler des Viadukts gefahren«, sagt sie leise.

Tessa schaut sie mit einem langen, unergründlichen Blick an, und als sie endlich etwas sagt, klingt ihre Stimme belegt: »Das glaube ich auch.«

»Wirklich?«

»Es liegt doch auf der Hand. Sie war so selten mit dem Auto unterwegs, und auf einmal fährt sie los, ohne jemandem zu sagen wohin. Und genau an dem Tag passiert ein Unfall. Verwunderlich ist das zwar nicht, wenn man schon am Vormittag eine ganze Flasche Wein intus hat, aber trotzdem. Sie hätte ja auch einfach nur die Leitplanken streifen können, und es gab auch keine anderen Beteiligten. Mir war sofort klar, dass sie bewusst zu diesem Viadukt gefahren ist, und genau zu einem Zeitpunkt, als nicht viel los war, kurz vor Mittag, also nicht im Berufsverkehr.« Mit gesenktem Blick nippt Tessa an ihrem Glas.

»Warum hast du nie mit mir darüber geredet?«

»Es gibt Sachen, die spricht man lieber nicht aus. Und eigentlich wollte ich es auch nicht wahrhaben. Allein die Vorstellung, dass sie lieber sterben wollte, als bei uns zu bleiben, dass sie den Tod vorzog …«

»Du meinst, dass wir für sie kein Grund zum Weiterleben waren«, sagt Lois. »Ja, darüber habe ich auch oft und lange nachgedacht.«

»Für mich ist es immer noch schrecklich. Schließlich waren wir doch ihre Töchter!«

Spontan greift Lois über den Tisch hinweg nach der Hand ihrer Schwester.

»Sie hat so viel verloren, Tessa, das können wir uns kaum vorstellen. Der Tod eines Kindes ist für eine Mutter das Allerschlimmste. Und dann auch noch Papa … er war ihre Jugendliebe, und als er uns verlassen hat, sah sie überhaupt keine Zukunft mehr.«

»Das werd ich ihm auch nie verzeihen«, sagt Tessa bitter. »Nicht mal zu ihrem Begräbnis war er da, der Arsch!«

Minutenlang hängt jede ihren eigenen Gedanken und Erinnerungen nach, bis Tessa sich räuspert. »Dabei sollte es ein gemütlicher Nachmittag werden«, sagt sie.

»Ich bin sehr froh, dass wir darüber gesprochen haben«, entgegnet Lois.

»Ich auch. Zumal ich mich so manches Mal gefragt habe, wie du damit umgehst. Mir kam es vor, als würde dich das alles nicht mehr belasten, als hättest du es hinter dir gelassen.«

»Umgekehrt war es genauso. Anscheinend sind wir uns doch ähnlicher als gedacht«, meint Lois lächelnd. »Ich hatte immer den Eindruck, du versteckst dich hier in der großen Villa und hinter Guidos breitem Rücken, gehst den Herausforderungen des Lebens aus dem Weg und beschäftigst dich nur mit oberflächlichem Kram.«

»Ja, gib's mir nur tüchtig«, sagt Tessa mit einem halben Lachen. »Dafür schenke ich dir jetzt ein Glas Prosecco ein, und du versprichst, nicht mehr so fanatisch Sport zu treiben.«

»Ich muss noch fahren.«

»Ein Glas ist immer drin, außerdem kannst du gern hier übernachten. Dann haben wir noch den ganzen Abend für uns.«

»Willst du denn wirklich nie Kinder haben?«, fragt Lois, ohne auf Tessas Angebot einzugehen. »Vielleicht enthältst du dir etwas vor, was dich glücklich machen würde.«

»Mag sein, dass du recht hast. Aber wir haben doch erlebt, was der Verlust eines Kindes bedeuten kann. Wie könnte ich da das Risiko eingehen?«

32

Als Lois auf dem Nachhauseweg über das Gespräch mit Tessa nachdenkt, klingelt ihr Handy. Sie fährt an den Straßenrand, hält an und meldet sich.

»Ich bin's: Fred. Komm so schnell wie möglich zu Maaike Scholtens Wohnung. Daniela Amieri ist dort gefunden worden, tot.«

»Was???«

»Ich konnte es erst auch nicht glauben. Ein Treppensturz, wie's aussieht.«

»Und wo ist Maaike?«

»Spurlos verschwunden. Komm her, alles Weitere dann.«

In einer Viertelstunde kann sie dort sein, kalkuliert Lois rasch.

Was ist da passiert? Ist Daniela wirklich gestürzt, oder wurde sie gestoßen? Und was hat Maaikes Verschwinden zu bedeuten? Ist sie geflohen oder womöglich entführt worden? Ist sie Täterin oder Opfer? Lauter Fragen, auf die es noch keine Antworten gibt.

Kurz darauf hat Lois die Verdronkenoord erreicht und stellt ihr Auto im Halteverbot ab – für langes Suchen nach einem Parkplatz ist jetzt keine Zeit. Das letzte Stück Weg rennt sie.

Vor dem Haus haben sich Schaulustige eingefunden und spähen neugierig über das Absperrband. Lois zeigt ihren Dienstausweis vor, steigt über das Band und geht auf die offene Haustür zu. Sie sieht Daniela im Flur liegen.

Da die Spurensicherung noch vor Ort ist, muss sie mit den anderen auf dem Bürgersteig warten.

»Wer hat sie gefunden?«, fragt Lois, ohne sich lange mit Begrüßungen aufzuhalten.

»Ein Nachbar«, antwortet Fred. »Er hat Lärm und Schreie gehört, doch als er klingelte, machte niemand auf. Kurz darauf sah er, wie Maaike Scholten in Danielas Auto stieg und davonfuhr. Das hat ihn gewundert, deshalb hat er durch den Briefschlitz geschaut und Frau Amieri liegen sehen.«

»Ein Unfall? Oder wurde sie gestoßen?«

»Das wissen wir noch nicht«, antwortet der Rechtsmediziner Andriesse. »Mal sehen, ob sich Hinweise auf einen Kampf finden. Wie sieht's aus? Seid ihr fertig?«, fragt er einen der Spurensicherer.

Der zeigt ihm eine Plastiktüte. »Das lag neben der Leiche.«

»Können wir jetzt rein?«, drängt Fred.

»Einen Augenblick, nur noch ein paar Fotos.«

Als der Mann mit der Kamera ihnen ein Zeichen gibt, betreten sie das Haus. Fred als Erster, dann Andriesse. Der Arzt geht neben der Toten in die Hocke und nimmt sie in Augenschein, während Fred und Lois sich im Treppenhaus und im Flur umsehen. Letzterer ist leer, bis auf ein Tischchen mit Spiegel darüber und einen Schirmständer.

»Sieht so aus, als wäre die Frau gestolpert und hätte sich am Geländer festhalten wollen«, meint Fred. »Da an der Wand sind Blutspuren, und sie hat eine Schürfwunde.« Er deutet auf Danielas Arm.

»Richtig. Aber mit den Augen stimmt was nicht«, sagt Andriesse. »Es kommt vor, dass man sie vor Schreck aufreißt, aber was mich stutzig macht, sind die vielen roten Pünktchen auf den Augäpfeln.«

Fred und Lois beugen sich vor, um besser sehen zu können.

»Geplatzte Äderchen«, stellt Lois fest. »Die können nicht von dem Sturz herrühren.«

»Genau«, sagt Andriesse. »Ich gehe davon aus, dass sie erstickt worden ist, und zwar mit der Plastiktüte, die hier lag. So was lässt sich nachweisen … ist die Spurensicherung schon weg?«

Fred richtet sich auf und eilt nach draußen. »He!«, ruft er. »Wir brauchen die Plastiktüte!«

Der Kollege, der bereits am Auto war, kommt wieder ins Haus.

»Sieh mal nach, ob sich Spuren finden, dass die Frau mit der Tüte erstickt wurde«, bittet Fred.

Mit behandschuhten Händen hält der Mann die Plastiktüte hoch und unterzieht sie einer genauen Musterung.

»Falls Speichel dran ist, dann ist er getrocknet«, meint er. »Da kann nur eine Laboruntersuchung Aufschluss geben. Aber schaut das Ding mal genauer an.« Er hält ihnen die Tüte hin, auf der deutlich eine Ausbuchtung zu sehen ist, wie von einer Nase.

33

Am liebsten wäre Lois sofort nach oben gestürmt, um die Speicheretage gründlich zu durchsuchen, doch Fred muss erst ihren Vorgesetzten anrufen, um einen Durchsuchungsbefehl zu erwirken. Währenddessen wird Daniela Amieri, in einen Leichensack verpackt, aus dem Haus getragen.

»Wir müssen uns ein wenig gedulden.« Fred steckt das Handy ein und zieht eine Grimasse. »Die Staatsanwältin speist mit ihrer Familie in einem Restaurant. Wahrscheinlich hat sie es nicht gern, wenn sie dabei gestört wird.«

Lois runzelt die Stirn. »Ich habe es auch nicht gern, meinen freien Abend hier zu verbringen. Und Frau Amieri hat den Abend bestimmt auch ungern so verbracht.«

Schweigend stehen sie im Flur und warten.

»Ich kann kaum glauben, dass das Maaike gewesen sein soll«, sagt Lois. »Diese Daniela war doch ihre beste Freundin.«

»Womöglich war genau das der Grund, sie umzubringen. Beste Freundinnen wissen oft mehr über einen, als gut ist. Vielleicht hat sich Danielas Gewissen geregt, und Maaike wollte verhindern, dass sie redet. Das wäre ein nachvollziehbares Motiv.«

»Du glaubst also, Maaike hat die beiden Männer getötet oder weiß, wer es war, und Daniela ebenfalls.«

»Du etwa nicht?«

Lois denkt kurz nach. Freds Gedankengang ist überzeugend, dennoch hat sie das Gefühl, dass etwas an der Sache nicht passt. »Daniela kannte Tamara also auch …«, sagt sie nachdenklich.

»Ich bin sicher, die beiden stecken unter eine Decke. Maaike und Tamara, meine ich. Jedenfalls insofern, als die eine die andere schützt. Maaike hat zwar behauptet, sie sei lediglich Zeugin von Tamaras Vergewaltigung gewesen, aber vielleicht ist ihr ja bei einer dieser Pokerpartys das Gleiche passiert. Das gemeinsame Trauma hat die zwei zusammengebracht und dazu getrieben, sich zu rächen. Eine dahin gehende Vermutung hatten wir ja schon einmal in Betracht gezogen.«

»Aber die Rache käme demnach erst nach vielen Jahren. Warum nicht gleich?«

»Weil sie noch sehr jung waren. Vermutlich haben sie versucht, einfach weiterzumachen wie bisher, aber so ein schlimmes Erlebnis vergisst man nicht einfach. Über die Jahre hat es innerlich an ihnen gefressen wie ein eitriges Geschwür, und als sie einander wiederbegegnet sind, haben sie beschlossen, ihre Peiniger zu bestrafen.«

»Und Daniela hat das herausgefunden, aber geschwiegen.«

»So könnte es gewesen sein«, sagt Fred, »sehr wahrscheinlich sogar, aber ohne Beweise ist das reine Theorie.«

»Wenn wir uns jetzt noch einmal gründlich mit Maaikes Leben beschäftigen, müssten wir also auf eine Verbindung mit Tamara in der jüngeren Vergangenheit stoßen. Wer weiß, vielleicht finden wir die Antwort oben im Atelier.«

Während sie auf Ramons Rückruf warten, gehen sie auf dem Bürgersteig auf und ab. Endlich klingelt Freds Telefon: Der Durchsuchungsbefehl ist genehmigt.

Kurz darauf erscheint Ramon selbst am Tatort, und Minuten später trifft auch die Staatsanwältin ein, die bei der Durchsuchung anwesend sein muss.

Die Tür ist unverschlossen. Anscheinend hatte Maaike es sehr eilig, als sie das Haus verließ. Auf den ersten Blick wirkt der große Raum wie beim letzten Mal, zunächst deutet nichts darauf hin, dass die Bewohnerin mit größerem Gepäck aufgebrochen ist.

Lois und Fred machen sich unverzüglich an die Arbeit. Sie durchsuchen den Kleiderschrank, inspizieren Kommodenschubladen, greifen in die Ritzen von Sofa und Sesseln, verrücken Möbelstücke und prüfen den Boden auf lose Dielen. Es findet sich jedoch nichts, was ihnen weiterhelfen könnte: keine Post, kein Adressbuch, und der Papierkorb neben der Spüle enthält nur verdorbene Lebensmittel, Kaffeesatz und Plastikverpackungen.

»Komisch, nirgendwo etwas Persönliches«, bemerkt Fred.

»Sie war vorbereitet«, sagt Lois. »Ihr muss klar gewesen sein, dass die Wohnung eines Tages durchsucht wird, deshalb hat sie alles Belastende rechtzeitig verschwinden lassen.« Nachdenklich lässt sie den Blick schweifen. »Der Kleiderschrank, Fred«, sagt sie plötzlich. »Hast du gesehen, was da für Sachen drinhängen? Spitzenblusen und Miniröcke, das meiste in Schwarz, und unten stehen mehrere Paar hochhackige Schuhe. In solcher Kleidung habe ich Frau Scholten bisher nie gesehen, sie passt auch gar nicht zu ihr.«

»Vielleicht gehören die Sachen nicht ihr, sondern den Vermietern.«

»Das halte ich für ausgeschlossen. Man lässt doch nicht die eigenen Kleider im Schrank, wenn man vermietet.«

»In dem Fall hat Maaike Scholten noch eine zweite Seite, und zwar eine ganz andere als die, die wir kennen«, spekuliert Fred und bückt sich noch einmal, um unters Bett zu schauen. »Sieht so aus, als hätte sie uns die ganze Zeit etwas vorgemacht. Zu dumm, dass sie nicht versehentlich ihr Handy oder ihren Laptop hat liegen lassen«, brummt er.

Nachdem er sich wieder aufgerichtet hat, sieht er Lois triumphierend an: »Aber wir haben Frau Amieris Handy, und darin findet sich mit Sicherheit ihre Nummer. Also können wir anrufen.«

Eine Befragung der Anwohner ergibt, dass Daniela Amieri gegen Mittag ihr Auto direkt vor dem Haus abgestellt hatte.

»Und zwar so, dass es zwei Parkplätze in Beschlag genommen hat«, berichtet ein Mann aus dem Nebenhaus. »Eigentlich wollte ich sie darauf ansprechen, aber da war sie schon ins Haus gestürmt. Und jetzt ist sie tot, sagen Sie. Von der Treppe gefallen. Kein Wunder bei den steilen Treppen hier. Wenn ich mich nicht immer gut festhalten würde, wäre mir das auch schon öfter passiert.«

»Wissen Sie zufällig ihr Autokennzeichen?«, fragt Lois und rechnet bereits mit einem Kopfschütteln. Doch der Nachbar weiß es, er hat das Auto fotografiert, um Daniela das Bild beim nächsten Mal als Beweis für ihr asoziales Parkverhalten zu präsentieren.

Er holt sein Handy und zeigt Lois das Bild. Sie vergrößert

es, notiert das Kennzeichen, bedankt sich und geht zu Fred und Ramon, die draußen miteinander sprechen.

Sie hält ihnen den Zettel hin: »Bitte sehr: Das ist das Kennzeichen von Daniela Amieris Opel Corsa.«

Ramon nickt zufrieden. »Ich gebe sofort eine Fahndung raus. Wenn die Scholten mit diesem Wagen und eingeschaltetem Handy unterwegs ist, haben wir sie mit ein bisschen Glück in ein paar Stunden. Ihre Nummer ist tatsächlich im Telefon des Opfers gespeichert, hab ich vorhin erfahren.«

34

Auf dem Revier ruft Ramon die Ermittler zu einer Lagebesprechung zusammen.

»Wie es aussieht, haben wir uns bisher auf die falsche Person konzentriert. Dabei hatten wir die Täterin sozusagen vor der Nase.« Er setzt sich auf die Kante des langen Tischs. »Vermutlich hat Maaike Scholten mit unserer bisherigen Hauptverdächtigen Tamara kooperiert, sodass wir die Suche nach Letzterer keinesfalls aufgeben, auch wenn es jetzt erst einmal darum geht, Frau Scholten zu fassen. Die Fahndung ist bereits raus, und ihr habt bis morgen Mittag Zeit, alles Wichtige über sie rauszufinden: wie ihre Kindheit verlaufen ist, mit wem sie früher befreundet war, ihre Lieblingsfarbe … ihr wisst schon.«

Aus dem Augenwinkel sieht Lois, dass Jessica eifrig mitschreibt.

Lieblingsfarbe liest sie und muss unwillkürlich grinsen.

»Wir wissen, dass Maaike Scholten als Elfjährige ihre Eltern verloren hat und bei ihren Großeltern aufwuchs«, fährt Ramon fort. »Lois, du recherchierst, ob die Großeltern noch leben, und redest mit ihnen. Jessica begleitet dich.«

Lois nickt ergeben, obwohl sie viel lieber mit Fred oder Claudien, notfalls auch mit Nick losgezogen wäre. Aber unter extremem Zeitdruck sind sie nicht, wie üblich, als Zweierteam unterwegs, sondern splitten sich auf und bekommen junge Kollegen als Assistenten zur Seite gestellt, die sich noch im Beruf bewähren müssen und bei diesen Gelegenheiten viel über das Ermitteln lernen.

»Unsere ITler haben sich das Handy des Opfers vorgenommen. Die gespeicherten SMS deuten nicht darauf hin, dass die zwei Frauen Streit miteinander hatten. Ich nehme an, es kam erst heute zu einer Auseinandersetzung, die für Frau Amieri tödlich geendet hat. Aber solange wir das nicht sicher wissen, müssen wir uns auf die Tatsachen konzentrieren. Eine davon ist, dass die Scholten im Auto ihrer Freundin weggefahren ist. Gesucht wird also ein weißer Opel Corsa mit diesem Kennzeichen.« Er dreht sich und deutet zum Whiteboard, wo groß und umringelt die Autonummer steht.

»Was ist mit dem Handy der Flüchtigen?«, fragt jemand.

»Leider ausgeschaltet«, sagt Ramon. »Aber unsere Leute bleiben dran: Sobald sie es benutzt, erfahren wir das.«

Lois hebt die Hand, und Ramon erteilt ihr mit einem Nicken das Wort.

»Liegen die Ergebnisse der DNA-Untersuchung inzwischen vor?«

Ramon greift nach einer Mappe. »Das wollte ich ohnehin als Nächstes ansprechen. Heute Morgen ist der Bericht gekommen. Es gab da Probleme mit der DNA bei Hoogland, aber nun ist das Ergebnis da: An den Leichen von Hoogland und van Schaik wurde fremde DNA gefunden, und zwar in Form von Haaren. Beim Abgleich mit der Datenbank hat sich aber nichts ergeben. Ich habe die Spurensicherung vorhin angewiesen, ein paar Haare aus Maaike Scholtens Kamm oder Bürste zu besorgen. Hoffen wir, dass sich eine Übereinstimmung ergibt, denn damit hätten wir einen schlagenden Beweis. Besser noch wäre, wenn wir die Frau selber möglichst bald zu fassen kriegen. So, das war's für heute. Hat noch jemand Fragen?«

Zwei, drei Kollegen melden sich und stellen Zusatzfragen zu bereits Bekanntem.

Lois blickt auf ihre Armbanduhr. Es ist halb eins. Sie nimmt sich vor, Maaikes Großeltern gleich am nächsten Vormittag aufzusuchen.

Am Sonntagmorgen setzt Lois sich später als gewohnt an den Schreibtisch. Sie hat das Läuten des Weckers überhört, aber anscheinend ist es nicht nur ihr so gegangen – mehrere Arbeitsplätze sind noch nicht besetzt.

Schon nach einer halben Stunde hat sie herausgefunden, dass Maaikes Großmutter, Henriette Maria Scholten-Prins, vor sechs Jahren verstorben ist und dass ihr Mann, Dirk-Jan Scholten, im Alkmaarer Pflegeheim Westerhout wohnt.

Lois blickt sich um. Claudien ist noch immer nicht da, und Fred, wie sie einem Zettel auf seinem Schreibtisch entnommen hat, in einer Besprechung mit Ramon.

Die Tür geht auf, und Jessica kommt gähnend herein.

»Da bist du ja endlich, guten Morgen.« Lois steht auf. »Du brauchst dich gar nicht erst hinzusetzen. Wir fahren zu Herrn Scholten ins Heim.«

Jessica knöpft ihren bodenlangen schwarzen Mantel sofort wieder zu. In letzter Zeit scheint sie auf dem Gothic-Trip zu sein. Sie hat ihr Haar pechschwarz gefärbt und betont die Augen stark mit Eyeliner, Kajal und dunkelviolettem

Lidschatten. Steht ihr nicht schlecht, denkt Lois, bleibt nur zu hoffen, dass ihr Aussehen den alten Herrn nicht verschreckt.

Draußen steigen sie in Lois' Auto, denn die Dienstwagen sind alle belegt.

»Können wir einfach so in dem Heim aufkreuzen, ohne uns vorher anzumelden?«, fragt Jessica, während sie sich anschnallt.

»Wir zeigen unsere Dienstausweise vor, dann geht das schon.«

»Aber alte Leute schlafen doch viel. Vielleicht liegt der Opa ja noch im Bett?«

»Dann wird er eben geweckt«, sagt Lois. »In Pflegeheimen ist der Tagesablauf sehr geregelt, genau wie in Krankenhäusern. Da schläft am Vormittag niemand mehr. Herr Scholten hat bestimmt schon gefrühstückt und seine Medikamente bekommen.«

»Hast du eigentlich noch Großeltern?«

»Seit meinem sechzehnten Lebensjahr nicht mehr.«

»Ich hab noch alle, zwei Omas und zwei Opas.«

»Schön für dich.«

»Und deine Eltern?«, fährt Jessica fort. »Ich meine, jemand hätte mal erzählt, dass du es früher nicht leicht gehabt hast.«

Die Fragerei geht Lois auf die Nerven. Sie spricht ungern über ihre Privatangelegenheiten, zumal mit Kollegen. Außer mit Fred – ob der sich wohl verplappert hat? Nein, das kann sie sich nicht vorstellen.

»Das stimmt«, sagt sie knapp.

»Deine Eltern leben nicht mehr, oder?« Jessica lässt einfach nicht locker.

»Mein Vater schon, aber mit ihm habe ich keinen Kontakt mehr. Und meine Mutter ist gestorben, als ich einundzwanzig war.«

»Ach je, das tut mir leid.« Jessica wirft ihr einen mitfühlenden Blick zu. »Hast du nicht auch noch eine Schwester verloren?«

»Ja«, sagt Lois kurz angebunden. »Aber wenn es dir nichts ausmacht, würde ich nun lieber über den Fall reden.«

»Entschuldige, ich wollte nicht aufdringlich sein«, sagt Jessica. »Ich kann mir gut vorstellen, dass man so was nie wirklich verwindet.« Sie wendet den Blick zum Fenster und schweigt, aber nur ein paar Sekunden lang. »Du, ich hab noch nie eine Leiche gesehen, am Tatort, meine ich. Wie war das für dich beim ersten Mal?«

Lois schaltet zurück, weil sie auf eine rote Ampel zufahren.

»Es hat gestunken«, sagt sie und tritt auf die Bremse. »Weil Hochsommer war und der Tote erst nach drei Tagen in seiner Wohnung gefunden wurde.«

»Igitt! Wie riecht das denn?«

Lois überlegt kurz. »So als würde man einen Eimer mit benutzten Damenbinden nach ein paar Wochen aufmachen, nur schlimmer.«

Jessica lacht los. »Voll cool, das erzähl ich demnächst meinen Freunden beim Essen!«

Die restliche Fahrt über herrscht Ruhe, sehr zu Lois' Erleichterung. Fred hat, wie sie, nicht viel für Plaudereien übrig, und schon gar nicht würde es ihm in den Sinn kommen, sie derart penetrant auszufragen. Was er an Privatem über sie weiß, hat sie aus eigenem Antrieb erzählt. Wieder wird ihr schmerzlich bewusst, dass Fred bald nicht mehr im

Dienst ist und sie sich dann auf einen neuen Partner einstellen muss.

Aus dem Augenwinkel blickt sie zu Jessica hinüber und hat plötzlich eine düstere Vorahnung.

35

Das Pflegeheim Westerhout liegt im Emma-Kwartier, einem alten Stadtteil unweit des Zentrums. Dort lebt der einundachtzigjährige Dirk-Jan Scholten seit vier Jahren.

»Erschrecken Sie nicht, wenn Sie ihn sehen«, sagt die junge Pflegerin, die Lois und Jessica begrüßt hat und sie nun zu ihm führt. »Herr Scholten ist ein ausgesprochen netter Mensch, aber sehr gebrechlich und etwas schwerhörig. Sie bringen doch hoffentlich keine schlechten Nachrichten?« Sie wirkt besorgt. »Er hat es nämlich am Herzen und darf sich nicht aufregen.«

»Darauf nehmen wir Rücksicht«, verspricht Lois und wendet sich dann an Jessica: »Ich rede mit ihm, du machst Notizen.«

»Hier ist es.« Die Pflegerin bleibt stehen, klopft an eine Zimmertür und öffnet sie. »Herr Scholten, Besuch für Sie!«, ruft sie laut.

Am Fenster verschwindet der alte Mann fast in einem viel zu großen Ohrensessel.

Als Jessica eintreten will, hält Lois sie am Arm fest. Auch in Heimen sollte, so findet sie, die Privatsphäre der Bewohner respektiert werden. Sie fände es ja auch sehr störend, wenn man einfach unaufgefordert in ihr Zimmer käme.

»Dürfen wir reinkommen, Herr Scholten?«, fragt sie.

»Wie bitte?« Er hält die Hand ans Ohr.

»Ob wir reinkommen dürfen.«

»Wer sind Sie?«

Lois geht auf ihn zu und reicht ihm die Hand.

»Ich heiße Lois Elzinga und arbeite bei der Polizei. Und das hier ist meine Kollegin Jessica Blanken.«

»Polizei?« Ein erstaunter Blick.

»Wir würden gern kurz mit Ihnen sprechen.«

»Bitte setzen Sie sich.« Seine mit Altersflecken übersäte Hand zittert, als er auf das Sofa deutet.

Jessica und Lois setzen sich neben den ohne Ton laufenden Fernseher. Durchs Fenster blickt man auf ein von der Wintersonne beschienenes Stück Rasen mit einem Teich und hohen alten Bäumen.

»Eine schöne Aussicht haben Sie.«

»Ja, das viele Grün hat was.« Er fixiert Lois und Jessica. »Sie kommen also von der Polizei. Warum sind Sie hier?«

»Wir möchten Ihnen ein paar Fragen über Ihre Enkelin stellen«, sagt Jessica.

Lois wirft ihr einen warnenden Blick zu, den sie jedoch ignoriert.

»Es geht um Maaike? Ist ihr etwas zugestoßen?«

»Nein«, beruhigt Lois. »Wir sind wegen eines Falls, an dem wir gerade arbeiten, mit ihr im Gespräch.«

Mit wachen blauen Augen mustert Herr Scholten sie. »Was für ein Fall ist das?«

»Darüber dürfen wir leider keine Auskunft geben, weil …«

»Dann erfahren Sie auch nichts von mir«, fällt er ihr ins Wort.

Das Gespräch gestaltet sich schwieriger als erwartet. Lois

holt tief Luft, doch ehe sie etwas sagen kann, beugt Jessica sich vor: »In diesem Monat sind drei Morde passiert. Drei junge Menschen wurden umgebracht, und Maaike kannte sie.«

»Ist meine Enkelin verdächtig?« Wieder der scharfe, taxierende Blick.

Lois funkelt Jessica wütend an, damit sie sich zurückhält. Diese blinzelt irritiert, anscheinend hat sie endlich begriffen.

»Für uns ist es wichtig, mit allen Leuten zu sprechen, die die Opfer gekannt haben«, fährt Lois fort. »Also auch mit Ihrer Enkelin. Wir haben sie gestern aber nicht angetroffen. Sie scheint ihre Wohnung in großer Eile verlassen zu haben.«

»Und nun wollen Sie von mir wissen, wo sie steckt? Ich bin der Letzte, der Ihnen da helfen könnte. Hier taucht sie allenfalls ein Mal im Jahr auf.« In seiner Stimme schwingt Bitterkeit mit.

»Hat Maaike sich zufällig dieser Tage telefonisch gemeldet?«

»Sie ruft nie an.«

»Wann haben Sie sie zum letzten Mal gesehen?«

»Das dürfte fast ein Jahr her sein.«

»Und in der Zwischenzeit hatten Sie gar keinen Kontakt mit ihr?«

»Nein, das sagte ich doch gerade. Ich hoffe, ich muss mich nicht immer wiederholen.«

Lois hat zwar nicht damit gerechnet, von Maaikes Großvater etwas Spektakuläres zu erfahren, ist aber doch enttäuscht. Sie entschließt sich, die Befragung – nach Jessicas ungeschicktem Auftakt – im Plauderton fortzusetzen, als würden sie ihn einfach so besuchen.

»Wir wissen von Maaike, dass sie einige Zeit bei Ihnen und Ihrer Frau gewohnt hat. Es war sicherlich nicht einfach für Sie beide, eine Elfjährige aufzunehmen.«

»Wir hatten keine Wahl. Maaikes Eltern, also mein Sohn und meine Schwiegertochter, sind bei einem Autounfall ums Leben gekommen. Maaike saß mit im Wagen und wurde verletzt. Als sie aus der Klinik kam, musste sie ja irgendwohin. Was hätten wir da tun sollen – sie in ein Heim stecken?«

»Verstehe. Wie war denn das Zusammenleben mit ihr?«

»Anfangs lief es ganz gut, obwohl Maaike schwer traumatisiert war. Der Unfall ist auf einer wenig befahrenen Nebenstraße passiert. Mein Sohn ist gegen einen Baum gefahren, das Auto war völlig zerquetscht. Es hat eine ganze Weile gedauert, bis jemand vorbeikam und Hilfe holte. Die ganze Zeit über war Maaike auf dem Rücksitz hinter ihren toten Eltern eingeklemmt. Sie wurde danach psychologisch betreut, aber ich bin nicht sicher, ob das geholfen hat. Eine Zeit lang hatte ich den Eindruck, dass es ihr recht gut ging, aber nach zwei, drei Jahren fingen die Probleme an. Ich weiß nicht, ob es daran lag, dass sie mitten in der Pubertät war, jedenfalls kam sie uns wie eine Fremde vor.«

»Hat sich ihr Verhalten geändert?«, fragt Lois.

»Das kann man wohl sagen, ja. Vorher war sie ein ruhiges, eher braves Kind, dann aber gab es ständig Streit. Sie setzte sich über alle Regeln hinweg. Wir wollten sie dann etwas mehr unter Beobachtung haben und waren eher streng mit ihr, aber trotzdem kam und ging sie, wie es ihr passte und blieb manchmal sogar die ganze Nacht weg. Wenn wir deswegen schimpften, bekamen wir patzige Antworten.«

»Waren Sie diesen Auseinandersetzungen denn gewachsen?«

»Ich schon, jedenfalls zu Anfang. Meine Frau dagegen regte sich jedes Mal so auf, dass sie Beruhigungstabletten nehmen musste. Es gab aber auch Phasen, da war Maaike wieder wie früher. Ehrlich gesagt, manchmal war ich drauf und dran, sie doch noch in ein Heim zu geben, denn ihre Auftritte wurden immer schlimmer. Meine Frau war gesundheitlich angeschlagen, und der dauernde Ärger hat ihr schwer zugesetzt. Mir übrigens auch, ich habe Herzrhythmusstörungen bekommen, die sich nach dem Tod meiner Frau noch verschlimmert haben.«

»Sie haben Ihre Enkelin aber nicht in ein Heim gegeben, oder?«

»Sie ist mit sechzehn ausgezogen, in ein betreutes Wohnprojekt für Jugendliche. Als sie später nach Amsterdam zog und die Kunstschule besuchte, wirkte sie wieder ausgeglichener und kam uns auch öfter mal besuchen.«

Jessica, die eifrig Notizen macht, hebt den Blick. »Herr Scholten, sagt Ihnen der Name David Hoogland etwas?«

»Das ist der junge Mann, der umgebracht wurde. Ich hab's in der Zeitung gelesen.«

»Richtig, aber kannten Sie ihn von früher? Sind Sie ihm irgendwann mal begegnet?«

»Nein, warum fragen Sie?«

»Weil er zu Maaikes Bekanntenkreis gehört hat, in der Zeit, als sie noch bei Ihnen wohnte.«

»Ihre Freunde kannte ich nicht, sie hat nie welche mit nach Hause gebracht. Wir hätten nichts dagegen gehabt, aber sie wollte das nicht. Es war wirklich nicht einfach mit dem Mädchen. Mag sein, dass meine Frau und ich im Umgang mit ihr Fehler gemacht haben. Aber wir haben getan, was wir konnten.«

Sie könnten jetzt eigentlich gehen, aber etwas hält Lois zurück. Sie überlegt noch, was genau sie zögern lässt, da ergreift Jessica schon wieder das Wort: »Kennen Sie zufällig eine Tamara?«

Zum ersten Mal ist Lois dankbar, dass Jessica dabei ist. Wie konnte sie nur vergessen, nach Tamara zu fragen? Wahrscheinlich sagt der Name dem Mann nichts, da er ja Maaikes Freunde nicht kannte, trotzdem hätte sie die Frage stellen müssen.

»Merkwürdig, dass Sie das fragen …« Herr Scholten blickt nachdenklich zum Fenster.

»Sie kennen Tamara also?«, hakt Jessica nach.

»Hat Maaike von ihr erzählt?«

»Was genau meinen Sie, Herr Scholten? Was sollte Maaike erzählt haben?« Lois rutscht auf dem Sofapolster nach vorn und sieht ihn erwartungsvoll an.

»Ach, ich sollte besser nicht darüber reden.« Er betrachtet die Flecken auf seinen Händen.

»Vielleicht hilft es uns weiter«, sagt Lois leise.

»Maaike konnte sehr … nun ja … sehr seltsam sein.« Die Stimme des alten Mannes zittert leicht, das Thema scheint ihm unangenehm zu sein, dennoch spricht er weiter: »Meine Frau und ich haben uns kaum getraut, es laut auszusprechen, aber wir haben uns öfter mal gefragt, ob mit Maaike etwas nicht stimmt.«

»Wie meinen Sie das?«

»Sie hatte, wie schon gesagt, starke Stimmungsschwankungen. Vom einen auf den anderen Augenblick konnte ihre Laune umschlagen. Nicht immer so, dass es Krach gegeben hätte, sie war einfach … anders. Das lässt sich schwer erklären. Irgendwie kam's mir vor, als wäre unsere Enkelin, die wir doch gut kannten, plötzlich verschwunden und eine andere stünde vor uns. Wenn das der Fall war, wollte sie auch nicht mit Maaike angeredet werden.«

Lois und Jessica tauschen einen schnellen Blick. Jetzt kommt es! Sie wissen es, noch bevor Herr Scholten weitersprechen kann.

»Tamara – wollte sie in solchen Situationen Tamara sein?«

Er nickt. »Ja, so war es. Und sie wurde fuchsteufelswild, wenn wir trotzdem Maaike zu ihr sagten. Wissen Sie, Maaike hatte als kleines Mädchen sehr viel Fantasie, und wenn sie bei uns zu Besuch war, hat sie fast immer allein gespielt und sich dabei auch anders genannt. Damals dachten wir uns nichts dabei, denn es soll ja Kinder geben, die sich Fantasiefreunde zulegen – so etwas in der Art war es wohl, dachten wir. Aber dass es in der Pubertät immer noch vorkam, hat uns doch Sorgen gemacht.«

Schon seit Wochen hat Lois immer wieder das Gefühl, in ihrem Gehirn hätten sich ein paar Zahnrädchen verhakt und blockierten das Denken. Jetzt löst sich die Blockade, Lois spürt regelrecht, wie der Mechanismus wieder in Gang kommt und Verbindungen entstehen.

»Wollte Maaike als Kind Stefanie genannt werden?«, hört sie sich fragen.

36

»Woher wusstest du das?«, fragt Jessica erstaunt, als sie durch den Flur zurückgehen. »Das mit Tamara war ja nach einer Weile abzusehen, aber wie um alles in der Welt bist du auf Stefanie gekommen?«

»In Maaikes Wohnung habe ich eine Kinderzeichnung gesehen, die mit Stefanie signiert war, und gefragt, wer das Mädchen sei. Daraufhin hat Daniela Amieri behauptet, es handele sich um ihre Nichte, die Maaike sehr bewundert. Damals hatte ich keinen Grund, daran zu zweifeln, aber jetzt steht fest, dass sie gelogen hat.«

»Und warum hat sie gelogen?«

»Um Maaike zu schützen. Niemand sollte wissen, dass die Zeichnungen von ihr selbst, von Maaike also, stammen.«

Schweigend drückt Jessica gegen die Drehtür.

»Irgendwie versteh ich das Ganze nicht«, sagt sie auf dem Weg zum Auto. »Maaike ist Tamara oder benutzt jedenfalls diesen Namen, und nun ist sie auch noch Stefanie und macht Kinderzeichnungen. Glaubst du, sie ist psychisch krank? Schizophren oder so?«

»An so was denke ich, ja«, bestätigt Lois. »Ich hab mal was zu dem Thema gelesen, nur weiß ich nicht mehr, wie die Erkrankung heißt. Es war was mit Persönlichkeitsstörung.«

»Du meinst, dass sie mehrere Persönlichkeiten hat, so wie die Frau in dem Film, wie hieß er noch? *Sybil,* glaube ich.«

»*Sybil* ist ein Buch.«

»Stimmt, aber es wurde verfilmt. Und ich kenne den Film. Die Hauptfigur hat dreizehn, vierzehn verschiedene Persönlichkeiten. Total gruselig. Ich weiß nicht recht, ob ich glauben soll, dass es so was gibt.«

»Es kommt tatsächlich vor. Als meine Mutter unter Depressionen litt, habe ich viel über Psychologie gelesen, und in den Büchern wurde auch diese Störung beschrieben.« Lois steigt ins Auto und schnallt sich an.

Jessica nimmt auf dem Beifahrersitz Platz, holt ihr Smartphone aus der Tasche und beginnt zu tippen.

»Schnall dich an.«

»Ach so, ja …« Rasch legt Jessica den Gurt an, dann tippt sie emsig weiter.

»Da haben wir's«, sagt sie triumphierend. »Laut Wikipedia heißt das Dissoziative Identitätsstörung. Es ist eine psychische Erkrankung, bei der sich mehrere Persönlichkeiten bilden, die abwechselnd die Kontrolle über das Verhalten übernehmen. Die Betroffenen haben Erinnerungslücken, die sich nicht durch Vergesslichkeit erklären lassen, und wissen in der Regel nichts von den anderen Persönlichkeiten.«

»Tamara und Stefanie also«, sagt Lois. »Womöglich sind das noch nicht alle.«

»Wie bitte?«, sagt Ramon. »Disso-was-Störung?«

»Dissoziative Identitätsstörung«, wiederholt Lois. »Menschen, die daran leiden, haben mehrere Identitäten oder Persönlichkeiten. Es würde viel erklären, wenn das bei Maaike Scholten der Fall wäre.«

Ramon hat eine Sondersitzung einberufen, bei der Lois und Jessica von ihrem Besuch bei Dirk-Jan Scholten berichten. Kaum ist der Begriff »Dissoziative Identitätsstörung« gefallen, zücken fast alle ihre Smartphones und googeln. Sie werfen nach einigen Augenblicken ein paar Bemerkungen zu der Erkrankung in die Runde. Einige sind sehr nachdenklich und fast betroffen. Die meisten aber scheinen eher amüsiert. Lois ärgert sich über ihre unsensiblen Kollegen.

»Weiß jemand von euch noch mehr darüber?«, fragt Ramon.

»Ich glaube, Nick leidet daran«, sagt Silvan. »Wenn man mit dem ein paar Stunden in der Kneipe sitzt, verändert sich seine Persönlichkeit so, dass man ihn nicht mehr erkennt.«

Es wird gelacht, und auch Ramon kann sich ein Grinsen nicht verkneifen, macht aber gleich wieder eine ernste Miene.

»Wenn die Scholten tatsächlich diese Störung hat, sind wir einen großen Schritt weiter«, sagt er. »Dann wäre klar, warum wir Tamara bisher nicht ausfindig machen konnten: weil sie in Wirklichkeit gar nicht existiert.«

»Und wir hätten auch das Motiv für den Mord an Daniela Amieri«, ergänzt Fred. »Sie muss gewusst haben, dass Maaike und Tamara eins sind. Vielleicht wollte sie ihre Freundin dazu bringen, sich zu stellen. Oder sie hat damit gedroht, selbst die Polizei zu informieren.«

»Aber wer hat sie umgebracht? Maaike oder Tamara?«, fragt Claudien.

»Ist doch egal«, bemerkt ihr Nebenmann. »Mord ist Mord, wie auch immer die Täterin sich nennt.«

»Meiner Meinung nach macht das schon einen Unterschied«, meint Claudien.

Allgemeines Gemurmel setzt ein, sodass Ramon mit einem Handzeichen um Ruhe bitten muss.

»Wir sollten keine voreiligen Schlüsse ziehen«, sagt er. »Als Laien können wir nicht einschätzen, ob die Scholten wirklich persönlichkeitsgestört ist. Falls ja, müssen wir äußerst vorsichtig sein, denn labile Menschen reagieren oft unberechenbar. Wir sollten unbedingt einen Psychiater zuziehen, der uns bei den weiteren Ermittlungen und später beim Verhör berät.«

Als die anderen den Besprechungsraum verlassen haben, geht Lois auf Ramon zu.

»Ich kenne einen Psychiater, der in einer Klinik in der Nähe von Bloemendaal arbeitet. Soll ich mal mit ihm reden?«

»Wenn er sich mit dieser Störung auskennt, wäre das eine große Hilfe.«

Lois wirft ihren leeren Kaffeebecher in den Papierkorb und geht. Im Büro holt sie ihr Handy aus der Tasche und blickt sich kurz um.

Alle sind inzwischen wieder an ihren Plätzen und diskutieren miteinander oder telefonieren.

Sie geht in den Flur und sucht eine ruhige Ecke. Dann öffnet sie die Mail, die Onno ihr geschickt hat, prägt sich die Telefonnummer ein und wählt.

»Hallo Onno, hier spricht Lois Elzinga«, sagt sie, als er sich gemeldet hat. Vor ihrem inneren Auge sieht sie sein verdutztes Gesicht, und er klingt auch höchst überrascht: »Na so was! Mit dir hätte ich zuallerletzt gerechnet.«

»Warum das denn?«

»Du hast mir klar zu verstehen gegeben, dass du vorläufig

keine Zeit für mich hast. Oder ist euer Fall mittlerweile gelöst?«

»Noch nicht, aber fast. Das ist auch der Grund für meinen Anruf.«

Sekundenlang ist es still in der Leitung.

»Du weißt aber schon, dass ich Psychiater bin und nicht Kriminologe«, sagt Onno.

»Manchmal braucht die Kripo den Rat eines Psychiaters.«

»Stimmt. Einer meiner Kollegen tritt öfter als Gutachter bei Gerichtsverhandlungen auf. Also: Was kann ich für dich tun?«

»Kennst du dich mit Dissoziativen Identitätsstörungen aus?«

»Ja, in gewissem Maße.«

»Hast du Patienten, die an so etwas leiden?«

»Derzeit nicht, aber früher hatte ich zwei. Die Erkrankung kommt ziemlich selten vor.«

»Ich würde gern mit dir darüber sprechen.«

»Wann passt es denn?«

»Gleich wäre gut«, sagt Lois hoffnungsvoll.

»Ich habe heute noch drei Gespräche mit Patienten. Wie wär's am Abend bei mir zu Hause?«

»Früher geht es nicht?«

»Tut mir leid. Ich kann meine Patienten nicht unnötig warten lassen.«

»Verstehe. Hauptsache, es klappt heute noch. Dann also am Abend. Sagst du mir noch rasch deine Adresse?«

Onno gibt sie durch.

»Danke«, sagt Lois. »Bis später.«

37

Am Abend auf dem Weg nach Overveen überlegt Lois, wie merkwürdig es doch ist, dass Onno und sie sich auf diese Weise erneut begegnen. Seit Weihnachten hat sie kaum mehr an ihn gedacht, desto mehr wundert es sie, dass sie sich auf das Wiedersehen freut, obwohl er eigentlich gar nicht ihr Typ ist – mit Bundfaltenhose und Pullunder!

Vor ein paar Wochen hat sie in einem Magazin gelesen, dass sehr viele Frauen deshalb Single blieben, weil sie zu wählerisch seien. Vor allem Frauen mit hohem Ausbildungsniveau, die selbst gut verdienten, hätten Anforderungen, denen nur wenige Männer genügen könnten, und gäben sogar bestens geeigneten Kandidaten den Laufpass, weil sie letztlich immer etwas auszusetzen fänden.

Wenn ich ehrlich bin, trifft das auch auf mich zu, denkt Lois. Onno hat ihr deutlich zu verstehen gegeben, dass er sie mag, sie hingegen hat ablehnend reagiert. Liebe lässt sich nun einmal nicht erzwingen, schon gar nicht aus Vernunftgründen. Und solange ihr erster Gedanke morgens beim Aufwachen noch Brian gilt, ist an eine neue Beziehung ohnehin nicht zu denken.

Sie nimmt die Abfahrt Overveen und lässt sich vom Navi zu Onnos Adresse leiten.

Kurz darauf stellt sie das Auto vor einer stattlichen Villa aus dem neunzehnten Jahrhundert ab.

Sie pfeift anerkennend durch die Zähne. Nicht schlecht, das Anwesen, soweit sie es erkennen kann. Schade nur, dass es bereits dunkel ist und sie kaum etwas von dem weitläufigen Garten sieht. Im Licht der Straßenlaterne glänzt auf dem Rasen eine kupferne Sonnenuhr, als sie den von kegelförmigen Buchsbäumchen flankierten Plattenweg entlanggeht.

Sie hat noch nicht den Finger auf dem Klingelknopf, da geht bereits die Tür auf. Vor ihr steht Onno, diesmal in lässigen Jeans, aber mit dem unvermeidlichen Pullunder. Genau so hat Lois sich sein Feierabendoutfit vorgestellt. Sie unterdrückt ein Grinsen.

»Ich hab dich vom Fenster aus gesehen. Schön, dass du da bist. Komm rein.«

Er lächelt so strahlend, dass sie fast schon ein schlechtes Gewissen bekommt. Sie tritt in die Diele und erwidert seine Wangenküsse.

Während Onno ihr den Mantel abnimmt und ihn zur Garderobe trägt, späht sie durch die offene Tür ins Wohnzimmer.

Obwohl sie klipp und klar gesagt hat, dass es um eine dienstliche Angelegenheit geht, scheint ihm eher ein gemütliches Beisammensein vorzuschweben: Auf dem Couchtisch brennen Kerzen, daneben stehen eine Käseplatte, ein Körbchen mit Baguettescheiben und eine Flasche Rotwein.

»Ich hoffe, es ist dir recht, dass ich eine Kleinigkeit vorbereitet habe.« Onno fordert sie mit einer Geste zum Eintreten auf.

»Sicher, nur den Wein lasse ich lieber weg.«

»Weil du noch arbeiten musst?«

»Das auch, aber ich trinke grundsätzlich keinen Alkohol.«

Erstaunt sieht er sie an. »Hast du bei Guido nicht … nein, da hattest du Orangensaft. Gibt es einen Grund für deine Abstinenz, oder magst du schlicht keinen Alkohol?«

»Ich mach mir nichts draus.« Lois nimmt auf dem braunen Ledersofa Platz, neben dem ein weißer Wollteppich auf dem Parkettboden liegt. Das prasselnde Kaminfeuer verbreitet wohlige Wärme und Behaglichkeit. Entspannt lehnt sie sich zurück.

»In solch einer Atmosphäre ist ein Glas Rotwein wahrscheinlich das Tüpfelchen auf dem i«, sagt sie.

»Ich will dich keineswegs verleiten, schon gar nicht, wenn du noch arbeiten musst. Was darf's denn sein? Ich hab Saft, Eistee …«

»Eistee bitte.«

»Fein, da halte ich mit.« Onno wendet sich zur Tür.

»Meinetwegen brauchst du nicht auf deinen Wein zu verzichten«, sagt Lois schnell.

»Keine Sorge, ich komme schon zu meinem Glas. Erst einmal reden wir über die Sache, wegen der du gekommen bist.«

Sie hört Onno in der Küche hantieren. Kurz darauf kommt er mit zwei vollen Gläsern wieder.

»Du machst zurzeit viele Überstunden, nicht wahr?« Er stellt die Gläser auf den Couchtisch und setzt sich in den Sessel Lois gegenüber. »Das ist bestimmt sehr anstrengend.«

»Ist es, aber hin und wieder habe ich einen Abend oder einen ganzen Tag frei. Der Sache wäre ja nicht gedient, wenn keiner von uns mehr leistungsfähig ist.«

Onno schneidet ein Stückchen vom Brie ab, legt es zusammen mit zwei Baguettescheiben auf einen Teller und reicht ihn Lois.

»Das glaube ich gern. Hoffentlich ist der Fall bald gelöst.«

»Das hoffe ich auch. Allerdings ist unsere Hauptverdächtige geflohen. Wir fahnden natürlich nach ihr, aber wenn sie das Land bereits verlassen hat, dürfte es schwierig werden, sie aufzuspüren.«

»Ist sie psychisch krank? Am Telefon hast du gesagt, du wolltest etwas über die DIS wissen. So kürzen wir die Dissoziative Identitätsstörung ab.«

»Wir nehmen stark an, dass sie krank ist, denn es deutet einiges auf solch eine Störung hin.« Lois trinkt von ihrem Tee und stellt das Glas wieder ab.

»Was genau möchtest du wissen?«

»Alles. Was solch eine Störung auslöst, wie sie sich äußert, ob sie therapierbar ist und so weiter.«

»Tja …« Onno schlägt die Beine übereinander und überlegt kurz. »Dann fange ich mal mit dem Grundsätzlichen an. Als Dissoziationen bezeichnet man, grob gesprochen, Bewusstseinsstörungen. Anklänge daran kommen vielfach im Alltag vor. Man ist zum Beispiel so in Gedanken versunken, dass man wie ferngesteuert und ohne die Umgebung wahrzunehmen eine Strecke mit dem Auto zurücklegt oder man sitzt da und merkt plötzlich, dass schon eine halbe Stunde vergangen ist und nicht nur wenige Minuten, wie man gedacht hat. So etwas ist natürlich nicht krankhaft. Bei Menschen mit einer DIS verhält es sich anders. Die Erkrankung hat man früher übrigens Multiple Persönlichkeitsstörung genannt, weil die Patienten mehrere unterschiedliche

Persönlichkeiten haben, die abwechselnd in den Vordergrund treten und die Kontrolle übernehmen.«

»Sind die Betroffenen sich der verschiedenen Persönlichkeiten bewusst?«

»Zunächst nicht. Aber irgendwann merken sie natürlich, dass sie an Stunden oder gar Tage überhaupt keine Erinnerung haben. Die Störung tritt hauptsächlich bei Frauen auf, und die meisten von ihnen haben in der frühen Kindheit ein schweres Trauma erlebt. Das kann wiederholter sexueller Missbrauch oder schwere körperliche Gewalt sein. In der traumatischen Situation spaltet sich das Bewusstsein, sodass das misshandelte Kind ›weg‹ ist – nicht körperlich, sondern geistig oder seelisch.«

»Das heißt also, das Kind entzieht sich, indem es sich sozusagen wegdenkt?«

»So ähnlich. Ich habe etliche Patientinnen, die in jungen Jahren missbraucht wurden und bei denen die Erinnerung daran nur im Unterbewusstsein vorhanden ist.«

»Aber nicht jedes Missbrauchsopfer entwickelt eine DIS.«

»Auf keinen Fall. Deshalb ist die Störung unter Psychiatern sehr umstritten und außerdem noch kaum erforscht. Wir wissen, dass sie vorkommt, und kennen die Auslöser, aber warum es bei einigen dazu kommt, bei den meisten aber nicht, das weiß keiner. Vermutlich ist es eine Frage der Veranlagung. Manche Menschen sind genetisch so disponiert, dass sie anfälliger für psychische Erkrankungen sind als andere. Bei ihnen ist, wenn man es so ausdrücken will, der Nährboden vorhanden.«

»Verstehe«, sagt Lois. »Und wenn sie als Kinder ein Trauma erleiden, kann es zu solch einer Störung kommen.

Ist das auch noch später möglich, zum Beispiel bei einem Mädchen um die fünfzehn?«

»Mir ist kein Fall bekannt, aber kategorisch ausschließen würde ich es nicht. Wenn ein Mädchen als Teenager etwas unerträglich Schlimmes erlebt und vorgeschädigt oder sehr labil ist, könnte das eventuell sein«, sagt Onno mit einem Nicken. »Es verhält sich nämlich so, dass die Teilpersönlichkeiten – man nennt sie Alter Egos oder Alters – der Betroffenen in ihrer Notlage zu Hilfe kommen. Je schlimmer Letztere ist, desto mehr Alter Egos können es sein. Sie fungieren dann als Träger eines Teils der traumatischen Erinnerungen, sodass es dem Opfer selbst möglich ist, normal weiterzuleben. Das heißt, einigermaßen normal. Denn dass es zur Bildung mehrerer Persönlichkeiten gekommen ist, auch wenn man sich dieser nicht unmittelbar bewusst ist, hat natürlich Folgen.«

»Was für Folgen?«

»Dass man, wie schon gesagt, Erinnerungslücken hat.« Onno beugt sich vor, um für Lois und sich wieder etwas Käse abzuschneiden. »Die Alter Egos übernehmen für kürzere oder längere Zeit die Regie. Manchmal ist das harmlos. Einem Außenstehenden fällt dann beispielsweise auf, dass die betreffende Person anders ist als sonst, und er interpretiert es als Stimmungsschwankung, wenn das an sich gut gelaunte, selbstbewusste Gegenüber plötzlich deprimiert und schüchtern wirkt. Ich hatte mal eine Patientin, deren Alter Ego an der Arbeitsstelle den Vorgesetzten schwer beleidigte. Als die Frau sich tags darauf nichtsahnend an ihren Büroschreibtisch setzte, lag dort das Kündigungsschreiben.«

Lois horcht auf. »Hältst du es für denkbar, dass so ein

Alter Ego einen Mord begeht und die eigentliche Person nichts davon weiß?«

»So einen Fall kenne ich zwar nicht, aber warum nicht? Wenn es so wäre, hätte eure Verdächtige diesbezüglich vielleicht eine Vermutung, aber keine wirkliche Erinnerung.«

38

Ein paar Minuten vergehen, während derer Lois und Onno ihren jeweils eigenen Gedanken nachhängen.

»Vor Gericht sind solche Fälle äußerst heikel«, durchbricht Onno das Schweigen. »Dass Angeklagte Erinnerungslücken vortäuschen, dürfte dir als Polizistin nicht neu sein.«

»So was kenne ich, ja. Zum Glück kommen die wenigsten damit durch. Bei der Frau, die wir suchen, könnte sich die Störung jedoch beweisen lassen. Sie besitzt nämlich stapelweise Psychologiebücher, deshalb vermute ich, dass sie um ihre Störung weiß und sich damit auseinandersetzt.«

»Es sei denn, sie ist besonders durchtrieben und informiert sich über die Symptome, um die Störung glaubhaft simulieren zu können. Was genau ist dir denn an ihr aufgefallen?«

Lois erwähnt ihren zweiten Besuch bei Maaike, als diese sie und Claudien unerwartet schroff abfertigte, und kommt dann auf die Kinderzeichnung zu sprechen, die ihr später in die Hände fiel.

»Zwei weitere Persönlichkeiten also«, stellt Onno fest. »Möglicherweise sind es noch mehr.«

»Und eine davon mordet.«

Onno runzelt nachdenklich die Stirn. »Was wisst ihr über die Vergangenheit der Frau?«, fragt er.

»Ihre Eltern sind bei einem Unfall umgekommen, als sie elf war. Sie selbst wurde dabei verletzt und war längere Zeit mit den toten Eltern im Autowrack eingeklemmt. Danach haben ihre Großeltern sie aufgenommen, und mit vierzehn Jahren wurde sie auch noch Opfer einer Gruppenvergewaltigung. Eine tragische Geschichte.«

»Das kannst du laut sagen, da ist wirklich sehr viel zusammengekommen.«

»Genug für eine DIS?«

»Könnte sein, obwohl das – wie ich schon sagte – längst nicht in allen Fällen passiert. Manche Menschen sind in der Lage, schockierende Erlebnisse aus eigener Kraft zu verarbeiten, andere versuchen, mithilfe einer Therapie ihr Gleichgewicht wiederzufinden, und einige, vor allem sehr verletzliche und sensible Typen, nehmen ernsthaft Schaden. Es könnte schon bei dem Autounfall zu einer Dissoziation gekommen sein, und bei der Vergewaltigung traten die Alter Egos erneut auf den Plan, sodass das Opfer relativ normal weiterleben konnte, ohne belastende Erinnerungen.«

»Aber diese Vorfälle können doch nicht komplett aus dem Gedächtnis gelöscht sein.«

»Sind sie auch nicht. Die Frau weiß natürlich noch, dass etwas Schlimmes geschehen ist, hat aber keine echte Erinnerung daran und verbindet keine extremen Gefühle damit. Genau das leistet ja die Dissoziation: Sie hilft, das Unerträgliche zu ertragen.«

»Aber warum mordet sie jetzt erst, nach Jahren?«, fragt Lois.

Onno fährt sich mit der Hand durchs Haar. »Darüber

lässt sich nur spekulieren«, sagt er. »Ich denke mir, dass etwas vorgefallen ist, das an eine alte Wunde gerührt hat. Wahrscheinlich konnte die Frau dank ihrer Alter Egos jahrelang verhältnismäßig unbeschwert leben und brauchte sie vielleicht nicht mehr oder nur noch selten. Bis etwas passierte, was sie sehr erschüttert hat. Die Teilpersönlichkeiten treten nämlich dann zutage, wenn eine bedrängte Situation oder dergleichen es erfordert. Einige brauchen ihre Alter Egos mehr, andere weniger. Pauschal kann man das nicht sagen.«

Lois hat gespannt zugehört, ein paarmal an ihrem Eistee genippt und etwas Käse gegessen. »Ich überlege gerade«, sagt sie, »was wohl passiert, wenn dieser Dissoziationsprozess endet. In dem Moment, in dem die Alter Egos wegfallen, müsste die betroffene Person eigentlich ihre Erinnerungen komplett wiederhaben und darunter leiden, oder?«

»So wäre es tatsächlich, aber dieser Fall tritt nicht ein, weil die Alter Egos in der Regel lebenslang bleiben. Nur eine intensive Therapie kann bewirken, dass sie sich wieder mit der Ursprungspersönlichkeit vereinigen. Die Patientin muss bereit sein, sich dem auslösenden Trauma zu stellen, sich bewusst damit auseinanderzusetzen. Und genau das wollen viele nicht, aus verständlichen Gründen, denn die Alter Egos bewahren sie ja gerade vor der Konfrontation mit diesen schlimmen Ereignissen, die man sich gar nicht vorstellen mag. Nach allem, was du erzählt hast, schätze ich, dass eure Verdächtige sich ihrer Störung bewusst ist und die anderen Persönlichkeiten gern los wäre, sie aber noch braucht.«

»Obwohl sie weiß, dass eine davon mordet?«

»Wahrscheinlich will sie das nicht wahrhaben, oder sie weiß es nicht mit letzter Sicherheit. In der Zeitung stand nichts über die Art und Weise, wie die Morde begangen wurden. Ist dabei viel Blut geflossen?«

»Nehmen wir an, es war so«, antwortet Lois ausweichend. Details preiszugeben wäre gegen jede Vorschrift, auch wenn sie sicher ist, dass Onno absolutes Stillschweigen bewahren würde.

»Dann müsste sie Blutspritzer an Kleidern oder Schuhen gehabt haben. So was entgeht einem nicht, es sei denn, die andere Persönlichkeit war lange genug präsent, um sämtliche Spuren zu tilgen.«

»Ich kann mir beim besten Willen nicht vorstellen, dass sie keinerlei Erinnerung an die Taten hat.«

»Trotzdem ist es so. Eventuell gibt es einen Hauch von Erinnerung an einen bestimmten Ort, ein vages Gefühl, dort gewesen zu sein. Wenn sie dann erfährt, dass genau da ein Mord verübt wurde, stellt sie Zusammenhänge her, aber Erinnerungen hat sie definitiv nicht.«

»Was für ein schrecklicher Gedanke«, sagt Lois leise. »Angst zu haben, dass du eine Mörderin bist, und merken, dass immer mehr darauf hindeutet, aber keine Kontrolle darüber zu haben, was du tust oder lässt. Das ist die Hölle.«

»Das stimmt. Der Frau, nach der ihr sucht, hätte besser daran getan, mithilfe eines Therapeuten ihre Vergangenheit aufzuarbeiten.«

»Wenn wir dem Richter begreiflich machen können, dass sie nicht schuldfähig ist, muss sie zwar nicht ins Gefängnis, wird aber mit Sicherheit in die Psychiatrie zwangseingewiesen. Wer weiß, vielleicht wäre das sogar am besten für sie.«

»Mich würde ihr Fall sehr interessieren«, sagt Onno. »Sie bekommt aber bestimmt Sicherungsverwahrung, oder?«

»Ich denke schon. Aber erst einmal müssen wir sie finden.«

»Ich kann mir vorstellen, dass sie vor lauter Angst, festgenommen zu werden, in Panik geraten ist. So was könnte eine neuerliche Dissoziation bewirken. In extremen Stresssituationen kommen manchmal noch Persönlichkeiten dazu. Eine meiner Patientinnen hatte dreiunddreißig.«

Entgeistert starrt Lois ihn an. »Das ist nicht wahr, oder?«

»Leider doch. Es kann aber sein, dass eure Verdächtige nur zwei hat und eine davon sehr stark ist. Diese könnte bei Stress tage- oder gar wochenlang aktiv sein.«

Onno steht auf und tritt ans Bücherregal, das eine ganze Wand einnimmt. Er zieht ein paar Bände heraus und gibt sie Lois. »Darin findest du die neuesten Erkenntnisse. Du kannst sie gern mitnehmen.«

»Vielen Dank.« Sie schlägt das Inhaltsverzeichnis des obersten Buchs auf, ohne so richtig hinzuschauen. Vor ihrem inneren Auge sieht sie Maaike durch unbekannte Straßen irren, in die Tamara sie gelotst hat.

»Ich muss sie finden«, murmelt sie.

»Unbedingt«, bekräftigt Onno, obwohl Lois mehr mit sich selbst gesprochen hat. »Sie ist nicht nur eine Gefahr für andere, sondern auch für sich.«

Er steht auf, entkorkt den Rotwein und nimmt dann wieder Lois gegenüber Platz.

»Jetzt aber zu dir«, sagt er. »Denn dass es dir nicht sonderlich gut geht, sieht sogar ein Blinder.«

39

Lois spürt regelrecht, wie sich bei ihr die Stacheln aufstellen. Argwöhnisch mustert sie Onno, der sie erwartungsvoll ansieht.

Typisch Psychiater, zuckt es durch ihren Kopf, hinter allem suchen sie was!

»Meinst du?«, sagt sie nur.

»Du bist blass, hast dunkle Augenringe und kommst mir so müde vor, dass ich dir am liebsten das Sofa für ein Schläfchen anbieten würde.«

Lois atmet auf. Es geht um die Arbeit, nicht um ihr Privatleben – Gott sei Dank! Und ganz unrecht hat er nicht: Sie ist heute Morgen selbst erschrocken, als sie in den Spiegel guckte.

»Ich habe wochenlang so gut wie durchgearbeitet«, gibt sie zu. »Das kommt bei der Polizei öfter vor. Wir alle machen momentan Überstunden.«

Onno schenkt sich bedächtig ein Glas Rotwein ein. »Dass Überstunden sich nicht vermeiden lassen, glaube ich gern. Hoffentlich bekommst du, wenn der Fall gelöst ist, einen entsprechenden Freizeitausgleich zum Erholen. Mir geht es eher um die Frage, ob du dich ausreichend von dem distanzieren kannst, was du in deinem Beruf alles zu sehen kriegst.«

»Worauf willst du hinaus? Dir als Psychiater geht es doch nicht anders. Du musst dir tagsüber alle möglichen Probleme anhören und zusehen, dass du trotzdem schlafen kannst. So was gehört eben zum Job, daran gewöhnt man sich.«

Er nimmt einen Schluck Wein. »Du bist eine gute Menschenkennerin und hast mich durchschaut. Es geht in der Tat um etwas anderes.«

»Und worum bitte?«

»Tessa und Guido machen sich Sorgen um dich.«

»Wie bitte?!«

»Die beiden haben den Eindruck, dass du … hmmm, wie soll ich das ausdrücken … dass du dich irgendwie verrannt hast. Tessa sagt, du arbeitest wie eine Besessene und kapselst dich ab, sodass sie kaum noch an dich herankommt.«

»Blödsinn! Wir haben uns erst gestern länger getroffen.«

»Dass sie mit mir geredet hat, ist schon eine Weile her. Aber wie schätzt du das ein? Habt ihr wirklich so wenig Kontakt miteinander?«

Statt zu antworten, zuckt Lois die Schultern. Einerseits hat sie absolut keine Lust, mit Onno über dieses Thema zu sprechen. Andererseits tun seine herzliche Aufmerksamkeit und seine warme Ausstrahlung ihr gut, sie sind wie Balsam für ihre Seele. Er wirkt besorgter um sie, als Brian es in der letzten Zeit ihrer Beziehung war. Es könnte aber auch sein, dass Tessa Onno überredet hat, mit ihr eine Art therapeutisches Gespräch zu führen.

Fest entschlossen, nichts allzu Privates preiszugeben, greift sie nach ihrem Teeglas.

»Tessa und ich sind sehr unterschiedlich«, sagt sie. »Sie geht auf ihre, ich auf meine Art mit der Vergangenheit um.«

»Deine Schwester findet, du würdest ziemlich extrem auf

die Familienprobleme von früher reagieren. Du treibst obsessiv Sport, sagt sie, nimmst dir keine Zeit für nette Unternehmungen, hast kaum Sozialkontakte und trinkst keinen Tropfen Alkohol.«

»Seit wann ist es ein Fehler, wenn man keinen Alkohol trinkt?«

»Ein Fehler ist das natürlich nicht. Es könnte aber eine Reaktion auf die Alkoholabhängigkeit eurer Mutter sein. Deine Abneigung gegen Alkohol rührt vielleicht daher, dass du große Angst hast, die Kontrolle über dich selbst zu verlieren. Und der obsessive Sport und die vielen freiwilligen Überstunden können bedeuten, dass du nicht mit deinen Gefühlen konfrontiert werden willst.«

»Oder dass ich schlicht einen anstrengenden Job habe und keinen Alkohol mag? Weißt du was, Onno, du solltest besser mal mit Tessa reden. Und zwar nicht über mich, sondern über sie selber. Hat sie dir je gesagt, dass sie keine Kinder will, weil sie Angst hat, sie zu verlieren? Wenn jemand sich nicht festlegen will und der Realität ausweicht, dann ist das meine Schwester. Und ausgerechnet sie hetzt dich auf mich! Das ist echt der Hammer!«

Onno scheint anderer Ansicht zu sein. Ernst sieht er sie an und sagt: »Ich finde das nett von ihr. Sie sorgt sich um dich.«

»Tessa soll sich um ihren eigenen Kram kümmern! Sie führt ein oberflächliches Luxusleben, macht nichts, außer mit Geld um sich zu schmeißen, und ist dann auch noch gestresst von ihren trivialen Beschäftigungen. Wenn du mich fragst, hat sie Guido nur wegen seines Reichtums geheiratet!«

Kaum sind die hässlichen Worte gesagt, bereut Lois sie auch schon und beißt sich auf die Lippe.

»Das glaube ich nicht«, sagt Onno. »Und selbst wenn, wäre das jetzt nebensächlich. Es geht um dich, nicht um Tessa.«

»Ja, ich habe auch hier und da meine Macken von früher. Aber ich habe keine Lust, mit dir darüber zu reden. Vielen Dank, dass du dir Zeit genommen hast, mich über diese Störung zu informieren.« Lois steht auf und greift dabei nach ihrer Tasche und den Büchern.

»Nun hab ich dich vergrault …« Er macht eine schuldbewusste Miene. »Bestimmt willst du nicht mehr mit mir essen gehen, oder? Das hatten wir doch abgemacht.«

»Ich weiß. Aber da ich obsessiv Sport treibe, ein Workaholic bin und obendrein auch noch Kontaktschwierigkeiten habe, lassen wir das besser. Der Abend würde bestimmt ein Riesenreinfall.«

»Das Risiko gehe ich ein, und ich verspreche dir hoch und heilig, nicht den Psychiater rauszukehren.«

Trotz ihres Ärgers muss Lois lachen. »Du kannst ebenso wenig aus deiner Haut wie ich«, sagt sie. »Ich gehe jetzt, tschüs Onno, noch einen guten Abend.«

Ein kurzes Nicken, und bevor er reagieren kann, ist sie auch schon an der Haustür.

Als sie im Auto sitzt, wirft sie einen Blick zurück zum Wohnzimmerfenster. Onno steht noch genauso da wie vorhin, mit hängenden Schultern, die Hände in den Hosentaschen vergraben.

Auf dem Weg nach Alkmaar kocht noch einmal die Wut in ihr hoch: auf Tessa mit ihrem dämlichen Gerede, auf Onno, der sich von ihr hat einspannen lassen, auf Guido, dem es am allerwenigsten zusteht, sich in ihr Leben einzumischen, und letztlich auf sich selbst – denn die Vorzeichen standen gut, und sie hätte einen netten Abend mit einem Mann verbringen können, der sie offensichtlich gernhat.

Sie fährt am Revier vorbei. Ramon, Fred und ein paar weitere Kollegen arbeiten sicher noch, denn hinter den Fenstern brennt Licht.

Einen Moment lang ist sie versucht anzuhalten und zu erzählen, was sie in Erfahrung gebracht hat, doch der deprimierende Gedanke, dass es ihr – ähnlich wie Maaike – nicht gelingt, etwas aus ihrem Leben zu machen, hält sie davon ab.

Sie braucht jetzt Schlaf, möglichst viel Schlaf, dann sieht sie morgen wieder klar und fühlt sich nicht mehr so niedergeschlagen.

40

Sie muss in aller Eile das Nötigste zusammengerafft haben, bevor sie ging. Zu Fuß zum Bahnhof, denn das Rad steht noch an der Zeglis, und ein Auto besitzt sie nicht. An nichts von alledem kann Maaike sich erinnern, aber so etwa muss es gelaufen sein.

Nachdem sie erst überhaupt nicht wusste, wo sie war, gab ein Blick aus dem Fenster Aufschluss: Zeedijk steht auf dem Straßenschild am Haus gegenüber, und seitlich an der Wand hat sie das Aushängeschild einer Pension entdeckt.

Wie lange ist sie schon in Amsterdam? Wieder fehlt ein Stück Erinnerung. In letzter Zeit passiert das beängstigend oft. Manchmal ist es nur eine Stunde, ein andermal mehr – so wie jetzt.

Jahrelang konnte sie sich die immer wiederkehrenden Blackouts nicht erklären und war völlig verwirrt, wenn Unbekannte sie grüßten oder ansprachen und von Dingen redeten, an die sie sich nicht erinnerte.

Als Schülerin saß sie mitunter im Klassenzimmer und befand sich im nächsten bewussten Moment in einem Einkaufszentrum, manchmal mit erstaunlich viel Geld in der Börse, dann wieder ohne einen Cent. In ihrem Kleiderschrank tauchten Sachen auf, die sie nicht selbst gekauft hatte und die auch gar nicht ihr Stil waren.

Später, in Amsterdam, fand sie in ihrem Zimmer stümperhaft gemalte Bilder vor, die mit einem großen T signiert waren, und eines Tages lag in der Kommodenschublade eine sündhaft teure Kamera samt Beleg, bezahlt mit ihrer Karte.

Die Angst, für verrückt erklärt zu werden, hielt sie davon ab, jemandem von diesen Vorkommnissen zu erzählen. Es war aber alles andere als einfach, ihre Probleme, die sie für eine Geistesstörung hielt, zu kaschieren.

Im zweiten Jahr an der Kunstschule lernte sie Daniela kennen. Sie freundeten sich an, und Daniela mit ihrer zugewandten Art merkte bald, dass etwas nicht stimmte. Durch geduldiges Nachfragen gelang es ihr, sie aus der Reserve zu locken. Daniela war es auch, die ihr riet, sich in psychologische Fachliteratur zu vertiefen und so mehr über ihre Störung zu erfahren. Sie erwies sich zugleich als ebenso verlässliche wie verschwiegene Freundin.

Dank Danielas Unterstützung ging es ihr besser – die anderen Persönlichkeiten traten nicht mehr oft zutage, so als spürten sie, dass sie seltener gebraucht wurden. Wie viele es waren, wusste Maaike erst nicht. Nur die stärkste kannte sie dem Namen nach: Tamara. Sie tauchte dann auf, wenn Maaike sich einer Situation nicht gewachsen fühlte.

Weil sie nun um ihre Störung wusste und sich von ihr befreien wollte, hatte Maaike schließlich einen Therapeuten aufgesucht. Als er ihr jedoch eröffnete, dass sie sich auf einem langwierigen Weg den schmerzhaften Traumata der Vergangenheit würde stellen müssen, brach sie die Sitzungen ab, überzeugt, dass es besser sei, mit ihrem »Handicap« umgehen zu lernen, als alte Wunden aufzureißen.

Maaike weiß, dass Tamara keine eigenständige Person ist, sondern lediglich ein Alter Ego, dennoch kommt es ihr oft vor, als wären die Rollen umgekehrt. Es ist Tamara, die wichtige Entscheidungen für sie trifft, die bestimmt, wann es an der Zeit ist, den Wohnort zu wechseln, und die verhindert, dass sie enge Beziehungen zu anderen Menschen aufbaut. Nur ihre Freundschaft mit Daniela war bisher eine Art Tabu für Tamara, denn sie festigte sich in einer Phase, als es Maaike relativ gut ging.

An die Zeit vor ihrem elften Lebensjahr hat sie lediglich schemenhafte Erinnerungen, ebenso an den Autounfall, bei dem ihre Eltern umkamen. Sie weiß nur, dass es passierte, als sie auf dem Weg zu den Großeltern waren. Weil sie eingeklemmt war, muss sie schlimme Schmerzen und große Angst gehabt haben, doch daran erinnern kann sie sich nicht. Wenn sie an den Unfall denkt, sieht sie keine Bilder ihrer blutüberströmten Eltern vor sich, und kann nur vermuten, dass es in dem Autowrack durchdringend nach Benzin gerochen haben muss. Dabei war sie, wie die Rettungssanitäter ihren Großeltern mitteilten, bei vollem Bewusstsein, als man sie aus dem Wagen holte.

Maaike glaubt, dass Stefanie, ihr zweites Alter Ego, die Erinnerungen an den Unfall übernommen hat, um ihr die Last zu erleichtern.

Wie ein Tag wird, merkt Maaike oft schon morgens beim Aufwachen. Wenn sie sich nicht wohl in ihrer Haut fühlt, weil etwas ihr Sorgen bereitet, ist das ein schlechtes Vorzeichen. Häufig passiert dann auch, was sie befürchtet, und sie wird sich erst am Abend oder gar am nächsten Morgen wieder ihrer selbst bewusst. Herauszufinden, was genau in der fehlenden Zeit geschehen ist, erweist sich als schwierig bis unmöglich. Nur ab und zu fällt ihr etwas in die Hände, beispielsweise ein Kaufbeleg in der Jackentasche oder ein Zettel mit Tamaras Handschrift. Und immer wieder findet sie Botschaften auf ihrem Handy, die nicht für sie bestimmt sind.

Bei den Morden an David und Julian ahnte sie gleich, dass Tamara die Hände im Spiel hat, auch wenn sich in ihrem Atelier nicht der geringste Beweis fand. Sie wusste jedoch, dass ihr Alter Ego sich in einer Wohnung an der Zeglis eingenistet hatte, denn dort war sie ein Mal zu sich gekommen und in Panik sofort davongelaufen. Noch ein weiteres Mal war sie dort, um sich genau umzusehen, denn sie wollte um jeden Preis verhindern, dass noch mehr Morde geschehen. Taten, die sie zutiefst verabscheut, für die sie aber dennoch verurteilt werden kann.

Eigentlich kann es nur einen Grund geben, weshalb sie in diesem Zimmer ist: Ihr Alter Ego ist geflohen. Die ganzen letzten Wochen schon hatte Maaike Angst, die Polizei würde Tamara auf die Spur kommen. Was ist bloß passiert, dass sie Hals über Kopf hierhergefahren ist?

Maaike legt sich aufs Bett, schließt die Augen und sucht nach ihrer letzten bewussten Erinnerung.

Sie hat mit Daniela gesprochen … genau, Daniela war vorbeigekommen, aufgebracht und zornig, weil sie von dem Mord an Julian erfahren hatte. Sie forderte, dass sie – Maaike – sich der Polizei stellt, und wollte notfalls selbst hingehen.

In diesem kritischen Moment muss Tamara auf den Plan getreten sein, wie oft, wenn Maaike unter Druck gerät. Wahrscheinlich hat sie Daniela die Tür gewiesen und in aller

Eile ein paar Sachen gepackt, weil sie fürchtete, demnächst festgenommen zu werden.

Maaike fährt hoch. Ob Daniela ihre Drohung wahrgemacht und die Polizei informiert hat?

Sie holt das Handy aus ihrer Tasche, schaltet es ein, wählt Danielas Nummer und wartet nervös. Als die Voicemail anspringt, drückt sie die Aus-Taste. Wie sie Daniela kennt, wird sie zurückrufen, sobald sie die Meldung »Anruf in Abwesenheit« liest.

41

»Mann, wie siehst du denn aus?«, sagt Nick mit vollem Mund, als Lois um halb acht das Büro betritt. Vor ihm liegt eine Tüte Croissants. »Hast du durchgefeiert?«

»Wenn du dein Gebiss ordentlich einsetzt, versteh ich dich vielleicht«, kontert Lois, stellt ihre Tasche ab und ignoriert Jessicas Kichern. Dass sie total übernächtigt aussieht, ist kein Wunder, hat sie doch am Abend, statt gleich zu schlafen, noch stundenlang in Onnos Büchern gelesen.

»Gibt's was Neues?«, fragt sie routinemäßig.

»Maaike hat gestern spätabends bei ihrer Freundin angerufen.«

»Wie bitte?!« Ruckartig fährt sie herum. »Hat sie eine Nachricht hinterlassen?«

»Nein, sie hat aufgelegt, als niemand dranging. Aber dass sie bei einer Frau anruft, die sie kurz vorher umgebracht hat, finde ich ein starkes Stück.«

»Nicht wenn sie an dieser Identitätsstörung leidet. Im Grunde ist ihr Anruf der beste Beweis dafür.«

»Du glaubst diesen Humbug doch nicht etwa?«, fragt Nick. »Das Weib ist gemeingefährlich. Bringt zwei Männer um und schneidet ihnen auch noch den Pimmel ab. Sie muss blutbespritzt gewesen sein, von oben bis unten, so wie die Leichen aussehen, und wird trotzdem behaupten, dass sie sich an nichts erinnern kann.«

»Jetzt mal langsam. Wahrscheinlich hat Tamara, ihre andere Persönlichkeit, die Spuren gleich getilgt. Wenn es so war, dann fehlt Maaike einfach nur ein Stück Zeit, und sie hat wirklich keine Ahnung, was passiert ist. Ich habe gestern noch mit einem Psychiater darüber gesprochen. Er hat mir versichert, dass das möglich ist. Wo ist Ramon?«

»Hier.« Ramon kommt gerade ins Zimmer. Sein Stoppelbart und das knittrige Hemd lassen vermuten, dass er die Nacht durchgearbeitet hat. Lois kann sich das gut vorstellen. Wenn Stress ist, hat sie ihren Chef schon öfter morgens schlafend am Schreibtisch vorgefunden.

»Um halb neun treffen wir uns im Besprechungsraum. Lois, du berichtest dann, was dieser Psychiater gesagt hat. Und dann sehen wir mal, was mit dem IMSI-Catcher-Verfahren zu erreichen ist.«

»Was für ein Verfahren?« Jessica macht ein fragendes Gesicht.

»Damit kann man sehen, welche Nummern die Frau anruft und in welchem Netzbereich sie sich aufhält.«

»Ist doch super«, sagt Jessica. »Dann haben wir sie in null Komma nichts geortet.«

»So einfach ist es auch wieder nicht«, mischt Nick sich ein. »In großen Städten lässt sich der Standort des Anrufers oft nicht genau ausmachen, weil die dichte Bebauung das Signal blockieren kann.«

»So ist es«, sagt Ramon. »Uns wäre schon geholfen, wenn wir ihren ungefähren Aufenthaltsort wüssten. Lois, kommst du bitte kurz mit? Ich wüsste gern vorab, was der Psychiater gesagt hat.«

Sie folgt ihm in sein Büro und fasst Onnos Ausführungen kurz zusammen.

Nachdenklich klopft Ramon mit seinem Kugelschreiber auf die Schreibtischkante. »Wenn ich recht verstehe, hat die Scholten also die Morde begangen, aber nicht bewusst. Hmmm, ich weiß echt nicht, was ich davon halten soll … Dass Angeklagte ein Blackout – oder wie immer man's nennen will – vorschieben, hat bisher selten einen Richter überzeugt.«

»Bei einer psychiatrischen Untersuchung wird sich herausstellen, ob sie wirklich krank ist oder nur so tut.«

»Du hast anscheinend keine Zweifel?«

»Nein.«

»Erinnerst du dich noch an den Fall Anita Lijbrand?«

Sie nickt. Anita Lijbrand stand unter Verdacht, ihren Ehemann und die drei gemeinsamen Kinder getötet zu haben. Vor Gericht behauptete sie, Stimmen im Kopf hätten ihr die grausame Tat befohlen. Als sie eingehend untersucht wurde, ergab sich, dass sie völlig gesund war. Sie wollte schlicht ein neues Leben mit ihrem italienischen Liebhaber beginnen, den sie im Urlaub kennengelernt hatte.

»Dass es Täter gibt, die Krankheiten oder Störungen vortäuschen, schließt ja nicht aus, dass andere an so etwas leiden und Verbrechen begehen, an die sie keine Erinnerung haben«, entgegnet Lois. »Ich stelle mir die ganze Zeit vor, wie Maaike sich fühlt, seit sie ahnt, was ihr zweites Ich angerichtet hat. Mir tut sie unendlich leid, denn so was ist mehr als tragisch.«

»Tragisch oder nicht, wir müssen sie schnellstens fassen. Und falls sie tatsächlich nur Ahnungen hat, ist das für uns von Vorteil. Den ersten Fehler hat sie ja bereits gemacht.«

»Durch ihren Anruf bei Daniela.«

»Richtig. Obwohl das auch ein Trick sein kann, um uns vorzumachen, sie wüsste nichts vom Tod ihrer Freundin. Wie auch immer, erst einmal müssen wir sie haben. Ich bin jedenfalls gespannt, was die anderen nachher zu deinem Bericht meinen.«

Im Büro sind inzwischen alle Arbeitsplätze belegt, es riecht nach Kaffee und mitgebrachten Frühstücksbroten.

»Schlecht geschlafen?« Fred, der selbst auch nicht gerade taufrisch wirkt, mustert sie besorgt.

»Ich war gestern Abend in Overveen, um mit einem Psychiater zu sprechen«, sagt sie. »Er ist Guidos Cousin, ich hab ihn bei der Geburtstagsfeier kennengelernt.«

»Und konnte er dir was über diese Dingens-Störung sagen?«

»Dissoziative Identitätsstörung«, verbessert Lois. »Ja, er hat mir eine ganze Menge darüber erzählt. Ich darf nachher berichten.« Sie zieht eine Grimasse.

»So was kannst du doch.«

Klar kann sie das, aber darum geht es nicht. Nach einem einzigen Gespräch mit einem Psychiater und ein paar Stunden Lektüre ist sie noch längst keine Expertin. Bestimmt reagieren die Kollegen skeptisch.

Und so kommt es auch. Trotz der vornehmlich amüsierten und kritischen Mienen um sie herum redet sie unbeirrt weiter. Als sie geendet hat, setzt sie sich.

Ramon ergreift das Wort: »Ihr habt gehört, was Lois in Erfahrung gebracht hat. Damit ist zwar noch nicht gesagt, dass unsere Verdächtige tatsächlich an dieser Störung leidet, aber die Möglichkeit besteht, und wir müssen bei der Festnahme darauf eingestellt sein.« Er spricht noch kurz über den Anruf auf Danielas Handy und das weitere Vorgehen, dann schließt er die Sitzung.

Gegen Mittag reißt Ramon die Tür auf und stürmt mit großen Schritten ins Büro.

»Eine gute Nachricht, Leute! Das Telefon der Scholten ist eingeschaltet. Die Signale gehen an einen Sendemast im Zentrum von Amsterdam.«

»Wo ungefähr?«, fragt Nick.

»Nicht weit vom Nieuwmarkt, eventuell Zeedijk. Kennst du dich dort aus?«

»Im Rotlichtviertel kennt Nick sich bestens aus«, sagt Lois.

Sogar Ramon stimmt in das allgemeine Gelächter ein – nun, da der Fall, der sie seit Wochen in Atem hält, vermutlich bald gelöst ist, wirkt er entspannter.

»Silvan, setz dich mit dem Revier Beursstraat in Amsterdam in Verbindung«, sagt er. »Es könnte gut sein, dass wir nachher vor Ort Verstärkung brauchen. Fred, Lois und Jessica, ihr ruft sämtliche Hotels und Pensionen in der fraglichen Gegend an, Nick und Claudien erkundigen sich bei allen Amsterdamer Parkhäusern nach dem weißen Opel Corsa.«

Noch ehe die Aufgaben ganz verteilt sind, machen sich die Kollegen an die Arbeit. Danielas Auto ist rasch gefunden: Es steht in einem Parkhaus am Stadtrand.

»Dort hat sie es abgestellt und muss die Straßenbahn oder den Bus genommen haben«, sagt Lois. »Hätte sie nicht telefoniert, wäre es verdammt schwierig gewesen, sie auszumachen.«

Sie wählt die Nummer des nächsten Hotels. Wider besseres Wissen hat sie es zunächst bei den größeren versucht – in keinem ist eine Frau namens Maaike oder Tamara abgestiegen, und niemand hat sie auf dem Foto aus Danielas Handy erkannt, das sie hingemailt haben.

»Wenn sie ein Hotelzimmer genommen hat, müssten wir sie längst haben«, sagt Fred nach einem weiteren erfolglosen Telefonat. »Vielleicht hat sie Bekannte in der Gegend, bei denen sie sich aufhält, oder …«

Mitten in seinen Satz hinein ertönt Jessicas Triumphschrei: »Wir haben sie! Gerade hat eine Pension am Zeedijk bestätigt, dass sie dort wohnt.«

42

Etwas stimmt nicht. Kaum hat Tamara das Haus betreten, überkommt sie ein mulmiges Gefühl. Zwei Plastiktüten mit Einkäufen in den Händen, bleibt sie stehen und sieht sich in dem leicht schmuddeligen Vorraum um. Ramona de Bont, die Pensionswirtin, steht an der Rezeption und blättert hektisch in einem Ordner.

Bis jetzt hat sie immer freundlich gegrüßt und war, zu Tamaras Missfallen, sogar zum Plaudern aufgelegt. Nun aber sieht sie nicht einmal auf.

Langsam geht Tamara zur Treppe. Wenn man sie ausfindig gemacht hat, wartet oben vielleicht eine Polizeieinheit auf sie.

Zögerlich setzt sie den Fuß auf die erste Stufe und schaut dabei rasch über die Schulter. Die Pensionswirtin starrt sie an, wendet aber sofort den Blick ab.

Ob sie sie erkannt hat? Aber woher soll sie überhaupt wissen, dass man sie sucht?

Das verfluchte Handy, klar! Sie selbst hätte es nie benutzt, aber vorhin hat sie es überprüft und gesehen, dass telefoniert worden ist.

Sie muss unter allen Umständen verhindern, dass Maaike in nächster Zeit wieder in den Vordergrund tritt. Doch das ist alles andere als einfach. Besonders wenn sie müde wird, besteht die Gefahr, dass Maaike die Oberhand gewinnt. Heute Morgen hat sie ihr auf einem Zettel verklausuliert mitgeteilt, dass die Polizei hinter ihnen her ist und sie auf keinen Fall nochmals das Telefon benutzen soll.

Zwischendurch war Maaike noch einmal präsent, denn später lag der Zettel, zu Asche verkohlt, im Toilettenbecken. Sie weiß also Bescheid.

Oben an der Treppe bleibt Tamara stehen und lässt den Blick durch den Flur schweifen. Niemand zu sehen. Sie spitzt die Ohren, hört aber nichts bis auf verfrühte Silvesterkracher draußen auf der Straße.

Sie stellt die Plastiktaschen ab, fasst in ihre Jackentasche und schließt die Hand um das Pfefferspray, das sie gleich nach der Ankunft in Amsterdam gekauft hat. Wenn in ihrem Zimmer bewaffnete Polizisten lauern, kann sie die damit kurzzeitig außer Gefecht setzen.

Auf Zehenspitzen schleicht sie zur Zimmertür und inspiziert das Schloss. Unversehrt. Aber das muss nichts heißen, vielleicht hat die Wirtin den Zweitschlüssel herausgegeben.

Sie holt tief Luft und schließt auf. Den Rücken an die Wand gepresst, drückt sie gegen die Tür und erwartet, jeden Moment »Hände hoch!« oder »Keine Bewegung!« zu hören, sodass sie fast erschrickt, als alles still bleibt.

Misstrauisch und mit der Spraydose im Anschlag lugt sie in den Raum. Er sieht noch genauso aus, wie sie ihn verlassen hat. Nichts deutet darauf hin, dass Grund zur Sorge besteht.

Vorsichtig geht Tamara ins Zimmer, öffnet den Kleiderschrank und schaut ins Bad. Nichts.

Sie holt ihre Taschen, die noch oben an der Treppe stehen.

Wieder im Zimmer, schließt sie sorgfältig hinter sich ab. Weil sie stark schwitzt und heftiges Herzklopfen hat, setzt sie sich auf die Bettkante und wartet, bis sie wieder zur Ruhe kommt und über ihre James-Bond-Imitation lachen kann.

Dennoch wähnt sie sich nicht in Sicherheit. Schließlich hat Maaike am Vorabend telefoniert, und dass die Pensionswirtin so merkwürdig war, gefällt ihr ganz und gar nicht. Sie nimmt ihre Reisetasche und beginnt zu packen.

Dann geht sie in den Frühstücksraum auf ihrer Etage, von dem aus eine Feuertreppe in das Sträßchen hinter dem Haus führt. Zum Glück hat sie gleich zu Anfang nach einem Fluchtweg Ausschau gehalten; eine gute Vorbereitung ist die halbe Miete.

Unten angekommen, hastet sie durch das Gewirr der Gassen in Richtung Hauptbahnhof.

Am Damrak, wo auch jetzt im Winter die Rundfahrtenboote auf die Touristen warten, wirft sie in hohem Bogen das Handy ins Wasser.

Ein paar Passanten schauen sie kopfschüttelnd an. Ohne ihnen einen Blick zu gönnen, überquert sie den Bahnhofsvorplatz und steuert auf den Eingang der Metro zu.

43

Die Polizeieinheit, die kurz nach drei die Pension am Zeedijk stürmt, findet Tamaras Zimmer verlassen vor.

»Wie? Sie ist nicht oben? Ich hab sie doch nicht weggehen sehen. Und kein Wort zu ihr gesagt!« Ramona de Bont wirkt völlig verdattert.

»Bestimmt ist sie zum Bahnhof gelaufen«, sagt Lois. »Nichts wie los!«

Gemeinsam mit den Kollegen rennen sie und Fred die kurze Strecke hin, suchen die Bahnsteige ab, durchkämmen die Läden und halten den Wachleuten Maaikes Foto vor.

»Woher hat sie gewusst, dass wir kommen?«, überlegt Lois laut.

»Vielleicht von der Pensionswirtin. Die behauptet zwar das Gegenteil, aber weiß man's?«, antwortet Fred. »Wie auch immer, sie ist entkommen. Und hat leider nichts Aufschlussreiches im Zimmer liegen lassen. Sogar der Papierkorb war leer, wie mir der Kollege, der dageblieben ist, gerade gemeldet hat.«

»Komm, wir gehen noch mal zurück und reden mit Frau de Bont. Vielleicht hat sie was beobachtet, das uns weiterhilft.«

Ramona de Bont wurde bereits aufs Revier Beursstraat gebracht. Durch den Einwegspiegel sieht Lois sie im Verhörraum sitzen, mit indignierter Miene, die mit unzähligen goldenen Reifen behängten Arme vor der Brust verschränkt.

»Ihr könnt reingehen und mit ihr reden«, sagt der Wachhabende.

Kaum haben sie den Raum betreten, zieht sie auch schon vom Leder. »Was soll das Ganze eigentlich? Erst krieg ich einen Anruf, ob bei mir eine Frau wohnt, die soundso aussieht, ich sag Ja, und dann werd ich selber verhaftet! Das lass ich mir nicht bieten! Ich kenn meine Rechte! Ohne triftigen Grund können Sie mich nicht festhalten.« Sie gestikuliert aufgeregt mit klirrenden Armreifen.

»Beruhigen Sie sich bitte«, sagt Fred, während er und Lois Platz nehmen. »Sie sind nicht verhaftet, wir wollen Sie lediglich befragen.«

»Befragen?«

»Genau, nicht verhören. Als Erstes wüssten wir gern, unter welchem Namen die Frau sich bei Ihnen eingetragen hat.«

»Mirjam Langhout. Aber wahrscheinlich heißt sie in Wirklichkeit anders, was?«

»Lassen Sie sich beim Einchecken nicht den Pass zeigen?«, erkundigt sich Lois.

»Nur, wenn ich wem nicht trau. Und die junge Frau hat einen guten Eindruck gemacht. Außerdem hat sie so … so verletzlich ausgesehen. Aber das war wohl Schein. Was hat sie denn verbrochen?«

Lois geht nicht auf die Frage ein. »Können Sie uns noch mehr über sie sagen?«

»Nicht viel. Sie war kurz angebunden. Wissen Sie, ich sag zu meinen Gästen immer freundlich Guten Tag und Auf

Wiedersehen, ich frag, ob das Zimmer in Ordnung ist, ob sie noch was brauchen, zum Beispiel einen Stadtplan. Aber diese Mirjam hat kaum Antwort gegeben, schon das kam mir merkwürdig vor.«

»Haben Sie sich denn gar nicht mit ihr unterhalten? Irgendetwas muss sie doch gesagt haben?«, hakt Fred nach.

»Sie hat lange vor ihrem Laptop gehockt. Auf den Zimmern gibt es keinen Empfang, deshalb ist sie runtergekommen. In dem kleinen Aufenthaltsraum neben der Rezeption kann man nämlich das Funknetz von den Nachbarn mitnutzen.«

»Ihre Zimmer sind nicht mit Wi-Fi ausgestattet?«

»Nein. Es ist schließlich nur eine einfache Pension. Ich hab zwar einen Computer mit Internetanschluss unten stehen, aber die wenigsten Gäste benutzen ihn. Auch die junge Frau nicht.«

»Konnten Sie sehen, was die Frau genau gemacht hat?«

»Wie käm ich dazu, meinen Gästen nachzuspionieren!«

»Es könnte doch sein, dass Sie zufällig im Vorbeigehen etwas mitbekommen haben.«

Ramona de Bont wird rot. Sie holt tief Luft und sagt: »Na ja, sie hat was auf Facebook gemacht, da sind die jungen Leute heutzutage ganz wild drauf.«

»Also doch«, sagt Fred.

»Es war reiner Zufall, dass ich das gesehen hab«, verteidigt sich die Pensionswirtin. »Ich musste an ihr vorbei, weil ich das Fenster zumachen wollte, und dass ich gute Augen hab, da kann ich doch nichts für, oder?«

»Auf keinen Fall. Ist Ihnen sonst noch etwas aufgefallen?«

Nein, nichts weiter, was Ramona de Bont aber nicht davon abhält, nochmals ausführlich ihre Menschenkenntnis zu rühmen und zu behaupten, im Grunde habe sie sofort gemerkt, dass da etwas faul war. Als Lois fragt, warum sie dann nicht gleich die Polizei benachrichtigt habe, schweigt sie.

»Können Sie sich einen Grund denken, warum die Frau geflohen ist? Haben Sie sie etwa gewarnt?«, setzt Fred die Befragung fort.

»Was denken Sie von mir!?«, kommt es empört.

»Nun ja, sie könnte Ihnen zum Beispiel leidgetan haben. Vorhin sagten Sie, die Frau habe so verletzlich ausgesehen.«

»Doch nur am Anfang, in Wirklichkeit war das eine ganz arrogante Person, die den Mund kaum zum Grüßen aufkriegte. Was, sagten Sie noch mal, hat sie verbrochen?«

Fred steht auf und reicht ihr die Hand. »Herzlichen Dank, Frau de Bont. Sie haben uns sehr geholfen. Wenn wir noch weitere Fragen haben, melden wir uns bei Ihnen.«

Widerwillig verlässt die aufgetakelte Pensionswirtin den Verhörraum und wird von einem uniformierten Polizisten zum Ausgang begleitet.

»Facebook«, sagt Lois. »Was hat sie auf Facebook gesucht?«

»Die Frage lautet eher: wen? Wenn man jemanden sucht, geht man mittlerweile zuerst über die sozialen Netzwerke. Hat Leegwater nicht auch gesagt, er sei bei Facebook?«

»Ja, und außerdem twittert er.«

44

Das Haus ist größer, als sie erwartet hat. Aus den Dreißigerjahren vermutlich und etwas düster wegen der dunkelbraunen Backsteine, dafür hat es einen hübschen Erker.

Tamara betrachtet es aufmerksam. Die Jalousien im Erdgeschoss sind heruntergelassen, vielleicht ein Zeichen dafür, dass keiner zu Hause ist, und es kommt auch kein Rauch aus dem Schornstein.

Sie geht durch den Vorgarten und klingelt. Ein melodisches Bimmeln schallt durch den Flur, aber niemand öffnet. Tamara versucht es erneut und späht, als wieder alles still bleibt, durch den Briefschlitz. Auf der Fußmatte liegt ein Stapel Papier. Sehr gut, anscheinend ist kein Nachbar beauftragt, sich um Post und Zimmerpflanzen zu kümmern.

Sie tritt ein paar Schritte zurück und blickt an der Fassade hoch. Kein Fenster auf Kipp.

Tamara verlässt den Vorgarten und geht zum Durchgang neben dem Haus, in dem mehrere Mülltonnen stehen. Hier kommt kaum Sonne hin; in den Ritzen der feuchten Bodenplatten wächst Moos.

Die Holztür zum Garten hat schon bessere Zeiten erlebt. Tamara probiert die Klinke, aber so alt die Tür auch sein mag, sie gibt nicht nach. Durch einen Spalt ist zu sehen, dass sie von innen verriegelt ist.

Tamara stellt ihre Reisetasche ab. Dann schiebt sie eine der Mülltonnen vor die Tür und legt eine zweite als Aufstieg quer davor. Sie klettert hinauf, steigt über die Tür hinweg und lässt sich an der anderen Seite hinab.

Der Garten ist ziemlich zugewuchert und wird von schlecht geschnittenen Sträuchern gesäumt. Im Sommer würden diese sie vor Blicken der Nachbarn schützen, jetzt aber sind ihre Zweige kahl.

Sie muss sich beeilen.

Hastig öffnet Tamara den rostigen Riegel und tritt wieder in den Durchgang. Dort räumt sie die Mülleimer zurück, nimmt ihre Tasche, geht in den Garten und verriegelt die Tür hinter sich.

Jetzt muss sie nur noch ins Haus kommen. Die meisten Leute verstecken für den Notfall einen Reserveschüssel im Freien und sind dabei oft nicht allzu erfinderisch. Vielleicht ist das auch hier der Fall?

Tamara dreht leere Blumentöpfe um, inspiziert den gemauerten Grill auf der Terrasse, späht in Mauerspalten und prüft, ob vielleicht eine der Steinplatten lose ist. Ohne Erfolg. Nirgends ist ein Schlüssel versteckt, es sei denn so gut, dass kein Mensch ihn finden kann.

Vor einem schmalen Fenster, das wohl zu einem Kellerraum gehört, geht sie in die Hocke und schätzt Höhe und Breite. Ob sie durchpasst? Doch, es könnte klappen, sie ist ja zierlich.

Am Rand der Terrasse findet sie mehrere Steine. Mit einem davon wirft sie die Scheibe ein, danach klopft sie mit einem anderen die Glaszacken rundum aus dem Rahmen.

Sie schiebt die Beine durch das Fenster. Ihre Tasche wird sie später holen, die wäre jetzt nur hinderlich.

Einem Schlangenmenschen gleich, zwängt sie sich Zentimeter um Zentimeter durch die Öffnung. Plötzlich steckt sie fest, halb im Freien, halb im Keller. Sie hält die Luft an, versucht es erneut und schrammt sich dabei den Rücken.

Mit einem Mal ist der Widerstand jedoch überwunden, sie gleitet hinein und landet auf dem Kellerboden. Dummerweise inmitten der Glasscherben, und zu allem Überfluss verletzt sie sich beim Abstützen die Hand.

Sie wischt das Blut an ihren Jeans ab und steht auf. Das Glas knirscht unter ihren Schuhen, als sie die ersten Schritte macht.

Plötzlich fällt ihr ein, dass die Tür oben zur Wohnung ja auch abgeschlossen sein könnte.

Sie sucht die Treppe, hastet die Stufen hinauf und drückt die Klinke.

Offen, Gott sei Dank!

Die Tür führt zu einem Hauswirtschaftsraum mit Waschmaschine, Trockner, Bügelbrett und dergleichen. Von dort gelangt man in den Flur.

Es ist ein seltsames Gefühl, in einem fremden Haus umherzugehen, und einen Moment lang scheint die Stille um sie herum etwas Vorwurfsvolles zu haben. Unwillig schüttelt sie den Gedanken ab und wirft einen Blick ins Wohnzimmer. Helle Dielen, abstrakte Gemälde in leuchtenden Farben an den weißen Wänden, dazu exotische Dekogegenstände wie einige geschnitzte Holzmasken, die allerdings so gar nicht zu der nüchternen Einrichtung passen.

Als Nächstes geht Tamara die Treppe hinauf. Oben ist ein schmaler Flur, von dem drei Türen abgehen. Ins Bad, ins

Schlafzimmer und ins Arbeitszimmer, wie sie feststellt. Auch hier Holzfußboden und weiße Raufaser. Weiß ist auch der große Schreibtisch, auf dem ein Computer steht. Sehr gut, den wird sie gleich brauchen.

Vorsichtig, als könnte jemand sie hören, geht sie wieder nach unten und ins Wohnzimmer. Durch die Ritzen der Jalousien dringt kaum Licht, und auch im hinteren Bereich, wo sich die offene Küche und der Essbereich befinden, ist es wegen der herabgelassenen Markise angenehm dämmrig.

Auf der ansonsten leeren Küchenarbeitsplatte steht eine Blechdose mit Schlüsseln. Tamara nimmt einen davon und steckt ihn ins Schloss der Hintertür. Er passt – gleich beim ersten Versuch Glück gehabt!

Sie geht ins Freie, holt ihre Tasche und schließt wieder sorgfältig hinter sich ab.

Dann füllt sie den Wasserkocher und stellt ihn an. Als das Wasser kocht, gießt sie Tee auf und nimmt eine Tasse mit nach oben. Im Arbeitszimmer schaltet sie den Computer an. Während er hochfährt, durchsucht sie die Schreibtischschubladen nach einem Notizbuch, in dem das Passwort vermerkt sein könnte.

Ein leichtes Schwindelgefühl im Kopf zeigt an, dass Maaike wieder die Kontrolle übernehmen will, aber dafür ist jetzt der absolut falsche Zeitpunkt.

»Später, Maaike«, flüstert sie vor sich hin. »Du verdirbst mir das nicht!«

Mit aller Macht versucht sie, die Oberhand zu behalten – ließe sie zu, dass Maaike jetzt die Regie übernimmt, würde der Plan nicht aufgehen, der letztlich ihnen beiden nutzen soll. Ohne sie, Tamara, wäre Maaike ein seelisches Wrack. Sie und auch Stefanie haben sie all die Jahre geschützt. Wenn

Maaike könnte, würde sie sich lieber heute als morgen von mir befreien, denkt Tamara, dabei mache ich das doch alles nur, um ihr zu helfen.

Sie richtet den Blick auf den Monitor und stellt erstaunt fest, dass der Computer nicht mit einem Passwort gesichert ist. Sie klickt Facebook an; auch hier ist kein Passwort nötig – anscheinend hat Helen sich beim letzten Mal nicht richtig ausgeloggt. Helen, die ihre Freundschaftsanfrage abgewiesen hat …

Sie überfliegt die neuesten Meldungen. Nichts von Belang. Wesentlich interessanter sind die Nachrichten, vor allem jene von Remco. Tamara beginnt zu lesen und lächelt siegesgewiss.

45

»Tamara hat sich also auf Facebook rumgetrieben«, sagt Fred, als sie wieder im Auto sitzen. »Auf diese Weise hat sie die ganze Clique aufgespürt.«

»Und herausgefunden, was die Leute heute machen. Ich versteh nicht, dass so viele ignorieren, wie gefährlich es sein kann, buchstäblich jeden Schritt zu posten, den sie tun.«

»Du bist doch auch auf Facebook. Warum machst du eigentlich bei dem Unsinn mit?«

Lois zuckt die Schultern. »Weil es letztlich kein Unsinn ist«, antwortet sie. »Es macht Spaß, man findet Bekannte von früher wieder und kann mit Leuten Kontakt halten, die man nicht mehr sieht, weil man keine Zeit hat. Aber ich habe sämtliche Sicherheitseinstellungen aktiviert. Und poste bewusst nur bestimmte Dinge.«

»Man muss aber doch nicht mit allen, die man je gekannt hat, in Kontakt bleiben. Mir wäre das zu stressig.«

»Man muss nicht, aber man kann.« Lois schweigt kurz und fügt dann hinzu: »Auf Facebook tausche ich mich auch noch mit Brian aus.«

»Sieh an.«

»Wie meinst du das?«

»Tja, vernünftig finde ich es nicht gerade.«

»Und warum nicht?«

»Weil du so die Trennung nie überwinden wirst. Wenn es aus ist, ist es aus. Man suhlt sich eine Weile in seinem Liebeskummer, dann wendet man sich Neuem zu.«

»Vielleicht hast du recht. Aber anfangs war es mir ein Trost, dass er nicht ganz aus meinem Leben verschwunden war, dass ich auf Facebook sehen konnte, was er so macht.«

»Und mit wem«, ergänzt Fred.

Wider Willen muss Lois lachen. »Das auch«, gibt sie zu. »Und wenn ich einen Verdacht habe, schlafe ich schlecht.«

»Hör auf damit. Mit Facebook, Twitter und all dem Kram. Lass es einfach. Außer einem virtuellen Sozialleben bringt es nichts, oder?«

Wortlos holt Lois ihr Smartphone hervor.

»Was machst du da?«

»Ich folge Remco Leegwater auf Twitter, seit wir mit ihm gesprochen haben, und kontrolliere, ob er etwas schreibt, das Tamara auf seine Spur locken könnte. Bisher hat er das nicht gemacht. Und gerade eben ist mir eingefallen, dass ich ja sehen kann, ob Tamara ihm ebenfalls folgt.«

»Wie, das kann man sehen?«

»Ja, guck mal. Das hier sind seine Follower.« Lois scrollt die Liste entlang. »Sie ist nicht dabei«, stellt sie fest, »jedenfalls nicht als Maaike oder Tamara. Es kann aber sein, dass sie einen Nickname verwendet.«

»Und wie ist das bei Facebook?«

»Da kannst du auch unter einem anderen Namen ein Profil anlegen. Aber nur auf Twitter können andere sich einfach als Follower eintragen. Bei Facebook muss man erst eine Freundschaftsanfrage schicken, die entweder akzeptiert oder abgelehnt wird. Es gibt aber auch Profile, bei denen man auf Facebook relativ viel sehen kann, selbst wenn man nicht mit den Leuten befreundet ist.«

»Mit Freundschaften hat Tamara wohl eher nichts am Hut«, meint Fred trocken.

Lois lacht. »Unter einem anderen Namen vielleicht schon. Ich rufe Silvan an, der soll sich alle Follower von David, Julian und Remco vornehmen und die Listen auf Übereinstimmungen prüfen.« Mit flinken Fingern sucht sie seine Nummer und führt ein kurzes Telefongespräch.

Sie sind gerade auf die A9 gefahren, als ein Rückruf kommt.

»Hier Silvan. Ich bin noch nicht ganz durch, habe aber einen Namen gefunden, der euch interessieren wird. Leegwater hat sowohl auf Facebook als auch auf Twitter Kontakt mit Helen Groenenwoud. Die war doch früher seine Freundin.«

»Sei so nett und vergleiche Helens Follower und Freunde mit denen der drei Männer, ja?«

»Wird gemacht. Sie hat nicht besonders viele Twitter-Follower, nur neunundsechzig. Dafür aber jede Menge Facebook-Freunde.«

»Kannst du bitte auch prüfen, ob jemand sich bei ihr nach Remco erkundigt hat? Vielleicht haben wir Glück, und sie hat ihr Profil so eingestellt, dass viel freigegeben ist. Er ist bei einem Freund untergekrochen, nachdem wir ihn gewarnt haben. Womöglich hat er Helen anvertraut, wo er jetzt ist.«

»In Ordnung, ich kümmere mich drum. Bis später.«

Lois steckt das Telefon weg und wirft Fred, der mit gerunzelter Stirn am Steuer sitzt, einen Seitenblick zu. »Helen Groenenwoud ist doch verreist, oder?«

»Ja, sie arbeitet als Stewardess. Wir wollten mit ihr Kontakt aufnehmen, sobald sie wieder im Lande ist.«

»Vermutlich will Tamara das auch, um zu erfahren, wo ihr letztes Opfer sich aufhält.«

Sie sehen einander an.

»Das ist es«, sagt Lois langsam. »So kommen wir an sie heran! Falls Helen weiß, wo ihr Exfreund sich versteckt hält, wird sie das keinesfalls auf Facebook preisgeben, also muss Tamara versuchen, sie persönlich zu sprechen.«

»Wir müssen diese Helen unbedingt vor ihrer Rückkehr erreichen, egal wo sie gerade ist. Nach ihrer Landung soll sie wie üblich nach Hause gehen. Ich bin sicher, dass Tamara dann nicht lange auf sich warten lässt.« Mit grimmiger Miene tritt Fred das Gaspedal durch und wechselt auf die Überholspur. »Und *wir* sorgen dafür, dass ein Empfangskomitee bereitsteht.«

46

Sie befindet sich in einem ihr fremden Zimmer. Die Hände auf der Platte des Esstischs, sitzt sie regungslos da und sieht sich um. Nichts in dem großen Raum kommt ihr auch nur entfernt bekannt vor.

Nervös spielt sie an ihrem silbernen Ring herum, ihre Finger zittern.

Ein Blick auf die Armbanduhr verrät, dass später Nachmittag ist. Wieder fehlt ihr ein ganzes Stück Zeit.

Sekundenlang schließt sie die Augen, weil die Müdigkeit sie übermannt. Es ist so anstrengend, immer wieder herausfinden zu müssen, was in der Zwischenzeit geschehen ist.

Jeder Mensch hat seine dunkle Seite. Ihre heißt Tamara, und sie hat keinerlei Kontrolle über sie. Aber heißt das auch, dass sie für Tamaras Taten nicht verantwortlich ist? Nein, und deshalb ist sie gezwungen, mit ihr zu fliehen.

Es könnte ja sein, dass Tamara sich bei Bekannten eingenistet hat, überlegt Maaike. Sie wüsste zwar nicht, wer das sein sollte, aber was weiß sie letztlich von Tamaras Leben?

Nach einer Weile überwiegt die Neugier das ungute Gefühl. Sie steht auf.

Plötzlich denkt sie an Daniela. Ob sie sich in der Zwischenzeit gemeldet hat? Vielleicht hat sie angerufen und

Tamara erreicht. Wenn das der Fall ist, schickt sie in Zeitabständen mehrere SMS, bis Maaike die Nachrichten wieder lesen kann.

Maaike sucht ihr Handy, findet es aber nirgends, nicht in den Jeans und auch nicht in der Innentasche der Jacke. Wo ist es bloß hingekommen?

Mit wachsendem Unbehagen sieht sie sich genauer um. Weil die Jalousien herabgelassen sind, ist es ziemlich dunkel im Zimmer. Kurz ist Maaike versucht, sie zu öffnen, lässt es aber sein. Bestimmt sind sie nicht ohne Grund geschlossen. Ihr fällt auf, dass die Luft etwas muffig ist, so als wäre längere Zeit nicht gelüftet worden.

Sind die Hausbewohner verreist? Maaike zieht eine Kommodenschublade auf, um nach etwas zu suchen, das Aufschluss über ihre Identität gibt. In dem Moment hört sie ein Klappern, der Schreck fährt ihr in die Glieder. Doch dann ist es wieder still.

Als sie sich einigermaßen gefasst hat, geht sie auf Zehenspitzen zur Tür und lugt in den Flur. Vor der Haustür häufen sich Prospekte und Briefe. Also hat sie richtig getippt: Die Bewohner sind verreist.

Sie geht hin, bückt sich und zieht einen Brief aus dem Stapel. Er ist an Helen Groenenwoud adressiert.

Mit heftig klopfendem Herzen und bebenden Händen legt Maaike ihn wieder zurück. Handelt es sich etwa um die Helen, die sie aus Alkmaar kennt? Die hieß doch Groenenwoud ... Sie gräbt in ihrem Gedächtnis, kann sich aber nicht an Helens Aussehen erinnern, geschweige denn daran, wie sie einander kennengelernt haben. Eventuell war es am Gymnasium.

Maaike geht wieder ins Wohnzimmer und nimmt eines

der gerahmten Fotos von der Fensterbank. Eine junge Frau mit halblangem dunklem Haar lacht ihr entgegen. Sie steht zwischen zwei älteren Leuten – wahrscheinlich ihren Eltern – und hat die Arme um deren Schultern gelegt.

Auch die anderen Fotos zeigen Helen, einmal im Kreis von Freundinnen, dann mit einem Mann, der ein Kätzchen auf dem Arm hält.

Langsam kommen Erinnerungen hoch, an Helen und Remco, David und Julian.

Sie bekommt weiche Knie und beginnt zu hyperventilieren. Schnell setzt sie sich und versucht, ruhig und konzentriert zu atmen. Es hilft nichts. Sie braucht eine Plastiktüte, aber woher nehmen auf die Schnelle? Maaike formt mit den Händen eine Schale, schließt sie um den Mund und atmet hinein.

Ein, aus, ein, aus … Trotzdem wird ihr schwindlig, und der Atem geht immer schneller statt langsamer. Kurz bevor sie das Bewusstsein verliert, spürt sie, dass Tamara an ihre Stelle tritt.

47

Im Präsidium in der James Wattstraat herrscht Hochbetrieb. Dass die Mordverdächtige entkommen ist, drückt allen auf die Laune – daran ändern auch die leckeren Silvesterkrapfen nichts, die Ramon für seine Leute hat besorgen lassen.

Er selbst ist stinkwütend und genervt, unter seinen Achseln zeichnen sich Schweißflecken auf dem Hemd ab.

»Wie soll ich das bloß der Staatsanwältin erklären?«, poltert er. »Und vor allem: Wo steckt die Frau jetzt? Sie kann überall und nirgends sein!«

Er knallt eine dicke Akte auf seinen Schreibtisch. Durch die Erschütterung fällt prompt sein Kaffeebecher um.

»Verdammt noch mal!« Er zückt ein Papiertaschentuch, um die braune Brühe aufzutupfen.

»In ein paar Tagen haben wir sie garantiert«, beschwichtigt Fred. »Es hat wenig Sinn, dass wir jetzt überall und nirgends suchen. Besser wäre es, wir lauern ihr auf wie die Spinne im Netz. Sobald Helen Groenenwoud zu Hause ist, wird sie bei ihr auftauchen.«

»Wann kommt sie denn zurück?«, fragt Ramon mit nach wie vor bärbeißiger Miene.

»In drei Tagen«, sagt Lois. »Ich habe mit ihren Eltern

telefoniert. Sie haben mir Ankunftszeit und Flugnummer genannt, ihre Telefonnummer natürlich auch, aber sie hat das Handy ausgeschaltet. Claudien versucht gerade, sie über die Zentrale der KLM zu erreichen.«

»Wir müssen jemanden abstellen, der das Haus überwacht«, meint Fred.

»Woher soll ich genug Leute dafür nehmen? Die halbe Mannschaft liegt flach mit Grippe, dazu noch die Urlaubszeit. Wir sehen besser zu, dass wir mehr über diese Groenenwoud herausfinden und sie vor allem erreichen.«

»Ich kann mit Fred hinfahren und die Nachbarn fragen«, bietet Lois an. »Vielleicht war Tamara schon dort, und jemand hat das beobachtet.«

»Meiner Meinung nach bringt das nichts, wir wissen doch, wie unscheinbar Tamara sich zu machen versteht. Besser, ihr telefoniert erst mal mit den Hotels und Pensionen in … in … wo wohnt diese Stewardess doch gleich?«

»In Amstelveen.«

»Amstelveen und Umgebung also. Irgendwo muss sie ja übernachten. Fangt gleich an und vergesst nicht den Bericht über unseren heutigen Einsatz.«

Ramon wedelt ungeduldig mit der Hand, zum Zeichen, dass sie gehen können.

»Mag sein, dass Ramon recht hat«, sagt Lois auf dem Flur zu Fred. »Ich würde mich aber trotzdem gern mal in der Straße umhören.«

»Gibt es in der Nähe ein Hotel?«

»Das muss ich noch recherchieren. Aber wenn du mich fragst, wird sie kein Risiko eingehen. Bestimmt wechselt sie täglich die Unterkunft.«

»Gut möglich. Jedenfalls sollten wir uns an Ramons Anweisung halten. Dass sie sich jetzt schon in der Straße rumtreibt, kann ich mir nicht vorstellen.«

»Sie denkt anders als wir«, sagt Lois. »Vergiss das nicht.«

Wieder am Schreibtisch, ruft Lois ohne Ergebnis eine ganze Reihe Hotels in Amstelveen an und verfasst dann zusammen mit Fred den Einsatzbericht.

Früher als die letzten Tage macht sie sich auf den Nachhauseweg. Eigentlich hätte sie noch gern eingekauft, um abends zu kochen, doch an Silvester schließen die Supermärkte zeitig.

Lois radelt zum Bahnhof und ersteht dort ein Netz Orangen und einen Fertigsalat.

Zu Hause angekommen, packt sie die Einkäufe aus und presst sich als Erstes einen Saft. Um dieses hektische Leben durchzuhalten, braucht sie Vitamine – und noch viel dringender ein paar Tage zum Ausspannen. Allmählich fühlt sie sich wie ein ausgewrungener Putzlappen. Nicht einmal mehr nachts kommt sie zur Ruhe. Oft wälzt sie sich stundenlang im Bett herum, und wenn sie endlich eingeschlafen ist, schreckt sie bald wieder aus einem unruhigen Traum hoch.

Lois hält das Glas an den Mund und trinkt es zur Hälfte aus.

Dann geht sie ins Wohnzimmer, fährt ihren Laptop hoch und klickt Facebook an.

Diesmal sind gleich mehrere Meldungen von Brian dabei.

Lois' Herz setzt, wie immer, ein paar Schläge aus. Dann beugt sie sich vor, um besser sehen zu können.

Die hübsche blonde Frau, die auf einem der Bilder Brian

innig umarmt, war schon auf früheren Fotos. Die ihr aber bis zu diesem Moment harmlos vorgekommen waren.

Jetzt schließt sie die Augen und versucht mit aller Kraft, die aufkommende Verzweiflung niederzukämpfen.

Fred hat recht, denkt sie nach einer Weile, was ich da mache, ist absolut sinnlos. Brian kommt nicht wieder, und es wird höchste Zeit, dass ich mich damit abfinde.

Ab jetzt keinen Kontakt mehr, entscheidet sie.

Sie wird es überleben, schließlich ist es nicht das erste Mal, dass sie einen geliebten Menschen loslassen muss. Und mit ein paar Mausklicks entfernt sie Brians Namen von der Liste ihrer Freunde.

Später sitzt sie vorm Fernseher, müde, frustriert und ruhelos. Das Silvesterprogramm ist banal wie immer, und die Krapfen, die sie von der Arbeit mitgenommen hat, schmecken pappig.

Ihr Vater liebte Krapfen, am meisten seine selbst gebackenen. Weil die nicht immer gut gelangen, mussten sie manchmal noch am Silvesterabend am Stand vor der Grote Kerk anstehen. Um die Stunden bis Mitternacht zu überbrücken, erzählte er ihr und Tessa jedes Jahr wieder Geschichten. Wie beispielsweise früher Krapfen an die Ärmsten verteilt wurden, um ihnen etwas Fett auf die Rippen zu bringen. Ihr Vater konnte über alles und jedes Geschichten erzählen. Als Teenager nervte sie das. Lieber hätte sie mit ihm um eine Taschengelderhöhung verhandelt, statt ihm zuhören zu müssen. Trotzdem spuken ihr seine Geschichten noch heute im Kopf herum, obwohl er selbst längst fort ist.

Aber sie will sich jetzt nicht alten Erinnerungen hingeben

und womöglich noch sentimental werden, deshalb richtet sie ihre Gedanken auf Tamara. Wo mag sie sein? Was macht sie gerade, und was hat sie vor?

Immer stärker wird das Gefühl, sie sollte nicht zu Hause, sondern in Amstelveen sein, am besten vor Helens Haus Posten beziehen. Eine innere Stimme drängt sie geradezu hinzufahren, jetzt gleich. Ramon wird das nicht passen, aber was soll's – über ihre freie Zeit kann sie selbst bestimmen.

Sie hat sich gerade vom Sofa erhoben, als das Handy klingelt. Sie wirft einen schnellen Blick aufs Display: Onno.

Lois lässt es so lange läuten, bis die Mailbox angeht. Währenddessen legt sie das Schulterholster mit der Dienstpistole um, das sie mit nach Hause genommen hat, weil sie Bereitschaft hat.

Kurz darauf ist sie auf der A9 und eine halbe Stunde später in Amstelveen.

Sie fährt an Helens Haus vorbei und parkt ein Stück weiter. Im Rückspiegel hat sie das Gebäude gut im Blick.

Ein paar Jugendliche kommen auf dem Bürgersteig heran, albern herum und werfen Knallfrösche.

Hinter den Fenstern einiger Häuser sieht Lois Paare und Familien zusammensitzen, bei Fondue oder Raclette. Mit einem Mal wird sie wütend auf sich selbst. Was hat sie nur geritten hierherzufahren und im Dunkeln ein Haus zu observieren, statt ihren Feierabend zu genießen?

Aber nachdem sie nun einmal da ist, kann sie die Gelegenheit nutzen, dass an Silvester die meisten Leute zu Hause sind.

Sie zieht den Zündschlüssel ab und steigt aus, fest entschlossen, ihren Plan sofort umzusetzen. Den Gedanken daran, dass ihr das eigenmächtige Vorgehen mit Sicherheit einen Rüffel von Ramon eintragen wird, schiebt sie beiseite. Sollte sich etwas Wichtiges ergeben, wird sie es einfach so darstellen, dass er nicht komplett ausrastet.

Die Hände in den Jackentaschen vergraben, geht sie über den Bürgersteig.

48

Vom Schlafzimmerfenster im ersten Stock aus beobachtet Tamara die Frau, die aus ihrem Auto gestiegen ist und hergeschaut hat. Nicht beiläufig, sondern gezielt, als erwarte sie, etwas Bestimmtes zu sehen.

Im Licht der Straßenlaterne war sie leicht zu erkennen: Es ist die Polizistin Lois Elzinga aus Alkmaar, die hinter ihr und Maaike her ist.

Ihr unvermutetes Auftauchen hat Tamara ziemlich aus der Fassung gebracht. Sollte Lois schnurstracks herkommen? Als sie nun am Haus gegenüber klingelt, beruhigt Tamara sich ein wenig.

Die Tür geht auf, und sie sieht, wie Lois mit einem Mann redet. Worum es geht, ist nicht schwer zu erraten, denn der Nachbar deutet mehrmals herüber.

Wenn sie nur wüsste, was genau er sagt … Sie ist zwar an der Rückseite eingestiegen, aber vielleicht hat er oder jemand anders mitbekommen, wie sie mit den Mülltonnen zugange war. Weil das nicht auszuschließen ist, darf sie sich keine Schwäche mehr erlauben.

Vorhin wurde die Müdigkeit übermächtig, und sie nickte ein, sodass Maaike kurzzeitig in den Vordergrund treten konnte.

Sie muss verhindern, dass das wieder geschieht, auch wenn es ungeheuer viel Kraft kostet. Ein paar Tage nur, das kann sie schaffen. Das muss sie schaffen.

Nur gut, dass Maaike nichts von der Sache mit Daniela weiß. Einerseits tut Tamara der drastische Schritt leid, doch andererseits war er unvermeidlich. Es hatte sie von Beginn an gestört, dass Daniela so großen Einfluss auf Maaike hatte. Aber weil sie – bis vor Kurzem – immer zu ihr gehalten hatte, hat Tamara nie versucht, die Freundschaft ernsthaft zu torpedieren.

Stefanie hat ohnehin nicht interveniert. Tamara mit ihrer Energie und ihrer Wut übernimmt viel öfter die Regie in Maaikes Leben als Stefanie, die eher im Hintergrund bleibt.

Mit Daumen und Zeigefinger spreizt Tamara die Lamellen. Lois steuert gerade auf das nächste Haus zu. Lange wird es nicht mehr dauern, dann steht sie vor der Tür.

Nichts deutet auf ihre Anwesenheit hin: Es brennt kein Licht, und die Post liegt unberührt im Flur. Lediglich das eingeschlagene Kellerfenster könnte sie verraten. Falls Lois auf die Idee kommt, sich an der Rückseite des Hauses umzusehen, wird es brenzlig.

Tamara lässt die Lamellen los. Im Dunkeln geht sie die Treppe hinunter und sucht nach einem Gegenstand, der als Waffe taugt.

49

»Ja, vor einer Weile stand eine junge Frau vor Helens Haus«, sagt der Nachbar. Er heißt Henk Hokken, ist dauerhaft krankgeschrieben und enorm dick. In seinem zu engen weiß-blau gestreiften Pullover erinnert er Lois an einen Strandball.

Sie nickt ihm ermutigend zu und hofft auf weitere Informationen.

Doch viel mehr hat Herr Hokken nicht zu sagen. Nur dass die Frau halblanges braunes Haar hatte, zierlich und eher klein war.

»Ich konnte ja nicht ahnen, dass es wichtig ist«, meint er beflissen. »Und das ist es doch, wenn schon die Polizei nach der Frau fragt, oder?«

Nähere Auskünfte darf Lois nicht geben, deshalb sagt sie lediglich, bei den Ermittlungen zu ihrem Fall müsse nun einmal jeder Spur nachgegangen werden.

»Was für ein Fall, was für eine Spur? Ist in Helens Haus was passiert? Etwa ein Einbruch?«

Nein, um einen Einbruch handele es sich nicht, beruhigt Lois den Mann, da brauche er sich keine Sorgen zu machen. Sie bedankt sich für die Auskünfte und gibt ihm ihre Karte für den Fall, dass ihm später noch etwas einfallen sollte.

Vor dem nächsten Haus bleibt sie auf dem Bürgersteig

stehen. Sie könnte weitermachen und bei allen Leuten in der Straße klingeln, aber im Grunde ist das nicht nötig. Herr Hokken hat die Frau so beschrieben, dass kein Zweifel besteht. Hätte Ramon auf sie gehört und das Haus beobachten lassen, dann säße Tamara beziehungsweise Maaike bereits in Untersuchungshaft.

Nach wie vor fällt es ihr schwer, Maaike und Tamara als ein und denselben Menschen zu sehen, aber daran ist nicht zu rütteln. Und ganz gleich, ob Maaike sich der Verbrechen ihres Alter Egos bewusst ist oder nicht, sie wird dafür geradestehen müssen.

Was aber wollte Tamara hier? Dass Helen nicht zu Hause ist, dürfte sie wissen. Es hat ganz den Anschein, als habe sie sich in der Gegend umsehen wollen. Wer weiß, vielleicht hat sie dabei Spuren hinterlassen.

Kurz entschlossen geht Lois zu ihrem Auto und holt die Taschenlampe aus dem Kofferraum. Eigentlich müsste sie jetzt in Alkmaar anrufen und durchgeben, dass die Verdächtige gesehen wurde. Aber das hätte wenig Sinn, zumal Tamara bestimmt längst wieder weg ist, und außerdem würde dann ihr Alleingang auffliegen.

Durchs Erkerfenster versucht sie, ins Haus zu spähen, aber die Jalousie ist komplett dicht. Nicht gerade schlau, wenn man verreist ist, denkt sie, so lockt man nur Einbrecher an.

An der Haustür hebt sie die Klappe des Briefschlitzes und leuchtet in den Flur. Viel ist nicht zu sehen, nur ein Stapel Post auf der Fußmatte.

Als Nächstes inspiziert sie den Durchgang neben dem Haus und lässt den Lichtkegel über die grauen und grünen Mülltonnen gleiten. Auch hier fällt ihr nichts Verdächtiges auf.

Dann steht sie vor der Gartentür und muss feststellen, dass sie verriegelt ist.

Wieder kommen ihr Zweifel. Was hofft sie hier eigentlich zu finden? Dass Tamara in den Garten eingestiegen ist, scheint ihr abwegig, dennoch bleibt ihr Blick an der Tür haften.

Einer gelenkigen Person dürfte es keine große Mühe machen darüberzusteigen, notfalls mithilfe einer Mülltonne.

Lois zieht eine Tonne heran, klettert darauf, schwingt ein Bein über die Türkante, zieht das zweite nach und lässt sich an der anderen Seite hinab.

Aufmerksam sieht sie sich im dunklen Garten um. Nichts rührt sich, nur der Wind streicht durch die Sträucher.

Sie konzentriert sich auf das Haus. Auch hier nichts Auffälliges.

Als sie auf die Terrasse zugeht, knirscht es unter ihren Schuhen, und sie richtet die Taschenlampe auf den Boden. Ein einzelnes Stück Glas blitzt auf.

Sie geht in die Hocke und bemerkt das kaputte Kellerfenster. Mit einem Blick sieht sie, dass jemand das Glas sorgfältig aus dem Rahmen nach innen geschlagen haben muss. Bis auf die eine Ausnahme. Und wenn dieser Jemand schlank und nicht allzu groß war, dürfte er knapp durch die Öffnung gepasst haben.

Lois' Herz schlägt schneller, als sie in den Kellerraum leuchtet und einen Stein inmitten von Glasscherben sieht. Ein Teil davon liegt auf einem Häufchen, wie mit dem Fuß zusammengeschoben.

Sie spürt, wie sich die Härchen an ihren Armen aufstellen: Nun hat sie den Beweis, dass Tamara nicht nur in der Straße war, sondern ins Haus eingedrungen ist. Jetzt noch etwas auf eigene Faust zu unternehmen wäre gegen alle Vernunft. Sie muss auf der Stelle die Kollegen benachrichtigen.

Hastig richtet sie sich auf und nimmt das Telefon aus der Jackentasche.

Die leisen Schritte hinter sich hört sie erst, als es schon zu spät ist. Sie blickt über die Schulter und will die Pistole ziehen, kommt aber nicht mehr dazu, weil etwas Schweres auf ihren Schädel kracht.

Als sie, auf einem Bett liegend, wieder zu sich kommt, hat sie den Eindruck, draußen sei Krieg ausgebrochen. Es knallt, zischt und kracht ununterbrochen. Sie will sich an den schmerzenden Kopf fassen, da merkt sie, dass sie gefesselt ist. Nicht nur an den Händen, auch ihre Füße sind zusammengebunden.

Langsam gewöhnen sich ihre Augen an die Dunkelheit im Raum. Sie sieht eine Kommode, einen Kleiderschrank, einen kleinen Tisch und – zu ihrem Schrecken – eine dunkle Gestalt auf dem Stuhl daneben.

»Gutes neues Jahr!«

Trotz des forschen Tonfalls erkennt Lois Maaikes Stimme. Weil ihre Kehle trocken ist, bringt sie zunächst keinen Laut hervor. Erst nach mehrmaligem Schlucken gelingt es. »Tamara?«, fragt sie heiser.

»Ja, ich bin's. Ich hatte schon befürchtet, Sie seien tot.«

Immerhin beruhigend, dass sie mich anscheinend nicht totschlagen wollte, denkt Lois.

»Warum sind Sie hinters Haus gegangen?«, fährt Tamara fort. »Ich war so vorsichtig, hab weder Licht noch Geräusche gemacht. Woher wussten Sie, dass ich hier bin?«

»Das wusste ich nicht«, antwortet Lois mühsam. »Ich wollte nur nachsehen, ob Sie heute Nachmittag hier waren.«

»War ich, und ich bin geblieben. So habe ich gleich eine Unterkunft.«

»Und wie soll es weitergehen?«, fragt Lois, die wegen der hämmernden Kopfschmerzen kaum einen klaren Gedanken fassen kann.

»Sie bleiben erst einmal hier. Ist doch ganz bequem auf dem Bett, oder?«

»Bis wann?«

»Bis ich meinen Plan ausgeführt habe.«

Sekundenlang bleibt es still.

»Kann ich bitte mit Maaike sprechen?«, fragt Lois.

Tamara lacht höhnisch. »Das könnte Ihnen so passen! Bis übermorgen haben Sie es mit mir zu tun. Da kommt Helen nach Hause.«

»Was haben Sie vor?«

Wieder ein Lachen. »Dann gehen schlagartig alle Lichter an, und ich rufe: *Surprise!*«

50

Sie muss eingenickt sein, denn als sie die Augen wieder öffnet, ist sie allein im Raum. An den Rändern der Jalousie sieht sie, dass es draußen hell ist.

Lois wundert sich, dass sie unter diesen Umständen schlafen konnte. Gutgetan hat es ihr jedenfalls. Die Kopfschmerzen haben nachgelassen, dafür sind jetzt ihre Arme verkrampft, die Tamara auf dem Rücken zusammengebunden hat. Und sie verspürt quälenden Durst.

Als sie sich auf die andere Seite wälzt, merkt sie, dass ihre Pistole fehlt. Jetzt hat Tamara also eine Waffe!

Um Hilfe rufen hat keinen Sinn, überlegt sie. Damit würde sie Tamara nur provozieren, und die Nachbarn könnten sie ohnehin nicht hören. In der Ausbildung hat sie gelernt, dass es in manchen Situationen am besten ist, sich mit der Person, die einen festhält oder bedroht, gutzustellen. Bisher hat es zwar nicht den Anschein, dass Tamara sie umbringen will, doch dass sie vor nichts zurückschreckt, ist Lois sehr wohl bewusst.

Wieder dreht sie sich auf die andere Seite, findet aber keine bequemere Lage. Was gäbe sie darum, sich kurz recken und strecken zu können, nur ein paar Minuten … Womit hat Tamara sie überhaupt gefesselt?

Lois dreht den Kopf so, dass sie ihre Füße sieht.

Kabelbinder! Sich daraus zu befreien ist ein Ding der Unmöglichkeit. Bei jeder heftigen Bewegung würden sie ihr tief ins Fleisch schneiden.

Aber irgendwann muss ich ja auf die Toilette, denkt sie, und trinken und essen. Dann muss Tamara die Fesseln abmachen.

Wenn das Blut erst wieder frei zirkuliert, kann sie die Gegnerin mit einem gezielten Tritt oder Faustschlag außer Gefecht setzen.

Lois fixiert die Lichtstreifen am Fenster, während ihre Gedanken sich überschlagen. Sehr wahrscheinlich kommt Tamara nachher wieder, es könnte aber auch sein, sie lässt sie einfach hier liegen. Zwei, drei Tage ohne Essen sind kein größeres Problem, aber ohne Wasser ist sie bis übermorgen ausgetrocknet. Und dann ist noch lange nicht gesagt, dass Tamara sie laufen lässt …

Je länger sie nachdenkt, desto stärker wird ihre Panik. Unwillkürlich zerrt sie an der Handfessel, reißt sich dann aber zusammen. Sie muss ruhig bleiben, sonst hat sie verloren.

Plötzlich fällt ihr das Auto ein, das noch in der Straße steht. Wenn sie heute nicht zum Dienst erscheint, werden die Kollegen nachforschen. An Neujahr vermisst man sie vielleicht nicht gleich in der Frühe, aber später ist hoffentlich jemand so schlau, hier zu suchen. Oder sie orten ihr Handy. Wo ist es überhaupt? Lois erinnert sich, dass sie gerade anrufen wollte, als Tamara sie niederschlug. Aller Wahrscheinlichkeit nach hat diese es an sich genommen und ausgeschaltet.

Bald hat Lois jegliches Zeitgefühl verloren. Wenn sie nur wüsste, wie spät es ist, dann könnte sie sich ausrechnen, ob man schon nach ihr sucht, und würde sich nicht so ausgeliefert und hilflos vorkommen.

Als sie Schritte auf der Treppe hört, beschleunigt sich ihr Herzschlag. Ob Tamara ihr etwas zu trinken bringt und sie jetzt gleich ihre Chance bekommt?

Tamara betritt den Raum, in den Händen einen Becher Tee und einen Teller mit zwei belegten Broten.

»Haben Sie Hunger?«

»Vor allem Durst.«

»Tut mir leid, dass ich erst jetzt daran gedacht habe.« Sie stellt Becher und Teller auf den Nachttisch.

»Wie viel Uhr ist es?«

»Zehn nach neun. Konnten Sie schlafen?«

»Nur kurz, wegen der Krämpfe in den Armen. Wenn Sie mich losbinden, wird es bestimmt gleich besser.«

Wortlos schüttelt Tamara den Kopf.

»Bitte, für ein paar Minuten. Die ganze Nacht hab ich mit den Händen auf dem Rücken dagelegen. Ich will nur eben mal die Arme strecken.«

»Okay. Ich mache Sie los, damit Sie trinken und essen können. Und pinkeln, ich hol gleich einen Eimer. Aber keine Tricks, verstanden, sonst bin ich gezwungen, die hier zu benutzen.« Mit diesen Worten zieht sie Lois' Walther P5 aus dem Hosenbund. »Ich hab im Internet nachgelesen, wie man damit umgeht. Eigentlich müsste das Ding einen Sicherungshebel haben, aber bei Dienstwaffen ist das anscheinend anders. Hat sie einen starken Rückstoß?«

»Ja.«

»Wie fühlt sich das an?«

»Als ob einem der Arm abgerissen wird.« Lois übertreibt schamlos, was Tamara offenbar durchschaut, denn sie lacht und verlässt dann das Zimmer.

Schneller als erwartet ist sie wieder da und stellt einen Eimer neben das Bett.

»Dann mache ich jetzt die Fessel ab«, sagt sie. »Aber denken Sie dran: Die Waffe ist die ganze Zeit auf Sie gerichtet. Drehen Sie mir den Rücken zu.« Sie nimmt ein Messer aus der Hosentasche und lässt es aufschnappen.

Lois gehorcht, und Sekunden später sind ihre Hände frei. Vor Erleichterung aufseufzend, streckt sie die Arme und bewegt die Finger.

»Was zuerst: trinken oder pinkeln?«

»Trinken bitte.«

Sie holt tief Luft, bevor sie sich vorsichtig aufsetzt. Eigentlich müsste sie die Gelegenheit nutzen, aber die Arme fühlen sich noch immer taub an.

»Der Tee ist nicht mehr heiß, Sie können ihn gleich trinken.«

Lois rutscht zum Nachttisch und greift nach dem Becher. Sie muss mit beiden Händen zufassen, damit er ihr nicht entgleitet. Langsam führt sie ihn zum Mund. Es ist Kamillentee, reichlich dünn, doch für sie ein wahres Lebenselixier.

Kaum hat sie ausgetrunken, weist Tamara mit der Pistole auf den Eimer. »Los jetzt, pinkeln!«

Während Lois ungeschickt an Knopf und Reißverschluss ihrer Jeans herumfummelt, überlegt sie fieberhaft. Ihre Füße sind nach wie vor zusammengebunden. Sollte es ihr gelingen, Tamara einen Fausthieb zu verpassen, würde ihr das wenig nutzen, weil sie nicht schnell genug wegkäme.

»Würden Sie sich bitte umdrehen? Ich kann nicht pinkeln, wenn jemand zusieht.«

Ärgerlich kneift Tamara die Augen zu Schlitzen. »Wetten, dass doch? Und wenn nicht, die nächste Gelegenheit ist erst heute Nachmittag, aber bis dahin dürfte sich das Problem von selber gelöst haben.«

Lois seufzt innerlich und zieht mit viel Mühe Jeans und Slip herunter. Glücklicherweise ist das Bett niedrig, und sie kann, mit den Händen abgestützt, auf den Eimer rutschen. »So kriege ich die Beine nicht auseinander …«

Das scheint Tamara einzuleuchten.

»Okay«, sagt sie. »Aber keine falsche Bewegung, sonst schieße ich!« Sie bückt sich und durchtrennt mit dem Messer die Fußfessel.

Im gleichen Augenblick lässt Lois sich nach vorn fallen und schlägt ihr die Pistole aus der anderen Hand.

Sie fliegt durchs Zimmer. Lois hechtet hinterher, stolpert und fällt auf die Waffe.

Mit einem Wutschrei stürzt Tamara sich auf sie und rammt ihr das Messer in die Schulter.

Lois verbeißt sich den Schmerz und will die Pistole heben, doch Tamara kommt ihr zuvor und tritt gegen ihre Hand.

Diesmal landet die Waffe unterm Bett.

»Das wird Ihnen noch leidtun«, zischt Tamara und holt mit dem Messer aus.

Lois kann sich gerade noch wegducken, sodass der Stich ihr Gesicht knapp verfehlt.

Sie nimmt eine Verteidigungshaltung an, denn einem Zweikampf ist sie noch nicht gewachsen.

Erneut hebt Tamara das Messer.

Mit äußerster Kraftanstrengung reißt Lois ein Bein hoch, aber zugleich zuckt ein so heftiger Schmerz durch ihren Kopf, dass sie zusammensinkt.

Sekunden später ist Tamara über ihr und drückt die Klinge so fest an ihren Hals, dass sie fast die Haut ritzt.

»Elendes Miststück«, keucht sie ihr ins Gesicht. »Ich hätte gut Lust, Ihnen die Kehle durchzuschneiden. Sagen Sie mir einen einzigen Grund, der dagegen spricht.«

»Ich bin sicher, dass Maaike es nicht will«, presst Lois hervor. »Und Sie wollen ihr doch nicht noch mehr Schwierigkeiten machen, oder?«

»Darauf kann ich keine Rücksicht nehmen. Der einzige Grund ist der, dass Sie mir nichts getan haben. Ich bringe nämlich nicht wahllos Leute um.«

»Das hatte ich nie vermutet.«

»Wer's glaubt. Aber eins kann ich Ihnen versichern: Alles, was ich tue, hat seinen Grund. Das eine führt nun mal zum anderen. Wenn Sie sich weiter wehren, muss ich Sie töten, deshalb ist es auch in Ihrem Interesse, wenn wir ab jetzt zusammenarbeiten.«

»Wie?«

»So.« Tamara legt das Messer weg, packt mit beiden Händen Lois' Kopf und knallt ihn mit solcher Wucht auf den Fußboden, dass sie augenblicklich das Bewusstsein verliert.

51

Als Lois die Augen wieder aufschlägt, hat sie den Eindruck, das Zimmer sei voller Nebel. Das stumpfe Grau um sie herum tut gut, grelles Licht könnte sie jetzt nicht ertragen. Ihr Kopf fühlt sich an, als wäre er in einen Schraubstock geklemmt, der bei jeder Bewegung angezogen wird, und die Wunde an der Schulter pocht.

Sie liegt auf der Seite, den Blick ins Zimmer gerichtet, sodass sie erst nach einer Weile bemerkt, dass jemand am Fußende des Betts sitzt. Vor Schreck wird ihr eiskalt. Mühsam hebt sie den Kopf ein kleines Stück und stellt fest, dass es nicht Tamara sein kann. Der Gesichtsausdruck der jungen Frau hat etwas Kindliches, in ihren Augen steht Neugier.

»Hallo. Ich hab auf dich aufgepasst.«

»Danke«, bringt Lois hervor. »Wer bist du?«

»Stefanie.«

Sie steht vom Bett auf und setzt sich im Schneidersitz auf den Boden.

»Du hast an der Schulter geblutet«, sagt sie. »Weil Tamara dich verletzt hat. Ich hab Verbandszeug gesucht und die Wunde versorgt. Wie das geht, hab ich in der Schule gelernt, bei einem Erste-Hilfe-Kurs.«

»Danke«, sagt Lois wieder. Sie kann die Augen nicht von

Stefanie wenden. Oberflächlich betrachtet, sieht sie aus wie Tamara und Maaike, trotzdem fallen Unterschiede auf. Wie bei Drillingen, die vom Wesen her unterschiedlich sind. Ihr Blick ist anders, die Körperhaltung auch und sogar die Stimme.

»Haben wir beide schon einmal miteinander gesprochen?«, fragt Lois.

»Nein, aber gesehen hab ich dich schon. Als du mit Tamara geredet hast. Sie und ich, wir wissen alles voneinander. Aber sie drängt mich oft weg.«

Stefanie wirft einen hilflosen Blick auf Lois' gefesselte Hände und Füße. Dann schlägt sie die Augen nieder, betrachtet den weißen Teppich, auf dem sie sitzt, und murmelt etwas Unverständliches.

»Was hast du gesagt?«

»Dass ich Tamara nicht leiden mag. Sie lässt mich fast nie vorkommen.«

»Warum möchtest du das?«

»Weil ich dann zeichnen kann. Früher, als Tamara noch nicht da war, konnte ich das oft. Jetzt kaum mehr.«

Stefanie wirkt so betrübt, dass sie Lois fast leidtut. Sie hat keine Mühe, in ihr ein Kind zu sehen, ein Kind voller Unsicherheiten und Ängste, dem es nur gut geht, wenn es sich seiner Lieblingsbeschäftigung widmen kann.

Sie muss erreichen, dass Stefanie ihr vertraut, sie auf ihre Seite ziehen.

»Das Zeichnen macht dir Freude, nicht wahr?«, sagt sie freundlich.

»Ja, und Maaike findet meine Bilder schön.«

»Das sind sie auch. Ich hab mal ein Bild von dir gesehen. Am liebsten hätte ich eines ganz für mich.«

»Soll ich dir was zeichnen?« Ein Strahlen überzieht Stefanies Gesicht, und sie macht Anstalten aufzustehen.

»Später«, beeilt Lois sich zu sagen. »Jetzt möchte ich noch ein bisschen mit dir reden. Ich fühl mich sonst so allein, weißt du.«

Sogleich nimmt Stefanie wieder ihren Schneidersitz ein.

»Tamara will der Frau, die hier wohnt, auflauern«, sagt Lois. »Deshalb hat sie mich gefesselt.«

Stefanie blinzelt, äußert sich aber nicht dazu.

»Das willst du doch bestimmt nicht, oder?«, fährt Lois leise fort. »Ich glaube, du bist ganz anders als Tamara. Viel netter.«

»Ich hab Angst vor ihr, weil sie anderen wehtut.«

Jetzt kommt es darauf an, die richtigen Worte zu finden. Lois überlegt und sagt dann: »Weißt du was, Stefanie? Du kannst dafür sorgen, dass sie nie mehr jemandem wehtut.«

»Wie denn?«

»Als Erstes musst du mich losmachen.«

»Das geht nicht!«

»Warum nicht? Du kannst doch eine Schere oder ein Messer holen.«

»Das kriegt sie mit«, flüstert Stefanie ängstlich. »Maaike hört uns nicht, aber Tamara schon. Alles, was wir sagen. Und wenn ich dich losmache, wird sie wütend auf mich.«

»Sie hat aber keine Macht über dich. Du holst einfach eine Schere und schneidest mich los, dagegen kann sie nichts tun.«

»Doch, dann tauscht sie mit mir«, sagt Stefanie.

»Kannst du sie nicht davon abhalten?«

»Höchstens kurz, weil das nämlich schwer ist.«

»Dann mach schnell, hol eine Schere! Bitte!«

Stefanie schüttelt so energisch den Kopf, dass ihre Haare fliegen. »Das darf ich nicht! Sonst sorgt sie dafür, dass ich nie mehr zeichnen kann. Ich geh jetzt.« Sie erhebt sich.

»Bitte nicht!«, beschwört Lois sie. »Setz dich wieder hin, damit wir weiterreden können. Nur reden, versprochen.«

Halb widerwillig setzt Stefanie sich wieder auf den Teppich. »Worüber willst du reden?«

»Über Tamara. Weißt du, was genau sie vorhat?«

Stefanie weicht Lois' Blick aus und kaut an ihrem Daumennagel herum. »Die Frau umbringen, die hier wohnt«, sagt sie nach einer Weile. »Aber vorher noch was aus ihr rauskriegen.«

»Was?«

»Die Adresse von jemand anders, den sie auch umbringen will.«

Ohne an ihre Kopfschmerzen zu denken, nickt Lois, was sie umgehend büßen muss.

»Findest du das richtig?«, fragt sie.

Stefanie zuckt die Schultern. »Die haben was ganz Schlimmes mit Maaike gemacht. Es ist schon lange her, aber es war ganz schrecklich. So sehr, dass Tamara gekommen ist.«

»Weil Maaike es nicht allein ertragen hätte?«

»Ja.«

»Und wie genau hilft Tamara Maaike?«

»So, dass Maaike nichts mehr von dem Schlimmen weiß.«

»Überhaupt nichts?«

»Tamara hat die Erinnerungen. Maaike weiß bloß, dass es passiert ist, sonst nichts. Als sie nach Hause kam, war sie voller blauer Flecken und hat zwischen den Beinen geblutet.«

»Und was ist deine Aufgabe? Warum bist du gekommen?«, fragt Lois gespannt. Jetzt ist *die* Gelegenheit, alles zu erfahren. Was immer ihr das Wissen noch nützt …

»Ich war als Erste da«, sagt Stefanie mit Stolz in der Stimme. »Mich hat Maaike schon viel früher gebraucht.«

»Wann war das?«

»Bei dem Autounfall, aber auch schon vorher.«

»Dann trägst du also die Erinnerungen an den Unfall.«

»Genau, Maaike weiß nur noch, dass er passiert ist und dass ihre Eltern dabei gestorben sind, sonst nichts.«

»Ich stelle mir das furchtbar vor, stundenlang zusammen mit den toten Eltern im Auto eingeklemmt zu sein.«

»Sie waren nicht gleich tot«, sagt Stefanie ernst. »Sie haben noch was zu mir gesagt, aber ich hab keine Antwort gegeben. Da dachten sie, ich bin tot.«

»Und warum hast du nicht geantwortet? Hattest du so schlimme Schmerzen?«

»Ich wollte nicht mit ihnen reden. Sie sollten still sein, für immer!« Der letzte Satz klingt so hart, dass Lois zusammenzuckt.

»Das verstehe ich nicht«, sagt sie.

»Nein? Wenn du bei uns gewohnt und in meinem Zimmer geschlafen hättest, würdest du wissen, warum.«

Schlagartig begreift Lois den Zusammenhang. »Lieber Himmel, das kann doch nicht wahr sein«, stammelt sie.

»Es hat angefangen, als ich sieben war. Ab und zu ist er nachts in mein Zimmer gekommen. Dann musste ich an die Wand rutschen, damit er sich zu mir legen konnte.« Stefanie schweigt und wendet den Blick ab. »Ich hab's meiner Mutter erzählt, aber die wollte mir nicht glauben. Vater tut so was nicht, hat sie gesagt, und ich lüge, weil ich mich wichtigmachen will.«

Gern würde Lois jetzt Stefanies Hand nehmen, wäre da nicht die Fessel.

»Wie schrecklich für dich«, sagt sie leise. »Es tut mir unendlich leid, dass du so was erleben musstest.«

»Es wurde immer schlimmer«, fährt Stefanie tonlos fort. »Irgendwann kam er jede Nacht.«

»Konntest du denn mit keinem Menschen darüber reden?«

»Ich weiß nicht. Vielleicht hätte ich es jemandem sagen sollen, aber ich hab mich nicht getraut. Wo doch nicht mal meine Mutter mir geglaubt hat.«

Stefanie richtet den Blick auf den Teppich und zupft an den Fasern herum.

»Verstehe«, sagt Lois. »Und als der Unfall passierte, hat dich das noch mehr verstört.«

Unvermittelt sieht Stefanie sie an. »Nein, das war ein großes Glück. Es ist genauso gelaufen, wie ich wollte. Wenn ich dabei gestorben wäre, hätte ich Pech gehabt, aber ich hab überlebt. Und meine Eltern waren tot, mausetot.«

Ihr Tonfall ist so triumphierend, dass es Lois kalt über den Rücken läuft.

»Alle haben geglaubt, der Unfall wär zufällig passiert«, fährt Stefanie mit einem Lächeln fort. »Die Polizei hat mich deswegen ausgefragt, und ich hab gesagt, ich weiß nichts, weil ich auf dem Rücksitz eine Mädchenzeitschrift gelesen hab. Aber das hat nicht gestimmt.«

»Und wie war es wirklich?«, fragt Lois leise.

»In einer Kurve hab ich meinem Vater von hinten die Augen zugehalten. Er hat gebrüllt und nach mir geschlagen. Dazu musste er das Steuer mit einer Hand loslassen, und da sind wir an den Baum geknallt.« Sie kichert, so als hätte sie einen harmlosen Streich gebeichtet.

»Du selber hast also den Unfall verursacht …«

»Danach bin ich zu Oma und Opa gezogen«, erzählt Stefanie weiter, ohne Lois' Fassungslosigkeit zur Kenntnis zu nehmen. »Dort hat es mir auch nicht besonders gefallen, aber besser als bei meinen Eltern war es auf jeden Fall. Mit der Zeit ging es sogar ganz gut. Bis das andere passiert ist.«

»Die Vergewaltigung?« Mehr als ein Flüstern bringt Lois nicht zustande, noch ganz unter dem Schock der grausigen Wahrheit.

»Ja, die Vergewaltigung«, bestätigt Stefanie. »Und dann kam Tamara.«

52

Nach diesen Worten herrscht minutenlang Stille. Lois schwankt zwischen Entsetzen und Mitleid. Wie viel Schreckliches muss man erfahren, um wie Maaike zu werden? Was kann man ertragen, bevor man zerbricht und eine Rettungsleine sucht und in der Krankheit findet?

Doch in ihr Mitgefühl mischt sich Angst. Sie weiß nicht, wie viele Persönlichkeiten Maaike hat – keiner der beiden, die sie bis jetzt kennt, kann sie trauen. Die Hoffnung, Stefanie auf ihre Seite ziehen zu können, hat sich zerschlagen.

Andererseits hat Stefanie ihr das alles nicht ohne Grund erzählt, sondern weil sie Verständnis sucht. Wie sie da vor dem Bett sitzt, mit hängenden Schultern, das Haar ins Gesicht fallend – so muss Maaike als Kind ausgesehen haben, denkt Lois. Und dieser Gedanke hilft ihr, das Wesentliche zu erfassen: dass es hier um Maaike geht, nicht um ihre Alter Egos. Sie muss Maaike erreichen, darauf kommt es jetzt an.

»Stefanie, ich würde gern mit Maaike sprechen«, sagt sie sanft.

Ein hilfloser Blick. »Ich kann sie nicht holen.«

»Warum nicht? Ihr tauscht doch ab und zu.«

»Ja, aber nicht oft«, kommt es leise. »Ich weiß auch gar nicht, was ich dafür tun muss, es passiert einfach.«

»Mach die Augen zu und bitte Maaike zu kommen«, drängt Lois. »Es ist sehr wichtig.«

»Dann wird Tamara wütend«, wendet Stefanie ein.

»Aber sie kann nichts dagegen tun. Bitte, hol Maaike!«

»Ich kann's versuchen ...« Stefanie schließt die Augen und verharrt regungslos.

Gespannt wartet Lois. Wenn es gelingt, wird sie zum ersten Mal Zeuge des Übergangs zwischen zwei Persönlichkeiten.

Und es klappt tatsächlich: Von einer Sekunde zur anderen weicht der kindliche Ausdruck dem einer Erwachsenen, ein Anflug von Unsicherheit bleibt jedoch.

Der Blick der Frau, die im Schneidersitz neben dem Bett sitzt, geht mehrmals hin und her, als müsste sie sich orientieren, und bleibt an Lois hängen.

»Was machen Sie hier?«, fragt Maaike. »Sie sind ja gefesselt! Was, um Himmels willen, ist passiert?«

»Tamara. Sie hat mich niedergeschlagen und mit einem Messer verletzt.«

Entgeistert sieht Maaike sie an, unfähig, auch nur ein Wort hervorzubringen.

»Ich habe mit Stefanie gesprochen. Ich weiß jetzt alles, Frau Scholten, und kenne Ihre anderen Persönlichkeiten.«

Nach wie vor schweigt Maaike.

»Außerdem habe ich mit einem Psychiater gesprochen. Er hat mir erklärt, dass Sie nicht beeinflussen können, was Ihre Alter Egos machen. Ich weiß, dass Sie keine Mörderin sind.«

»Ich konnte Tamara nicht davon abhalten.«

»Das ist mir klar und meinen Kollegen auch. Wir werden Sie unterstützen, das verspreche ich Ihnen. Ein guter Therapeut könnte Ihnen helfen.«

»Ich war schon mal in Behandlung.«

»Sie sollten es noch einmal versuchen. Nur so verschwindet Tamara.«

»Und Stefanie.«

»Ja, sie auch. Das heißt, die beiden werden wieder das, was sie einmal waren: Teile Ihrer Persönlichkeit. Sie verschwinden nicht, sondern verschmelzen mit Ihrer Persönlichkeit, und ab dem Moment haben wieder Sie allein Kontrolle über Ihr Leben.«

Maaike streicht sich eine Haarsträhne aus dem Gesicht und sieht Lois an. »Wissen Sie überhaupt, wie viel Geld so eine Therapie verschlingt? Mit ein paar Sitzungen ist es nicht getan, das kann Jahre dauern.«

»Egal, wie lange, es wird sich lohnen.«

»Man wird mich in die Psychiatrie wegschließen, und da komme ich nie wieder raus.«

»Das stimmt nicht. Wirklich nicht.«

Mutlos zuckt Maaike die Schultern. »Was verstehen Sie schon davon?«

»Dass es ein langer Prozess wird, ist mir klar, aber ganz bestimmt behält man Sie nicht Ihr ganzes weiteres Leben in der Psychiatrie. Dort gibt es qualifizierte Ärzte, die Ihnen helfen können. Und Sie selber kommen zur Ruhe und können malen, ohne sich Gedanken machen zu müssen, was Tamara wohl anrichtet. Sie wird Schritt für Schritt aus Ihrem Leben verschwinden.« Lois' eindringliche Worte scheinen Maaike nicht wirklich zu erreichen, obwohl sie zugehört hat. Immer wieder schaut sie sich nervös um.

»Das schafft keiner«, sagt sie nach kurzem Schweigen. »Tamara ist stark, die lässt sich von niemandem vertreiben.«

»Sie wird auch nicht vertrieben, sondern mit Ihrer Persönlichkeit vereinigt. Mag sein, dass Sie danach noch manchmal wie Tamara denken, aber anders als diese haben Sie eine innere Grenze, über die Sie nicht hinausgehen.«

Ein wenig argwöhnisch mustert Maaike sie. »Woher wissen Sie das alles?«

»Das habe ich gelesen.«

»Gelesen?«

»Ein Bekannter hat mir Fachbücher geliehen. Über das Phänomen DIS und die Behandlungsmöglichkeiten.« Bewusst vermeidet Lois den Begriff »Störung«. »Ich glaube, Sie selber wissen auch ganz gut darüber Bescheid, jedenfalls habe ich in Ihrem Atelier einen Stapel Psychologiebücher gesehen. Dass Sie Angst und Zweifel haben, kann ich gut verstehen, aber glauben Sie mir: Ich lasse Sie nicht im Stich. Wenn Sie mich jetzt losbinden, setze ich mich dafür ein, dass Sie die bestmögliche Therapie erhalten. Das verspreche ich hoch und heilig.«

Mit hölzernen Bewegungen steht Maaike auf, doch dann zögert sie. »Nein, ich tu's nicht.«

»Sie wollen doch gewiss nicht, dass Tamara noch mehr Unheil anrichtet.«

»Auf keinen Fall! Aber man wird mir die Schuld geben und mich vor Gericht stellen. Für den Mord an David und Julian und dafür, was sie Ihnen angetan hat.« Maaike wendet sich ab und will aus dem Zimmer gehen.

»Und für das, was mit Daniela passiert ist.« Mit diesem Satz spielt Lois ihren letzten Trumpf aus.

Ruckartig fährt Maaike herum.

»Wie meinen Sie das? Was ist mit Daniela?«

»Sie ist auch tot. Ihre Freundin ist die Treppe hinabgestoßen und erstickt worden, mit einer Plastiktüte.«

Ungläubig starrt Maaike sie an. »Das kann nicht sein! Sie lügen!«

»Es ist die Wahrheit. Rufen Sie bei ihr an, sie wird nicht ans Telefon gehen.« Es fällt Lois nicht leicht, sie derart unter Druck zu setzen, doch ihr bleibt keine andere Wahl.

Maaike ist totenbleich geworden. »Ich hab schon angerufen und mich gewundert, dass sie nicht zu erreichen war. Ist sie wirklich tot? Und war es Tamara?«

»Das liegt doch auf der Hand.«

Maaike sinkt auf den Stuhl und schlägt die Hände vors Gesicht.

»Sie war es«, sagt sie mit rauer Stimme. »Daniela hat mehrmals zu mir gesagt, ich solle zur Polizei gehen, aber ich hab mich nicht getraut. Das letzte Mal, als sie bei mir war, ging es auch darum. Und genau da muss Tamara eingegriffen haben.«

Ein Zittern durchläuft ihren Körper, sie beginnt haltlos zu weinen.

»Maaike, hören Sie mir zu. Was mit Daniela passiert ist, finde ich genauso schrecklich wie Sie, aber Sie müssen mir jetzt vertrauen. Es kommt darauf an, dass wir schnell handeln. Tamara will von Helen Groenenwoud, die hier wohnt, erfahren, wo Remco Leegwater sich aufhält. Ich befürchte, sie wird Helen töten, sobald sie es weiß, und anschließend auch Remco. Was sie mit mir vorhat, weiß ich nicht, aber wir haben nicht gerade ein gutes Einverständnis miteinander. Sie können dafür sorgen, dass alles nun ein Ende hat. Binden Sie mich los, und wir packen es gemeinsam an.«

Lois lässt Maaike, die mit bebenden Schultern dasitzt, nicht aus den Augen.

Plötzlich hebt Maaike den Blick. »Sie kommt wieder!«, flüstert sie. »Sie versucht es mit aller Macht!«

»Sie müssen sie aufhalten! Binden Sie mich los, schnell!«

»Ich kann nicht, ich …«

Maaikes Blick verschleiert sich.

»Nicht weggehen!«, schreit Lois. »Bleiben Sie hier! Sie schaffen das! Tamara ist müde, Sie sind die Stärkere!«

Ob nun Lois' ermunternde Zurufe den Ausschlag geben oder ob Tamaras Kräfte tatsächlich nicht ausreichen, jedenfalls blinzelt Maaike mehrmals und bringt dann ein schiefes Lächeln zustande.

»Ich bin noch da.«

»Gott sei Dank!« Erleichtert schließt Lois für einen Moment die Augen. »Holen Sie jetzt bitte eine Schere oder ein Messer.«

Maaike verlässt das Zimmer. Die halbe Minute, die sie wegbleibt, nutzt Lois für ein Stoßgebet. Sie ist nicht gläubig, doch es gibt Augenblicke im Leben, in denen nur noch Beten hilft.

Als sie Schritte hört, schaut sie erwartungsvoll zur Tür.

Die Frau, die hereinkommt, sieht sie an: entschlossen und selbstbewusst.

Tamara!

Zwei Sekunden ist Lois starr vor Schreck, doch dann erkennt sie, dass es nach wie vor Maaike ist. Eine ganz andere Maaike allerdings. Dass sie nichts Nervöses und Unentschlossenes mehr an sich hat, lässt Lois hoffen.

Anscheinend hat Maaike eine Entscheidung getroffen, und sie zögert nicht, diese umzusetzen. Mit einer Nagelschere durchtrennt sie die Kabelbinder. Sie hilft Lois beim Aufsetzen und sieht zu, wie sie Arme und Handgelenke massiert. »Alles in Ordnung?«, fragt sie besorgt.

»Ja, danke. Das war sehr mutig von Ihnen. Ich versichere Ihnen, dass alles gut wird.«

Maaike lächelt. »Ich weiß, dass auf Sie Verlass ist.« Dann geht sie wieder aus dem Raum.

Lois steht rasch auf, um ihr zu folgen, doch der messerscharfe Schmerz, der durch ihren Kopf fährt, zwingt sie zum Stehenbleiben. Sie kann sich gerade noch an der Kommode festhalten, sonst wäre sie gefallen.

Nach ein paar Minuten wagt sie einen neuen Versuch und geht ganz langsam auf die Tür zu. Das lange Liegen in der unnatürlichen Haltung hat sie so geschwächt, dass jeder Schritt zum Kraftakt wird.

»Wo sind Sie, Maaike?«, ruft sie.

Keine Antwort. Mit wachsender Unruhe tastet Lois sich an der Flurwand entlang zur Treppe.

Unten sind Schritte zu hören.

Ans Geländer geklammert, geht Lois die Stufen hinab.

Wieder ruft sie nach Maaike, wieder bleibt die Antwort aus.

Mehr und mehr hat sie das Gefühl, dass etwas nicht stimmt. Sie beißt die Zähne zusammen, versucht die rasenden Kopfschmerzen zu ignorieren und geht vorsichtig weiter.

Auf der Schwelle zum Wohnzimmer bleibt sie wie angewurzelt stehen und hält sich am Türrahmen fest.

Maaike sitzt kerzengerade auf dem Sofa, das Gesicht leichenblass und den Blick starr auf die Wand gegenüber gerichtet. In der Hand hält sie Lois' Dienstwaffe, den Lauf an der Schläfe.

53

Maaike ist am Ende. So viele Jahre hat sie sich nichts mehr gewünscht, als ein normales, halbwegs glückliches Leben zu führen, und eine Zeit lang sah es aus, als würde das gelingen. Aber man kann seine Vergangenheit nicht abschütteln, sosehr man sich auch bemüht. Immer wieder sind da Erinnerungsfetzen, die ihr klarmachen, dass früher nicht vorbei ist.

Für ein Leben ohne die anderen Persönlichkeiten müsse sie der Wahrheit ins Auge schauen, hat ihr Therapeut gesagt – eine Aussicht, die Maaike schreckte.

Die Wahrheit wird oft als ein Ideal dargestellt, denkt sie, als etwas, für das es sich zu kämpfen lohnt, das läutert und befreit und große Opfer wert ist. Aber die Psychologen haben leicht reden, sie wollen einem aus ihrer überlegenen Position heraus klarmachen, dass es der Mühe wert ist, die Dämonen in den Tiefen des Unterbewusstseins aufzuspüren und zu bekämpfen.

Die einzige Wahrheit, die Maaike herausgefunden hat, ist die Tatsache, dass Verdrängung für sie der beste Weg ist, und phasenweise kam sie so ganz gut zurecht.

Doch damit ist es jetzt aus. Nach allem, was in den letzten Wochen passiert ist, fühlt sie sich leer und ausgepumpt, und sie sieht keinen Sinn mehr in einem Leben, in dem sie lediglich eine Nebenfigur ist.

Hart und kalt drückt der Pistolenlauf an ihre Schläfe. Sie braucht nur noch abzudrücken, dann ist es vorbei. Ihr Leben und auch der Schmerz, die Verzweiflung, das ständige Suchen nach sich selbst, das Ringen um ein winziges bisschen Glück.

Sie hört ein Geräusch und sieht Lois in der Tür stehen, schreckensstarr und blankes Entsetzen im Gesicht.

Die Polizistin ist Maaike sympathisch, sie vertraut ihr sogar. Aber sie ahnt nicht, wie mühsam Maaike sich durchs Leben schlägt, wie es sich anfühlt, überhaupt keine Zukunftsperspektive mehr zu haben. Wenn sie jetzt gleich schießt, dann auch, um Lois zu retten: Wenn Tamara tot ist, kann sie ihr nichts mehr anhaben.

Maaike lauscht in sich hinein und spürt Tamaras Drängen, aber diesmal behält sie die Oberhand. Verzweiflung ist eine starke Waffe.

»Maaike …«

Lois' sanfte Stimme klingt wie aus weiter Ferne.

»Legen Sie die Pistole weg und lassen Sie uns reden. Ich komme jetzt zu Ihnen.«

Maaike wird nervös. Lois solle bleiben, wo sie ist, will sie sagen, aber die Worte bleiben ihr in der Kehle stecken.

Sie sieht, wie Lois sich auf einen Sessel neben ihr setzt, und wirft ihr einen warnenden Blick zu.

Trotzdem fängt Lois an zu reden.

Ihr Mund geht auf und zu, ohne dass Maaike etwas hört. Die Worte umwirbeln sie wie Schneeflocken. Einen Moment lang denkt sie daran, dass heute der erste Tag des neuen Jahres ist. Der ideale Zeitpunkt, einen guten Vorsatz umzusetzen.

Sie wird schießen. Lois sieht es an Maaikes Gesichtsausdruck, der Blick ist starr geworden. Dass sie ihr Unterstützung zugesichert und wortreich auf Therapien hingewiesen hat, hat nichts bewirkt. Sie wird sich umbringen.

Nicht schon wieder, denkt Lois verzweifelt.

In dem Sekundenbruchteil, bevor Maaike die Augen schließt, rafft Lois ihre letzte Kraft zusammen und wirft sich nach vorn. Just in dem Moment drückt Maaike ab.

54

»Wir waren bereits im Anmarsch«, sagt Fred. »Der Nachbar von gegenüber hat angerufen, weil es ihm seltsam vorkam, dass dein Auto auch am Neujahrsmorgen noch in der Straße stand. Eine halbe Stunde später hätten wir das Haus gestürmt.«

Er sitzt neben Lois' Krankenhausbett. Die Wunde an ihrer Schulter wurde mit sieben Stichen genäht, und gegen die Kopfschmerzen aufgrund der Gehirnerschütterung hat sie ein Medikament bekommen.

»Was ist mit Helen?«, fragt sie.

»Die haben wir erreicht und vorgewarnt. Sie wäre nicht nach Hause gegangen, sondern zu einer Freundin, sodass Maaike vergeblich gewartet hätte.«

»Tamara«, korrigiert Lois. »*Sie* ist die wirkliche Täterin. Zum Glück wusste sie nicht, dass Helen gewarnt war, sonst wäre sie komplett ausgerastet.«

»Und hätte ihre Wut an dir ausgelassen.« Fred schüttelt den Kopf. »Was für ein Wahnsinn!«

Lois' beherzter Sprung hatte bewirkt, dass die Kugel Maaikes Kopf knapp verfehlte und das Erkerfenster durchschlug.

Wenig später traf die Polizeieinheit ein. Maaike wurde

festgenommen und Lois mit einem Krankenwagen abtransportiert.

Jetzt liegt sie im Klinikum Alkmaar und blickt durchs Fenster auf den Eingang. Sie sieht Besucher kommen und gehen, ihre Gedanken aber sind bei Maaike.

»Behandelt man Maaike gut? Wo ist sie jetzt überhaupt?«

»Momentan in einer Beobachtungszelle auf dem Revier Mallegatsplein. Wir haben ihr einen Anwalt besorgt.«

»Vergesst nicht, dass sie auch nur ein Opfer ist.«

»Keine Sorge, sie wird von Fachleuten verhört.«

Lois nickt.

Sie hofft, dass Maaike die psychiatrische Untersuchung nicht verweigert, denn nur so hat sie eine Chance. Eine Haftstrafe von achtzehn bis zwanzig Jahren, die sie unter anderen Umständen zu erwarten hätte, wäre in ihrem Fall falsch.

»Mit deinem Alleingang hast du viel riskiert.« In Freds Tonfall schwingt ein leichter Vorwurf mit. »Darüber müssen wir noch ein Wörtchen reden.«

»Aber nicht jetzt.«

»Nein, später. Mir ist es lieber, du bist wieder ganz fit, wenn ich dir die Leviten lese.«

»In Ordnung«, sagt Lois. »Es kann übrigens eine ganze Weile dauern, bis ich wieder auf den Beinen bin. Der Arzt meint, mit einer so schweren Gehirnerschütterung sei nicht zu spaßen, und die Stichwunde ist ziemlich tief.«

»Dann hast du noch eine kleine Schonfrist.«

Sie sehen einander an. Die Sorgenfalten auf Freds Stirn glätten sich, und er lächelt ihr zu. »Trotz allem, ich ziehe den Hut vor dir. Aber das bleibt unter uns, ja?«

»Selbstverständlich.«

»Was ich noch sagen wollte: Dieser Freund von dir, der Psychiater, wartet draußen im Gang. Weil immer nur einer zu dir darf, hat er mir den Vortritt gelassen. Soll ich ihn reinschicken?«

»Onno ist gekommen, das ist ja nett«, sagt Lois überrascht.

»Das interpretiere ich als ein Ja und räume das Feld.« Fred steht auf, zögert kurz und küsst Lois dann unbeholfen auf die Wange. »Gute Besserung, Partner. Ich besuch dich bald wieder. Und die Kollegen auch.«

Er geht zur Tür, bleibt aber auf halbem Weg stehen.

»Ist noch was?«

»Nein, das heißt, eigentlich schon. Aber es hat Zeit.«

»Nun sag schon!«

»Ich glaube, jetzt ist nicht der richtige Moment.«

»Fred, wenn du mir nicht sagst, worum es geht, stehe ich auf und laufe dir nach!«

Er grinst. »Das wär dir glatt zuzutrauen. Also gut: Ich hab ein bisschen recherchiert und deinen Vater ausfindig gemacht.«

Lois ist froh, dass sie liegt, denn mit einem Mal ist ihr schwindlig. Sie kämpft mit widerstreitenden Gefühlen, und die körperlichen Schmerzen verblassen gegen das Ziehen der alten, nie verheilten Wunde.

»Ich geb dir seine Adresse. Natürlich nur, wenn du willst.«

Lois findet keine Worte.

»Du musst das nicht jetzt gleich entscheiden«, sagt Fred. »Sprich mich einfach darauf an, wenn's dir besser geht.«

Immer noch schweigt sie.

»Siehst du, ich hätte besser den Mund gehalten.« Fred seufzt auf. »Nanda behauptet immer, ich sei der Elefant im

Porzellanladen, wahrscheinlich hat sie recht. Weißt du was, wir lassen das Thema ruhen. Ich hab nichts gesagt.«

»Fred …«

Fragend sieht er sie an.

»Sei so gut und schreib die Adresse auf einen Zettel und leg den in meine Schreibtischschublade. Mal sehen, was ich damit anfange, wenn ich wieder auf dem Revier bin.«

»Du hast recht. Eins nach dem anderen. Überleg es dir in aller Ruhe. Soll ich dir den Psych reinschicken?«

»Mach das«, sagt Lois. »Mir ist, als hätte ich einen nötig. Und bevor ich's vergesse: ein gutes neues Jahr für dich und Nanda!«

Die Hand schon an der Klinke, dreht Fred sich noch einmal um und grinst breit: »Gleichfalls, Partner.«

Danksagung

Ich danke Serhat Basoglu und Marco Visser, Teamchefs der Kriminalpolizei Noord-Holland Noord, mit denen ich Vorgehensweisen beim Ermitteln besprochen habe und die Teile des Manuskripts schon bei der Entstehung gelesen haben. Ohne ihren Einsatz hätte ich *Was sie nicht weiß* nicht schreiben können.